プロレタリア文学への道

『種蒔く人』から『文芸戦線』へ

大﨑哲人

論創社

プロレタリア文学への道──『種蒔く人』から『文芸戦線』へ　目次

カバー絵　広野司

はじめに――「労農派」とプロレタリア文学

一

堺利彦は、福岡県豊津村に生れた。私も亦た同じ村に生れた。堺氏は、私たち故郷の先輩であり、先覚者であった。

氏は、日本無産階級解放運動の、創始者ともいうべき、先覚者であった。私たち、後に続くものの、指導者であり、模範的闘士であった。

氏は、日本プロレタリア文学の、亦創建者たる地位に在った。売文社時代、その他、『日本一のユーモリスト』として、私たちの、困難なる現在のプロレタリア文学の進路を、夙くに暗示させられた。

こんな風に、堺利彦氏の運動上の行進は、至難、迫害の中に、深刻且つ多岐を極められた。

私は、堺氏が同村の出なることによって、氏を郷土に縛りつけようとするものでは、無い。氏の功績は、遥に郷土を超え、日本を超えて、インターナショナルである。

堺利彦氏は逝かれた。

今、氏の逝去をいたみ、惜しむものは多い。功績を称うるものも多い。人、多くの場合、死後、年を経るに従って、その功を忘れられ、その在りしことを忘却し去られる。だが、わが堺利彦氏の場合に於ては、その年と共に、功績は高まり、その名は拡がるであろう……。

われ等は、氏を裏切らざることを以て、亡き堺利彦に誓うものである。

雑誌『労農文学』（一九三三年三月号、第一巻・第三号）に、葉山嘉樹が筆を執った「堺利彦氏を弔う」である。この弔いの文に色濃く煮詰まっているのは、労農派マルクシズムの思想の糸で繋がった「労農派」と「文芸戦線系」の絆の深さである。堺利彦は、日本のマルクス主義の父といわれ、その源流をつくりあげた人である。葉山嘉樹は、「淫売婦」「海に生くる人々」で、近代文学の中でも十分に評価される作品を残したプロレタリア文学の作家として、第一人者であり、重き存在感をもっている。

「労農派」の秀でた理論家であった向坂逸郎は、葉山嘉樹の特性を『戦士の碑』（労働大学刊）の中で物語っている。

一九二五年五月（大正一四年）に、私は、震災の痕跡を残した東京に帰って、六月には九州大学に赴任した。このころ、私は、葉山嘉樹の『海に生くる人々』を読んだ。これは、私

室蘭港の見える入江臨海公園に立つ葉山嘉樹文学碑

> の留学中に改造社で公刊されていたようであるが、私が読んだのは、一九二五年、大正一四年の夏のころかと思う。なんでも汽車の中で一気に読んでしまった。そして、永年考えていたプロレタリア文学とは、これだな、と思った。新しい社会を創造する人間の歴史的運命が、迫るような強さで描かれていると思った。
>
> 　私は、しばらくは葉山の徒であった。彼の作品を片っぱしから読んだ。

『文芸戦線』第二巻第七号の「淫売婦」で葉山嘉樹の文壇における評価はぐっと高まる。その葉山の作品を読んで、「永年考えていたプロレタリア文学とは、これだな、と思った。」と眼をつけた向坂の智の洞察力は歴史的に鋭かった。向坂逸郎は、『文芸戦線』に「金融資本の話」を書いている。文士は酒ばかり飲んで勉強しないということで酒を飲まない向坂がその役割を負ったという逸話まで残されている。

二

『文芸戦線』は、一九二四年六月に創刊された。大正デモクラシーと資本主義社会の中で労働者、農民の生活と労働を芸術にまで結晶させ時代の申し子となった。同人は青野季吉、今野賢三、金子洋文、小牧近江、佐野袈裟美、佐々木孝丸、中西伊之助、前田河広一郎、松本弘二、武藤直治、村松正俊、平林初之輔、柳瀬正夢の十三名、二カ月後に山田清三郎が参加してきた。この際、『種蒔く人』同人で加わらなかったのは、上野虎雄、津田光造、松本淳三である。綱領には、芸術の共同戦線がうたわれている。

一　われらは無産階級解放運動における芸術上の共同戦線に立つ。
二　無産階級解放運動における各個人の思想及び行動は自由である。

『文芸戦線』は、『種蒔く人』の後継誌である。『種蒔く人』は、小牧近江がパリ留学から持ち帰ったフランスで産声をあげた国際的な反戦平和運動のクラルテ（光明）の日本版である。歴史的な脈絡がある。「土崎版」と「東京版」を発行し、共同戦線を意識した誌面づくりとインターナショナリズムの特色を持ち、日本のプロレタリア文学運動の源流となった事実は、近代文学史において光彩をはなっている。『種蒔く人』は、終刊号といえる今野賢三の執筆による「帝都震災号」で朝鮮人虐殺に抗議し、金子洋文の手による『種蒔き雑記』で南葛労働組合員の平澤計七、川合義虎、鈴木直一、山岸実司、近藤広造、北嶋吉蔵、加藤高壽、吉村光治、佐藤欣治を国家権力が惨殺したことを告発した。命を賭して、『種蒔く人』の精神であった「行動と批判」、言葉を換えれば理論と実践の統一を体現した不滅のルポルタージュ文学として歴史に刻み込んだが、この関東大震災で打撃を受け、一幕をおろすことになる。

「種蒔き社」の解散の事情について、青野季吉が『文芸戦線』創刊号の「『文芸戦線』以前（『種蒔き社』解散前後）」でつまびらかにしている。青野の主張を要約すると、次のようになる。「種蒔き社」解散の理由を①「団隊《ママ》の統制」力を失ってきた、②経済的に全く行詰った、③無産階級解放運動における実践で意見の相違が生じたこと、を理由にあげている。その上で、「『文芸戦線』が文芸方面の共同戦線を主として生れたという点からすれば、『種蒔き社』のその方面の復活と云って差支えない。」と、『文芸戦線』の芸術運動における位置付けを鮮明にしている。

芸術運動における共同戦線として船出した『文芸戦線』の進路は階級闘争の嵐の中で困難さを強いられた。一号から八号までは、『中央新聞』政治部記者であった田村太郎から資金を得て、金子洋文が編集責任者となったが、資金難のために一時休刊におちいる。一九二五年六月号（第二巻第二号）から、前田河広一郎の宮城一中の同窓生、横田直の資金援助を受けて復刊、編集責任者は山田清三郎に交替する。復刊後に雑誌の内容は豊富化し、プロレタリア階級の歴史的使命を意識した作品が現れてくる。第二巻第七号に葉山嘉樹の「淫売婦」、第三巻第一号に葉山の「セメント樽の中の手紙」、黒島伝治の「銅貨二銭」などが掲載され、文壇における評価が徐々に高まっていく。「淫売婦」は、当時の文壇に衝撃を与え、プロレタリア文学に衆目を集めた。

第三巻第二号に林房雄が「林檎」、第三巻第六号に里村欣三の「苦力頭の表情」、第三巻第七号に小堀甚二の「転轍手」、第三巻第十号に黒島伝治の「豚群」、第四巻第九号に平林たい子の「施療室にて」などの優れた芸術性を持った作品が次から次へと輩出してきた。その一方で、プロレタリア文学の理論といえる評論も現れてきた。第三巻第九号に青野季吉の「自然生長と目的意識」、第四巻第一号に青野の「自然生長と目的意識再論」、第四巻第二号、三号に蔵原惟人の「現代日本文学と無産階級」など矢継ぎ早に出てきたが、さらに、新しい作家、評論家として小林多喜二、佐野碩、田口憲一、千田是也、宮本顕治らの人物が登場してきた。当時の文壇をプロレタリア文学が席巻する勢いを有していたという歴史的な文学上の刻印ともいえる。

小牧近江は、堺利彦、山川均との出逢いを印象深く記している。それは一生の交わりとなる同志という親愛感にあふれた想い出の記である。

東京版が出る前に、私は、山川均先生に会いに行っています。それには、こういう事情がありました。ある日、外務省に秋元俊吉というヴェテラン英文ジャーナリストから電話がかかってきて、「今日は僕の誕生日だからご馳走したい。それに、ぜひ会わしたい人がいる」というのです。

秋元さんはジャパン・アドバタイザー紙の寄稿家で、牧野伸顕全権についてフランスに来られ、そのときの知り合いでした。指定された烏森の待合にいって待っていますと、私のすぐあとから、頭の禿げた老人がやってきました。あとで紹介されると、これが堺利彦元老でした。ほかに松岡洋右、木村鋭市の二人で、外務省の若手、若手きってのチャキチャキでした。みんな、堺先生とは初対面でした。おやおや、とんだ組合わせになったものだ、と思っているうち、酒がまわるにつれ、天下の若い役人たちは、社会主義なにものぞ、と、老社会主義者に喰ってかかります。しかし、堺老は、ぜんぜん相手にせず、せせら笑っていました。

その時、私はこっそり堺さんに、「あなたは第二ですか、第三ですか?」という質問を行なってみました。堺さんは、私を外務省の小役人ぐらいに思っていたらしく、藪から棒にこういうキワドイことをきかれたので、ちょっと、ガクゼンとしたようです。しかし、さすがに老巧、堺さんはこう答えました。「それは、山川君にきけばわかるよ。」

それで、私は、紹介状ももらわずに、大森の山川均先生をたずねたのでした。山川さんは、幸い家におられました。非常に慎重な人のように見うけられましたが、じっと私の話をきかれ、いろいろと相談にのってくれました。種蒔く人発行についてです。その後もお会いしました。」（『ある現代史』）

三

労農派マルクシズムとは、何を特質としていたのか。一言で表すならば、「大衆の中へ」ということになる。戦前においては、無産者運動の中で共同戦線を追求し、無産政党の強化を通して絶えず労働者、農民運動の階級的強化を目指した。戦後においては社会党、労働組合の階級的強化に力を尽くし、日本での平和革命、社会主義への道を歩んだ。その理論と実践の統一として具現化されたのが、三池の労働運動であった。長期抵抗統一路線＝大衆闘争路線である。それは労働者一人ひとりの中に、「社会の主人公は労働者である」という労働者思想を確立していく運動でもある。その運動は、職場闘争、学習運動、家族ぐるみが柱となる。資本主義的常識にどっぷりつかっている意識を一つ一つはがしていくために、労働者が社会の主人公という意識、貧乏の原因は資本主義の仕組みのためであるという認識、仲間との団結づくり、科学的社会主義の展望をはっきりさせていくことを課題とした。そもそも「労農派」の「大衆の中へ」は日本資本主義社会の構造の現状分析にもとづいて具体的に練られた革命戦略でもある。この提起は、山川均の

「無産階級運動の方向転換」に発する。

日本の無産階級運動――社会主義運動と労働組合運動――の第一歩は、先づ無産階級の前衛たる少数者が、進む可き目標を、はっきりと見ることであった……。そこで次の第二歩に於ては、吾々はこの目標に向って、無産階級の大衆を動かすことを学ばねばならぬ。無産階級の前衛たる少数者は、資本主義の精神的支配から独立する為に、先づ思想的に徹底し純化した。それが為には前衛たる少数者は、本隊たる大衆を遥か後ろに残して進出した。今や前衛は、敵の為に本隊から断ち切られる憂いがある。そして大衆を率いることが出来なくなる危険がある。そこで無産階級運動の第二歩は、是等の前衛たる少数者が、徹底し純化した思想を携えて、遥かの後方に残されている大衆の中に、再び引き返して来ることでなければならぬ。尚お資本主義の精神的支配の下にある混沌たる大衆から、自分を引離して独立することが、無産階級運動の第一歩であった。そして此の独立した無産階級の立場に立ちつつ、再び大衆の中に帰って来ることが、無産階級運動の第二歩である。「大衆の中へ！」は、日本の無産階級運動の新しい標語でなければならぬ。

その上で、「吾々は第二歩に於ては、この目標と思想との上に立ちつつ、大衆を動かすことを学ばねばならぬ。そして大衆を動かす唯だ一つの道は、吾々の当面の運動が、大衆の実際の要求に触れていることである。」(『前衛』第二巻第十号、一九二二年八月)と核心を突いている。この革命理論は「純化した思想を携えて、遥かの後方に残されている大衆の中に、再び引き返して来ることでなければならぬ。」と社会主義運動の本質を適確に述べている。その精神、思想は本質的に共同戦線としていつの時代にも追求されてきた。

日本における社会主義への道をめぐって、マルクス主義の理論と実践で二つの潮流が歴史的に厳然としてある。「労農派」と共産党という形をとって戦前、戦後の無産者運動、労働者運動の中で、その運動のあり方を中心に論争が繰り返されていた。革命戦略と、その革命主体をどうつくっていくかの問題であった。その影響をプロレタリア文学運動は受けた。何度かにわたる団体の分裂があったが、歴史的に決定的なのは、『文芸戦線』第四巻第十二号(一九二七年十二月)に掲載された山川均の「或る同志への書翰」を載せるかどうかをめぐる対立からの分裂である。この背景には、「労農派」と共産党を支持する人々の間で対立があった。

一時期、共産党を覆っていた極左的な「福本主義」を批判した山川均の論文の扱いをどうするかであった。それは、「彼らは第一には、プロレタリアの闘争目標は、『絶対専制政治』であると云うのです。第二には、革新党は独占的金融資本の支配に対して闘争するところの、有力な小ブルジョア的勢力だというのです。第三には、他の無産諸政党は、ファシズム化し、またはしつゝある反動政治団体だというのです。この三つの命題は、遺憾ながら悉く、事実の上に立つ代りに、宙空に逆立ちしている人の、充血した眼に映じた幻影です。」と、冷徹な眼でばっさりと切っている。

しかし、これを機に大きく二つに分裂していく。労農芸術家聯盟で「労農派」を支持した青野季吉、金子洋文、小牧近江、今野賢三、小堀甚二、平林たい子、里村欣三、黒島伝治、葉山嘉樹、前田河広一郎ら二十三名は少数派であったが、『文芸戦線』を引き継いだ。それに反対した多数派の蔵原惟人、林房雄、藤森成吉、山田清三郎、佐々木孝丸、村山知義、川口浩らは脱退して前衛芸術家同盟を結成し、雑誌『前衛』を発刊した。「反動化せる折衷主義者の伏魔殿『文芸戦線』を叩き潰せ！」と激しい口調でののしっている。この後、小さな水の流れが集まるかのように共産党支持を前提に、マルクス主義芸術研究会と前衛芸術家同盟が一九二八年三月二十五日に合同を声明、全日本無産者芸術聯盟（略称ナップ）を結成した。創立大会を一九二八年四月二十九日に開き、『プロレタリア芸術』と『前衛』が一つになり機関誌『戦旗』を翌年五月に創刊した。これには左翼芸術同盟、闘争芸術聯盟も参加してきた。

その後、プロレタリア文学運動においては「文戦系」と「ナップ系」に分かれて、激しく論争したが、その根っ子には日本のマルクス主義をめぐって、「労農派」と共産党が日本の社会主義をどう建設していくのかという思想的、路線的な問題があったのである。

時代は、軍国主義への道を駆け足で急いだ。日本軍国主義はアジアへの侵略戦争を推し進め、大政翼賛会をつくりあげて社会のあらゆる場所に戦時体制を網の目のように編んでいった。時代の閉塞感は暗黒の闇となって民衆一人ひとりの体と心にまとわりつき、からめとり始めた。時代の流れは、国家権力の弾圧のもとでプロレタリア文学の作家たちに筆を折るか、転向して大政翼賛会の体制の中で働くしかないような環境をつくりあげていく。国家権力の弾圧の中で後退を余儀なくされた労働運動、社会主義運動の停滞は、それを基盤とするプロレタリア文学運動の衰退を必然的なものとした。

労農派マルクシズムの影響を受けた「文戦系」はその伝統である「大衆の中へ」を生かしきれず、ファシズム時代の怒濤の流れの中に押し込められていった。それは、大衆の生活と労働の中に創作材料をとらえきれなくなったということであり、社会性、政治性をもった情勢認識を適確に把握することができなくなりプロレタリア文学にとっては致命傷ともいえるが、作品に社会的な内容の薄さをもたらしたからである。

時は移る、人間の生き死に関係なく。敗戦後の日本に、民主主義の種はじっと芽をつけ葉を広げ、花となり実となるのを待っていた。プロレタリア文学は、人間の回復を願う、個の解放を追い求める人たち、永遠の希望を描き込む創作活動である。芸術の永遠さをもった不滅の名作「海に生くる人々」の書出しは躍動感に満ちた言霊が走る。時のふるいにかけられて残った芸術作品には真理がある。だから古さがない、人間が生きていくうえで欠くことのできない水、空気のようなものである。

室蘭港が奥深く広く入り込んだ、その太平洋への湾口に、大黒島が栓をしている。雪は北海道の全土を覆うて地面から、雲までの厚さで横に降りまくった。

汽船万寿丸は、その腹の中へ三千トンの石炭を詰め込んで、風雪の中を横浜へと進んだ。船は今大黒島をかわろうとしている。その島の彼方には大きな浪が打っている。万寿丸はデツキまで沈んだその船体を、太平洋の怒濤の中へこわごわ覗けて見た。そして思い切って、乗り出したのであった。彼女がその臨月の体で走れる限りの速力が、ブリッジからエンジンへ命じられた。

冬期における北海航路の天候は、いつでも非常に険悪であった。安全な航海、愉快な航海は冬期においては北部海岸では不可能なことであった。

万寿丸甲板部の水夫達は、デッキに打ち上げる、ダイナマイトのような威力を持った波浪の飛沫と戦って、甲板を洗っていた。ホースの尖端からは、沸騰点に近い熱湯が迸り出たが、それがデッキを五尺流れるうちには凍るのであった。五人の水夫は熱湯の凍らぬうちに、その渾身の精力を集めて、石炭塊を掃きやった。


「作品の中の人物と同じ苦しみを苦しみ、悩まないではいられない。」という葉山嘉樹の創作態度がありのままにリアルさをもった作品となり、迫ってくる。ある一断面を描いてその背後の全人生を浮かびあがらせ、強い印象を残す描写がすごい。人の心の痛みを受けとめきる感性をもつ者のみが表現できる秀でた芸術性をきらりと輝かせている。プロレタリア文学は、現実の社会に生きる自分、人生を映し出す鏡の役割を果たす。社会の矛盾がある限り、人間の再生目指す「海に生くる人々」は生まれてくる。

マルクスは『経済学批判』の序文で歴史の生成と政治、経済、文化の密接不可分なことを規定している。「人間は、その生活の社会的生産において、自分の意志から独立した特定の発展段階に対応する生産諸関係を取り結ぶ。この生産諸関係の総体が社会の経済的構造をかたちづくる。この経済的構造は、法律的ならびに政治的上部構造がよって立つ現実的な土台であって、特定の社会的意識諸形態もこの経済的構造に対応するのである。」——資本主義社会においては、絶えず階級意識が労働と生活の中で形づくられていく。要するに、階級意識の発展を伴う資本主義社会では、社会的な生活意識を表現する文学、すなわち社会変革を志すプロレタリア文学は形を変えて出現する必然性がある。ある時は、伏流水となり、支流となり、いつか大河となって人の眼に、世の中の本質を映し出す鏡となる。

今の世は、首切りで失業者が巷にあふれる街、体を壊し働けなくなってホームレスになる自由、自殺する自由、餓死する自由、もの言えず仕事する奴隷状態がある。労働者の生き血をしぼり取る搾取と収奪の資本主義制度は何も変わっていない。季節によって変わる温度に体が馴染んでいくように時代の温度に体質が自然に慣れていく日常の生活がある。季節感のない都会が醸し出す薄汚れた空気は感性を鈍らせていく。人生、頑張ってだめなら休めばいい、何も無理して前へ歩いていくことはない。心と体を癒す場、人間関係があればそれでいい。この現実をあるがままに写し取りその本質を見せ誰もが手に取り共感し、人間が生きていく希望を導き出すのが芸術のもつ力である。プロレタリア文学はひとり歩きはしない、いつも労働者運動の後退、高揚と軌を一にしている。敗戦後、社会主義協会の結成で「労農派」は息吹いた。プロレタリア文学の質を継承する日本人民文学会がつくられ、雑誌『明日』『文戦』『社会主義文学』を出す基盤となった。我々は誇りとするものを二つもっている。日本におけるマルクス主義の源流といえる「労農派」とプロレタリア文学運動の源流となった『種蒔く人』、この二つの伝統は、労働者の生きる場で今日も脈々と流れる思想の大河である。

第Ⅰ部　時代を生きた『種蒔く人』『文芸戦線』のひとびと

1　小牧近江（こまき・おうみ）

一

神戸の港に、一人の男が下船した。年の暮れもおしせまった一九一九年一二月二四日、時代は「大正」である。フランスから一〇年ぶりに帰国した近江谷《おうみや》駉《こまき》は、二五歳になっていた。小牧近江のペンネームで、その後は世間に知れわたる。

彼の体には、クラルテ（光）の魂が宿っていた。クラルテ運動は、フランスの作家、アンリ・バルビュスが唱えた反戦平和の思想運動で、「光は万人のものなのに、万人は闇の中にねむっている、このねむりから目覚めさせる」というすぐれた反戦運動だった。このクラルテを肩に背負って小牧近江は帰ってきて、日本のプロレタリア文学の土壌を耕し、種を植えた。それは、小冊子『種蒔く人』から始まった。

小牧には、生涯に三〇冊をこえる翻訳本などの著書があるが、本になった小説はただ一つだけである。『異国の戦争』という。この本は、一九三〇年に日本評論社から新作長編小説選集の一つとして発行されている。第一次世界大戦をフランスで体験した青年の眼で詩情豊かな感性と、愛国主義的な考えをもちながらも、社会党の代表的指導者だったジャン・ジョレスの暗殺を眼のあたりにしたり、友の死を突きつけられるなかから、これまでの価値観が崩れおち、戦争を憎む思想へと成長していく変化が無理なく表現されている。戦争にまきこまれていく民衆の恐ろしさをこれほどまでにうまく書き表わした文章を私は、まだ知らない。心がぐいぐいと引きずりこまれていく。

ジャン・ジョレスの死は、たしかに僕にとって、混乱のなかに、別の世界を与えたといえる。

しかし、僕は率直にいう。そうした疑惑も、反感も束の間の感情に終わったことを。やがて、僕はもとのままの自分にかえっていた。あとで人は冷静にかえるものである。その時、人々は自分の軽率を顧みて赤面するものである。が、大人だってまごつく戦争の嵐をまのあたり見たものは、誰だって躊躇なしに渦のなかに巻き込まれてゆく。というの

『種蒔く人』「土崎版」創刊号

は、各自が少しずつその嵐を背負っているからだ。あなた達がいかに抵抗しようとしても、あなた達それ自身がその嵐の一部なのだから。

それは遠くから聞こえてくる囃子のようなものだ。初めあなた達は、隣りの村の笛の音に耳をかす。そして、お祭があるのだと気づく。ところが、耳が慣れるにつれて太鼓の響きが大きくなる。それが近づくのを感じる。そのうち、その音がこっちへやって来るようだ。あなた達の一歩が、そっちへ向いているのだ。音はますます、乱調子になる。もう黙ってはいられない。あなた達の方から急いでそっちへ近づいて行く。そして、馬鹿囃子の前についた時には、あなた達はそれと一緒になって浮かれている時なのだ！

こうして、戦争は人々を浮きつかせる。その前には何人も躊躇することが出来ない。

八月一日動員令が下った。

「動員は開戦ではない！」

と、大統領の教書がいった。

八月三日、

ドイツはフランスに宣戦布告をした。

八月四日、

軍事予算の満場可決。フランス議会の劇的場面。

社会主義者と坊主が握手した。

挙国一致。

こうして、激変はすらすらと運んで行った。戦争とは思えなかった。きまっていたことが、きまった結果になると、すべてがあたり前のように見えるのかも知れない。

戦争はお祭のようだった。

何処の窓も三色旗で飾られていた……。

あれほど不安と焦慮に悩まされた戦争、その前に皆はぼんやりしていた。

不思議なのは戦争だった。いざ、目前に現れると、誰もその姿を見たものがなかった。が、やがて別離が来ると、人々は初めて、その正体を発見した。


この小説には差別された、虐げられた者の視線でいろんな人物が描きとらえられていることによって時代にほんろうされながらも生きている人間の強さを暗示させるものがある。

この作品には、戦争という非日常的状態の中に、主人公の友の戦死への苦悩と、その妹への恋愛感情、性への煩もんがすがすがしく描かれ、人間なら誰しもが青春期に抱く日常的なものがより鮮明に浮きあがって文学的な成功を得ている。作者のある種の自伝的な『異国の戦争』は、戦争で犠牲を負う母の悲しみと優しさをかぎりなく表現して、人間の尊さ、人間信頼に重心を置いていることによって薄っぺらな反戦小説に流れなかったのではないかと思う。

小牧も、代議士の父を持ち、裕福な家庭環境の中で育ちながらも、徐々に家運は没落し、暁星中学の時に月謝滞納が続き教師からのいやがらせを受けるなど世間の冷酷さを肌で感じとるようになる。ついに、父が一九一〇年、ブリュッセルで開催された第一回万国議員会議に参加することになり同行し、そのままフランスにとどまるが、そこには激動する時代の荒波と苦学がまちうけていた。アンリ四世校に入学をしたが、そのうちに送金が途絶え、除籍された上に身一つで見知らぬパリの空に放り出されてしまう。一八歳の心は傷つき、ベッドで泣くしかなかった。

皿洗いなどの肉体労働をしながら、電灯もない屋根裏の安い部屋でローソクを灯す毎日が続く。苦しい仕事の合い間をぬって授業料なしの夜間労働学校で勉強は忘れることがなかった。この時期に少年の頭に去来したものはいったいなんだろうか、そして、その心に宿ったものは何か。人間不信なのか、それとも底辺で貧しくともたくましく生きる人間への信頼、愛情がはぐくまれたのか。

その後、日本大使館から連絡があり、給仕として働くことになり、パリ法科大学に入学して学業に身を入れる。勉強もするが、生きた生活の中から自らの思想の糧を得ていく。逆境を自分の成長に生かしきった。第一次世界大戦という時代の激動のまっただ中に身を置き、そこから血と肉をつくりあげていく力を身につけた小牧近江は、日本の社会主義運動、プロレタリア文学運動にかぎりのない歴史的な貢献を果たした。それは、『種蒔く人』を源とするプロレタリア文学の発展によって日本近代文学の内容を芸術的に高める役割を担ったといえる。つまり、多くの働く人々、労働者、農民の困苦の生活と、それをどう変革するのかに唯一答え得る思想を身につけ、それを表現する文学を手土産にして日本に帰ってきた。ロマン・ロランの影響を受け、アンリ・バルビュスのクラルテ運動をたずさえて、「労働することの誇り」と「未来の社会建設」への光を数多くの人のもとに届けるために。

二

小牧は外務省の嘱託となり、フランスから持ち帰ったクラルテ運動の準備をすすめる。一九二一年（大正十年）二月に創刊された『種蒔く人』は発行部数二百部といわれ、一八ページの薄い雑誌で秋田県土崎港で印刷されたので「土崎版」と呼ばれ三号まで発行され、竹馬の友であった小牧近江、金子洋文、今野賢三らが中心となった。その後、一九二一年一〇月に新たに佐々木孝丸、柳瀬正夢らを同人に加えた「東京版」の『種蒔く人』は三千部を超え、山川菊栄、アンリ・バルビュスらが寄稿した。小牧は、『或る青年の夢』の武者小路実篤を新しき村に訪ねる。反戦の思想に感激していたので相談にのってもらおうとしたが、個人的な協力ということで、共に行動するまでには話がまとまらなかった。この頃、金子洋文もまた武者小路に師事していた。それでも、有島武郎を紹介してくれたので、彼から梅原龍三郎画伯の「裸婦」をもらい、それを運動資金とすることによって、発禁の弾圧が吹きあれても「東京版」の『種蒔く人』を発行し続けることができた。

『種蒔く人』第一巻第三号の「非軍国主義号」に、武者小路実篤の「戦争はよくない」という貴重な〝反戦詩〟が載せられた。

俺は殺されることが
嫌いだから
人殺しに反対する、
従って戦争に反対する、
自分の殺されることの
好きな人間、
自分の愛するものの
殺されることのすきな人間、
かかる人間のみ戦争を
讃美することが出来る、
その他の人間は戦争に反対する。
他人は殺されてもいいと云う人間は
自分は殺されてもいいと云う人間だ、
人間が人間を殺していいと云うことは

決してあり得ない。
だから自分は戦争に反対する。
戦争はよくないものだ。
このことを本当に知らないものよ、
お前は戦争で
殺されることを
甘受出来るか。
想像力のよわいものよ。
戦争はよしなくならないものにせよ、
俺は戦争に反対する。
戦争はよきものとは断じて思うことは出来ない。

この『種蒔く人』を源流として、日本におけるプロレタリア文学運動のとうとうたる流れをつくりあげ、大正、昭和の文壇を一時期、制圧するまでの勢いをもった。いち早く第三インターナショナルを紹介し、反戦平和、ロシア革命の擁護、人民の解放運動、芸術運動の歴史に画期的な時代を築いたが、その特徴としては、「行動と批判」をかかげて、理論と実践の統一を追求した。内容的にも、「非軍国主義号」「水平社運動」「反軍国主義・無産青年運動」などの特集号を組み、発禁の連続の中でも国家権力の差別・弾圧と闘い続け、ついに関東大震災で廃刊に追いこまれた。この時に労働者、朝鮮人らが大量に虐殺されたが、その中の「亀戸事件」を告発した『種蒔き雑記』は、金子洋文が命をかけて書き記したもので今もなまなましく伝わってくるルポルタージュ文学の貴重な財産となっている。

その後、『種蒔く人』の思想と芸術運動を継承し、震災の混乱の中から若芽のごとく現われたのが、『文芸戦線』であった。ここに多くの小説家、詩人が同人となり、「海に生くる人々」の葉山嘉樹を始めとした後世に読みつがれていく作品を送り出している。その一方で、思わぬ逸話も残すこととなった。その一つに酒を巡る話は枚挙にいとまがない。小牧近江の弟で『文芸戦線』の同人であり、戦後、日本社会党の国会議員もした嶋田晋作の妻だった嶋田妙の『文芸戦線と私』（無名の日本人双書）に、おもしろい脱線の話が載っている。晋作と妙の結婚祝いにかけつけた『文芸戦線』同人の酒の上のてん末である。

秋田土崎港の七月二〇日の祭礼の真似をして、土崎港町出身の、晋作の父近江谷井堂、金子洋文、今野賢三、小牧近江の「山のダシ」を引っぱる行事は、見ものであった。床の間の置物の木彫の大黒様を「山のダシ」に見立て、座布団に乗せて「ヨイヤサ、ヨイヤサ」のかけ声も勇ましく、家中をねり歩くのである。酒宴は高潮して賑やかになり、夜もふけて、いよいよ最後のしめくくりの「鶴亀の儀式」が始まるのである。

大きい錦焼きのドンブリ（きれいな一升枡がないので）に、冷酒をなみなみと注ぎ、始めの人が隣りの人に〝鶴〟と言って渡すと、次の人は〝亀〟と言ってドンブリを受け、冷酒を一口呑み、その人から次々と〝鶴〟〝亀〟と言いながら一座を回るもので、最後の人が受けとった時、〝おさめ〟と言って呑みほし全員の拍手で終わるのである。この二つの行事は、近江谷家の宴会には、必ずやるべきものとなっていたのである。

……若手連中の談論風発はますます激しくなり酔いも回り、ある人の手が硝子障子の硝子にあたり、ガチャンという大きな音と同時に、みんなの興奮した空気は殺気だってしまった。どうにも収拾のつかない状態に、もう寝静まっている隣りの父を迎えに晋作は走った。「みんな帰り給え！」の父の鶴の一声でその場は納まったが、「事なきを得た」という感じで、私は、これから沢山の人たちとおつきあいをして、どんな人生を送るようになるのか、不安にかられてなかなか眠られなかった。その夜の井堂の威厳ある姿に頭がさがる思いだった。

この類いの話題には、こと欠かない事件が当時のプロレタリア文学の中には徒花として咲いていた。だが、戦時中、息の根を絶やされたプロレタリア文学に身を投じた人々の連帯感はいたるところでつながっていた。子供の学資のない仲間への援助とかで。戦後、民主主義運動の中で、雑誌『社会主義文学』として、復活が試みられたが今は途絶えている。

日本にプロレタリア文学の種を蒔き、反戦平和の思想に生きた小牧近江の名と業績は、働く者がいるかぎり忘れられることはない。人の心の痛みを受けとめきるやさしい姿、生き方を貫き貧しき人々の中に身を置き、自然なままに生きたからだ。『異国の戦争』の最後は、こう結ばれている。


「谷、忘れてくれるな！」

同胞以上の友、兄弟以上の友、ヨーロッパを越えての友、アジアを越えての友、主義の友！　僕はどうしてあの永久の声をわすれることが出来よう？

汽車は動く。

リヨンには同志が待ってくれるだろう。

ふと、マルセイユの船がぼんやり眼にうかぶ。その船が未知の同志の国、日本に僕を運ぶのだ。

三

蒔いた種は、花開いた。赤、白、黒と色とりどりの花が時代の息吹きを栄養として咲きほこった。雑誌『種蒔く人』には、マルクス主義者、アナキスト、民主主義者が混在し、一つの時代を画する人々が執筆家となって名をつらねている。

主な作家は、秋田雨雀、有島武郎、馬場孤蝶、アンリ・バルビュス、エドワード・カーペンタ、江口渙、藤森成吉、長谷川如是閑、平林初之輔、石川三四郎、神近市子、宮島資夫、小川未明、山川菊栄、吉江喬松らであった。

「土崎版」の創刊号の表紙は、ミレーの「種蒔く人」が描かれ、「自分は農夫のなかの農夫だ。自分の綱領は労働である」と記されている。ここで注目すべきは、小牧が「恩知らずの乞食」と題して第一次世界大戦をめぐり自称「社会主義者」と言っていた連中の裏切りを皮肉り、第二インターナショナルの悪業を暴露し、第三インターナショナルを日本にもっとも早く紹介したことにある。それも秋田の土崎港から闇を照らす光がはなたれたのである。

『文芸戦線』創刊号

この戦慄す可き恐怖の一幕は一九一四年の世界大戦に於いて演出されたのである。交戦諸国の社会主義者、労働者の仮面は剝がれ、国防のために、クルップ兵器工場はクルゾー兵器工場と鎬をけづり社会主義者は宗教家と抱き合った。……何人も第二インターナショナルは明らかに醜態を暴露したことを否まれない。しかしそれを以て社会主義の破産とばかり信ぜられない。第二インターナショナルは当然帰着す可き点に帰着したのである。第二インターナショナルの多くはマルクスの科学主義に影響を受けしものの、遂に一八四八年の空想社会主義者に過ぎなかったので、その結果行詰ったのである。ここに殆んど絶望に近い人々の上に第三インターナショナルが出現した。良心ある人々は遂に互いに見出したのである……。

眼を開いて真理を見、恐れなく進む勇者には種々の悲しい事実がある。権力と無智に盲従する社会数千萬の受難者は教育、宗教、新聞と言ふブルジョアの何心なき宣伝に魅せられ、真理を高唱する人々を以て盡く不道徳極まる現代社会の公敵と見做す、故に、当分この苦痛を忍ばねばならぬことは、最も悲しい現象の一つである。然しこれ等良心ある人々の同士は一国に限られてゐない。而してこれ等被迫害者の行動の一つ一つはやがて世界的新社会の到来に及ばす力だと思ふと気強い。

今日の自分らをとりまく情勢と抱き合わせて考えると意味深い。社会主義諸国の崩壊、国内における労働運動の後退、社会党の解体に耐えられず、展望を見失って去っていく仲間の姿に、己れの非力さを感じることがある。自分らがつくりあげてきた組織と運動のどこに原因があって団結の輪から仲間が離れていくのかと思わされることが多くなってきている。何十年も一緒に手をたずさえてやってきた仲間と別れる辛さ、心の痛みはなんとも言いがたいものがある。一つの道を共に歩んでいたはずなのにどこかで進む方向がちがい別々の路をてくてくと歩き、姿が見えなくなる日々が多い。だが、人間には自らの力で解決することができる課題しか与えられることはないと信じている。

日本のプロレタリア文学の源となった『種蒔く人』も大正一二年九月の関東大震災で壊滅的な打撃を受け廃刊となったが、この機に乗じて行われた社会主義運動、労働運動への白色テロ、朝鮮人の虐殺に対する精一杯の怒りと抗議をこめた『帝都震災号外』と『種蒔き雑記』を出すことによって「行動と批判」を信条とした思想的立場を貫いた。

小牧は、『種蒔く人』の同人であり、竹馬の友だった今野賢三を特集した『秋田社会運動史研究』で、当時をふり返ってこう語っている。

今野賢三は震災後まもなく種蒔き社から刊行の雑誌『種蒔く人』の『帝都震災号外』に〝休刊について読者に与う〟に名を借りて、朝鮮人大虐殺に対し痛烈に抗議し、〝沈黙は死である〟と叫んだ。

軍国主義が物を言う時代の戒厳令治下で、臆《おく》面もなく、あんなことを思いきって書けるものでない。いまならなんでもなかろうが。

関東大震災は『種蒔く人』事実上の終焉《えん》であった。東京の印刷所の大半は焼失し、私たちの資金は底をついたので、建て直しは実際上困難であった。けれども私たちは、おめおめと見苦しい野たれ死にをしたくなかった。
かって日露戦争の風雪がけわしくなり、一触速《ママ》発の時点において、幸徳秋水、堺利彦、内村鑑三など、たった一握りであれだけのことをした先覚者たちが、『平民新聞』をトリデとし、世論ごうごうの開戦論に対し、反戦論を唱え続けた。…弾圧に次ぐ弾圧でこの新聞が廃刊のやむなきにいたった。そのときも、『休刊の辞』を書いて政府の不法を読者に訴え、自分たちの存在を明らかにした。
その教えを私たちは学びとろうと努めたが結局残ったのは私たち三人だけ。このときほど竹馬の友ほどたよりになるもの、ありがたいと思ったことがない。思えば私たちの歩いてきた道は、退屈したくなるほど長く続いてきた。そして、これからも続くことだろう。

咲いた花は、必ずいつかは枯れ、しおれていく。が、種子か、球根か、根かは残り、次の世代へと受け継がれていくのが摂理である。一見すると枯れはて、朽ちたかのように見えたプロレタリア文学の種は息をしていた。次の時代で大輪の花を咲かせるために呼吸をし、成長をやめることをしなかった。『種蒔く人』は、『文芸戦線』という大輪の花を咲かせた。その頃の苦難の時代のことを金子洋文は「『文芸戦線』の思い出」につづっている。

同人の会合を代々木の平野屋でひらいた。が出席したのは十名足らず、いずれも、陰惨な世相を背負込んで口が重く、しめり勝ちだった。一杯飲んでウヤムヤのまま解散したが、私の代々木の住居へ立寄って一杯飲んだとき、小牧が眼からボロボロ涙を流して（世界に対して顔向けができない）と、男泣きに泣いたが生涯忘れ難い。そこで、総同盟が十名余の弁護士に依頼してしらべあげた資料を借りてきて『種蒔き雑記』を出版できたのだ。

その後数回会合を開き巻頭の宣言文を青野が執筆した。

一、我等は無産階級解放運動に於ける芸術上の共同戦線に立つ。

一、無産階級解放運動に於ける各個人の思想及行動は自由である。

と、決定し、『種蒔き雑記』を執筆した功労と彼なら文学的にやるだろうと、私が編集幹事にえらばれた。『文芸戦線』誌名は、ソ連の文学雑誌リテラチュア・フロントからきているが、それを決定する前に、同人の頭文字をとって合せたら、（ココラキヨウ）と出たので大笑いする一幕もあった。

『文芸戦線』の創刊は、一九二四年（大正一三年）で、一九三二年七月の終刊までに九二冊が発行された。最高時の発行部数は、二万部といわれている。『文芸戦線』の初期の主な同人は、次の人々であった。

小牧近江、金子洋文、今野賢三、平林初之輔、青野季吉、佐々木孝丸、佐野袈裟美、中西伊之助、前田河広一郎、柳瀬正夢、武藤直治、松本弘二、という顔ぶれだった。

表紙は、プロレタリア美術で芸術的にすぐれた作品を残した「ねじ釘の画家」として著名な柳瀬正夢が担当した。重苦しい淀みを押し流すかのように『文芸戦線』に次から次へと新しい作家、詩人らが集まり、労働者、農民の文学を発表した。「淫売婦」「セメント樽の中の手紙」の葉山嘉樹、創作活動に「目的意識論」を提唱した青野季吉、「銅貨二銭」の黒島伝治、「苦力頭の表情」の里村欣三、「コシャマイン記」で芥川賞を得た鶴田知也、その他にも伊藤永之介、林房雄、平林たい子、壺井繁治らが小説、詩、戯曲を発表しプロレタリア文学の芸術性をすばらしく高め思想的な発展をもたらして、大正、昭和の近代文学に大きな足跡を残すことになる。また、文化運動としても、プロレタリア美術、演劇などの活動が、この時期に活発化して労働運動、農民運動と結びついていく。ところがこの文化運動も、労農派系と共産党系の対立の影響を受けて分裂をし、「文戦系」と「ナップ系」とに分かれていった。

その頃のことを書いた〝また逢う日まで〟という味わいのある一文がある。

あの人たち、藤森成吉と柳瀬正夢は、たった二人でわたしの勤めていた国民新聞社に訪ねてくれたことがあった。「小牧君、お別れに来たよ」わたしはあの二人を引き止めようとはしなかった。あの人たちもわたしを仲間に引き入れようとしなかった。マスコミには『文戦』と『戦旗』は真二つに割れたと、思いきりはしゃいだ。時世の流れであった。わたしたち三人は、顔を見合わせ、固く手を握った。「また逢う日まで。」ただ、それだけだった。あの人たちは、折目正しい盟友であったからだ。わたしは去りゆくあの二人の後姿をじっと見入った――

それと同時に、軍国主義、ファシズムの執拗な弾圧によってじわりとおしつぶされていく。小林多喜二の拷問による虐殺に象徴されるように、いくたの人が牢獄で殺されたり、病人となり、社会に放り出された。社会体制の圧力によって「転向」を強いられ、人間としての誇り、意思を踏みにじられて命の輝きを失わされていった。ファシズムが支配する暗黒の時代、人間が人間として生きることを奪われ、時間のみがむなしく流れていったのである。

日本帝国主義は国内の人民を弾圧し、とどまることなく海外への侵略戦争を拡大した。「満州事変」から中国への侵略をおし進め、翼賛会体制をとりながら、共産党への大弾圧そして、一九三七年には「人民戦線事件」といわれる労農派グループの大検挙を全国一斉に行い、労働運動、農民運動の息の根を絶やそうとした。その頃小牧近江の叔父で、『種蒔く人』の同人でもあった農民運動家の近江谷友治は、牢獄につながれて殺された。『先駆者　近江谷友治伝（附畠山松治郎伝）――今も！将来も！生きる輝かしい大衆闘争の物語』に今野賢三は憤怒をこめて記している。

昭和一四年に秋田刑務所内の友治は、血圧がたかいため薬をもとめると、胃腸をこわすヨウド（沃度）の入った薬を呑ませた。そして苦しみ、病名がわからない不安のため、刑務所外の（秋田市の）医者をよんでくれと、いくら言ってもききいれない。取調べの検事は、マルクス主義を捨て、転向すれば出してやる、と言ったが、友治は「おれとの理論闘争で、おれを敗かすような理論が検事にあるならば転向する。」といって死をもって抗争した。瀕死の重体になって小泉医師をよんだが、おそく、友治は刑務所で殺されたようなものだといった。本山町で加療し、赤十字病院に入院。腹膜で助からなくなった。

八月一八日、一一時ころ、「ウナギドンブリを食べたい」といったが、ハシをもって、一口、口へ入れただけであった。午後二時半か三時ころ、もはや最後だと意識したらしく、「ガンバッタけれど敗けた……。」と、一言、口に出して、なんの苦痛も見せず、病床のまわりのひとに『さようなら』といってから、大往生をとげたという……。

それは、労働者農民階級の解放のために、あくまでも「下積みにあまんじて戦いぬいた」人間として、偉大な一つの光りの生涯でなければならない。真理に生きる苦難のために、妻をも持たず、孤独を覚悟し、生活のうえでは清潔をもってとおした。そして、信念のために倒れたのである。科学的社会主義の「革命家」として倒れたのである。人民秋田の人柱として……。

この近江谷友治の「捨て石」の生涯の、この短い伝記を読む多くの人が、自分たちの心の中に、「宝石の光りをもつ」ものとして、生きる戦いのカテ（糧）にして前進してくれるよう、心から願ってやまないものである……。

四

この暗黒時代を、小牧近江は自らの信念を曲げずに耐えて、生きぬいた。失業、記者生活、また失業をくり返し、ついに、インドシナに単身で赴き、商社の仕事を敗戦まで続けて家族の生活を守った。その頃の逸話を一つ。小牧の『イソップ三代目』に、「小牧さんのこと」という蘆原英了氏（藤田嗣治画伯の甥）が想い出を書いている。

『小さな町』書影

私が小牧さんを直接に存じあげるようになったのは、今度の戦争中のことである。現在のベトナム、当時の仏印のハノイの日本文化会館で御一緒に仕事をするようになってからである。……私にとって忘れがたいのは、小牧さんが根からリベラリストであるということだった。あの息苦しい戦時下で、小牧さんの傍にいることは酸素を提供されているようなものだった。さすが少年時代をパリの名門校アンリ四世校に学ばれた人であると思った。二人でハノイの郊外の山にのぼった時、どうしたはずみか小牧さんは『インターナショナル』を歌いだした。あの戦時下では驚くべきことであったが、私は驚かなかった。

小牧は、戦後、中央労働学院で労働者教育に身を入れ、のちに学院は法政大学に合併されて同大学の社会学部となったが、そこで教授となり、八四歳で亡くなるまで反戦平和運動に生涯を尽くした。

人の心の痛みを受けとめきる小牧の人間性はどこでつくられたのだろうか。いつの時代でも、困難な時にも、周りの人をなごませる人間的魅力を発散させていた力の源はなんだったのか。その〝種〟は、フランスの苦学時代に養われたのではないかと思う。一人ぼっち、パリの地で学費が払えず苦学していた頃は、孤独に追いこまれることが多かっただろうが、学友のド・サン・プリの家に招かれ励まされたことは大きな影響を与えている。そこで元大統領の祖父ルーベから言われた言葉「〝貧しいことは恥ではない〟私にとって、これほどありがたい言葉はなかった。忘れられません」と回想しているように、傷ついた心にしみとおる、人のいたわりは一生涯、忘れることはなかった。その真骨頂が、シャルル・ルイ・フィリップの作品を日本に紹介したことに表れている。フランス文学者の山内義雄氏は「『小さな町』の訳者として、わが国にフィリップを種蒔いた最初の人」とたたえている。『小さな町』の〝はしがき〟にすべてが言いつくされている。

この本は、短い生涯を送った一人の作家の作品を通して見た貧しい人人と働く人人の世の中を書いた物語である。

この、一生涯、働く人たちの友であり、自分も亦、貧しくて、小さく、ひとりぼっちだった作家シャルル・フィリップは、一八七四年八月四日、中部フランスのアリエ県、ムウラン市の近くの、人口三千かそこらのセリイという小さな町に生れた。……不幸にして作家フィリップは、やっとこれからという時、たった三十四才の若さでパリに死んだ。

フィリップは先輩のモリス・バレスに宛てた手紙の中で、「私の祖母は乞食で、父は木靴師でした。」といっているが……。さらに、木靴師、つまり下駄屋さんであったところのシャルル・ブランシャアル、このかたくななフィリップのお父さんは、こつこつと働いたお蔭で、子供に教育を授け得るほどの身分にはなったが、その一生を通じて息子に授けた生きた教訓こそは、労働と勤勉の尊さということであった。

けれども、もしフィリップにあのお母さん、子供の病苦を少しでも薄らげるため、自分の生命までちぢめようとする、あの貧しく、教育もないお母さんの慈愛がなかったら、フィリップは貧しい人たちの味方にはなれなかったであろう。慈愛には貧富の区別がない。貧しき者は心の富める者だとさへいえる位である。

人間はひとりびとり生きているのではない。相寄り合い、かたまって、生活の息吹をしているのである。『小さな町』にもいろいろな人人が住んでいる。肥っちょで、慈善深そうな町医者も、悪童たちにいじめられる人の善い司祭さんも、飲んだくれのかじやも、名前が符牒のような日傭人《ひようにん》にも、木靴師も、車大工も、さては芥箱の衛生係のような面をするオリヴィエさんの犬までが、皆がせっせと働いている。唯一人不平をいうものがない。いい按配である。

ところが、小さな町の家家は、御堂を中心に寄添い、折重なっているとはいえないのである。中にはぐっすり眠っているうちから、朝日の光をかんかん浴び、庭園の亭《ちん》には支那風鈴をちりんちりんさせている家もあれば、また、まるで腰の曲がったお婆さんのような恰好をし、雨がふるとぼろぼろと涙を流す家すらあるのだ。家が家を支配しているとさえいえる。働かない者が働く者を支配することがもっと悪いことだとフイリップは思っているのだ。何故なら、働くこと、それは誰もしなければならぬことである。そして、これこそ人間の一番尊い道であるのだから。

大正一四年、新潮社から発行された『小さな町』の序文には、「その日に生まれた長男左馬之介のために」と記されている（元九州大学教授の近江谷左馬之介氏）。小牧の家族愛の深さがわかる。長女の桐山清井さんの「種蒔く人・夢蒔く人・愛蒔く人」の一文にも、ほのぼのとした人間味あふれた姿が描かれている。

父は、母と本当に仲良かった。金婚式をすませて、その翌年母は亡くなっている。母に、随分甘えている父だった。母ならなんでも出来ると思っていたようだ。事実、苦しい時代、母は泣き言をいわずに矢面にたち、父をかばっていた。母は、本当に父によくつくしたし、父にとって母は絶対の女性だったにちがいない。子供の頃、ふっと目をさますと、母が父の口述をしていた。向いあって座っている黒い大きな机、ボソボソ話す父の声、かん高くそれをくりかえす母の声。目に浮ぶ。種を蒔いた人は父かもしれないが、それに芽をださせるように、母がその肥料の一部になったことはまちがいないと思う。

法政大学の頃、月給日に父母は待ち合わせて、食べ歩きをした。いまでも『東京うまいもの食べ歩き』の本には、メモやら新聞の切り抜きがはさまっている。平凡な家庭に育った母にとって、月給日に給料をもってかえってくる父と二人きりの生活は、長いなん十年間の苦しい時代をすごしたあとのたのしい時代であり、新婚時代のようなものだったと思う。母が一度も嫌なおもいをしなかったという小姑たちが、「兄さんと姉さんは本当に仲良くて、兄さんは幸福よ」と言っていた。父は、愛されて育ち、愛情のなかに生きて、その愛を人にふりまいた〝愛蒔く人〟であったともいえよう。仲の良い夫婦だった。

小牧近江の生涯は、人の心の痛みを受けとめる人間性によって多くの人々を魅了した。それは、反戦平和の思想を貫き、底辺に生き働く人々の視線を忘れなかったからだ。フランスから持ち帰ったクラルテ（光）運動を日本で実践したわけだが、その光は、働く者がいるかぎり闇の中で輝き続けている。

〈主な著書・翻訳書〉
『プロレタリア文学手引』（至上社　1925年）
『小さな町』（新潮社　1925年）
『シャルル・ルイ・フィリップ』（叢文閣　1926年）
『カザノブ情史』（国際文献刊行会　1926年）
『異国の戦争』（日本評論社　1930年）
『銃殺されて生きてた男』（四六書院　1931年）
『ロベスピエール　フランス革命の父』（北斗社　1947年）
『ふらんす大革命』（黄土社　1949年）
『ふらんす革命夜話』（時事通信社　1950年・労働大学より復刊）
『クラルテ』（ダヴィット社　1952年）
『地獄』（新潮社　1953年）

『ある現代史―〝種蒔く人〟前後―』(法政大学出版局　1965年)
『イソップ三代目』(第三文明社　1973年)
『種蒔くひとびと』(かまくら春秋社　1978年)
『ジャコバンの精神』(鹿砦社　1979年)

2　金子洋文（かねこ・ようぶん）

「一〇年ぶりで電線をながれてくる、幼ともだちの声はうれしい」この一言が、日本のプロレタリア文学運動の夜明けを告げる〝鬨《とき》の声〟となった。竹馬の友、金子洋文と小牧近江の運命の再会であった。

この頃、小牧近江はパリ大学法学部を卒業して帰国後、外務省に嘱託として勤めていた。金子からすれば、久しぶりの友に会いたいのが当たり前だが、訪ねようとはしなかった。パリ在中に贈られた「詩集」についていた写真が髪を真ん中からわけてキザな印象を受けたのと外務省勤務と聞いて足が遠のいたのである。ところが運命の女神はいたづらをした。たまたま秋田に仕事で帰った金子は、小牧の父栄次に会うと、「小牧が赤くなって帰ってきたので困っている」と聞き、東京に戻るとすぐ外務省に電話して、冒頭の詩的な会話となり、会うことになった。その頃の金子は、アナーキーのカーペンターにかぶれていたので、赤くなったと聞いただけで会おうという気持ちになったのだ。まだ、この時代、マルクシズムとアナーキズムの区別もつかない混沌とした思想的な背景があった。

今日のことのように鮮明に記憶している金子は、『種蒔く人』の誕生の秘密をあかす。「虎の門の泰明軒、そこで会ってね。部屋も、テーブルまでしってるよ。ビール飲んだら、小牧が、洋文、黒を混ぜて飲むとうまいよ、と言うんだ。フランスはさすがと思って、黒と白のビールをチャンポンにして飲んだよ。で、それから青山北町一丁目にあった小牧の家まで歩いて行ったが、ビールを飲んだあとだから小便したくてしようがないんだよ。それで横町にはいって小便したよ。小牧もあとから小便した。小牧があとから言うには、たくさんしてるとそれを見た女の人がおどろいてね……。」――この二人には、はかりしれない友情と酒が一生ついてまわった。

出会ったその日に、雑誌を発行する話がまとまった。『種蒔く人伝』（労大新書）次の記述がある。

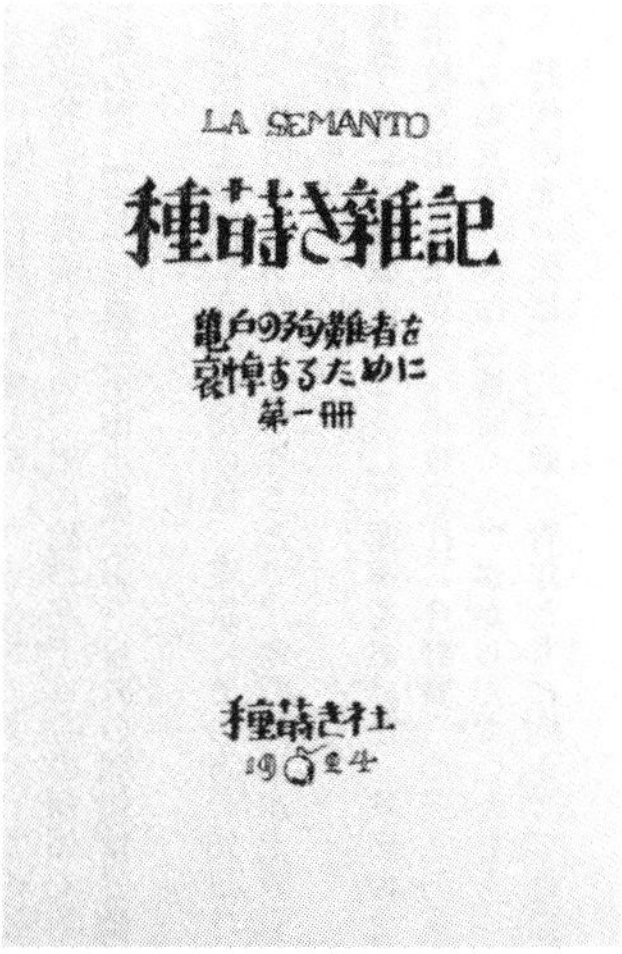

『種蒔き雑記』

題名が二つ出た。『種蒔く人』と『煙突』。表紙に絵を入れることを提案したのは小牧で、ミレーの絵『種蒔く人』をえらんだのは私。白樺の影響だが、フランスのすぐれた画家だから小牧にも異論がない。その絵の左下に次の綱領を活字に組んだ。「自分は農夫の中の農夫だ。自分の綱領は労働だ」

印刷所を土崎港にえらんだのは、東京にその方の知己はないし、秋田の方が安いということで、今野賢三が土崎で映画の弁士をやっていた。

『種蒔く人』土崎版は、こうして産声をあげた。秋田の土崎小学校を出た金子洋文、小牧近江、今野賢三の三人の生涯変わらぬ友情の絆は『種蒔く人』がからんでいたともいえる。時代の光の矢は、二六歳の青年たちに向かってはなたれた。

金子洋文は、一八九四年（明治二七年）に土崎港町（現在の秋田市）で生まれ、本名は吉太郎という。九〇歳で亡くなったが、小説・脚本など多くの作品を残している。その生涯は、「飢えと戦争を防げない文化は真の文化ではない」の信念に凝縮されていた。彼の青春時代の想いを端的に表現した一文を雑誌『秋田』に書き記している。

いやな言葉だが、作家にはそれぞれ出世作というものがある。今で言う芥川賞作品だが、私の場合は大正十二年三月雑誌『解放』に発表した『地獄』。執筆したのは十一年の中頃で、代々木大山の梁山泊と称された家だった。

梁山泊と呼ばれたのは、そこへ私と妹、詩人の松本淳三（戦後代議士となった）、のちに秋田から今野賢三がやってきて同居するようになり、青年の出入りが多く、酒をのんでは終夜大声で論じあい『赤旗』やインタをうたったりするので、いつかそう呼ばれるようになったのだ。

プロレタリア文学運動即ち『種蒔く人』運動がはじまったのは大正十年の二月であり、『土崎版』（三月で休刊）、再出発の『東京版』は十月であるから、革新の焔が燃えあがった時点であって、その焔に身を挺して書いたのが『地獄』であった。梁山泊を解散して逃げ出したのは十一年の暮。家賃はたまり電灯まで消されてしまったからだ。私は秋工卒後、三年間母校の土崎小学校で代用教員をした。この三年間の青春をふりかえると、『政治青年』と『文学青年』が同居していたようだ。別の言葉でいうと「たのしい青春」と「いやらしい青春」とのからみあいだが、その過程における情意的形成を検討すると、知的な叙事的ものよりも、素朴純情、空想混合のセンチメンタリズムと天才を夢みるやや傲岸なヒロイズムが顕著であり、二つのものの相互作用も手伝って、後者は文学にあこがれて雑誌『白樺』に熱中して武者小路実篤一辺倒に発展した。その契機は反戦戯曲の『ある青年の夢』であり、この作品は多くの青年に影響を与えたもので、佐々木孝丸もその一人だった。その関係で大正五年再度上京したときは六年の一月元旦から、千葉県我孫子手賀沼のほとりに新築した武者小路実篤家

金子洋文氏

へ寄寓した。武者さんが破竹の勢いで文壇へ出た頃で、近くには志賀直哉、柳宗悦、小泉鉄氏等の白樺同人がたえず訪ねてくるし、文壇の諸星や編集者の往来もひんぱんであり、毎日の生活がすべて文学、芸術とつながっていたので、政治青年は次第に文学青年に解消する過程をたどった。

我孫子生活はわずかに一年にすぎなかったが、私にとっては忘れがたい幸福な期間であり高貴な文学精神をむさぼるように吸収し学び得た生活だった。

電灯を消されて闇となり、プロレタリア文学によって光（クラルテ）を得たわけだ。

二

金子洋文の名は、『種蒔き雑記』を書いたことで解放運動の歴史にさん然と輝いている。関東大震災にかこつけての国家権力、軍隊の朝鮮人、社会主義者、労働組合の活動家らへの大虐殺、弾圧は身の凍てつくような事件であった。この真実を伝えた金子の筆力は、命を昇華させるかのようなルポルタージュ文学として不滅の作品となった。行動と批判を信条とした『種蒔く人』の運動の実践である。

『種蒔き雑記（亀戸の殉難者を哀悼するために）』の表紙をあけると次の一文が刻まれている。「この雑記を亀戸で暗殺された同志　平沢計七　川合義虎　鈴木直一　山岸實司　近藤廣造　北嶋吉

蔵　加藤高壽　吉村光治　佐藤欣治　の霊に捧ぐ」となっている。日本労働総同盟が集約した生々しい資料をもとにして書かれているが、冷徹な眼で起こった事件の真実を描写した文章は、それ自体がすぐれた文学の価値を内包しているがゆえに読む者に時代を超えて、心に深くしみこませる力をもっている。いくつかの事実を描いた中に、「平沢君の靴」がある。平沢計七は、当時、小説『一つの先駆』を書いたりした労働者作家でもあった。当然のこととして、官憲にも目をつけられていた。

平沢君の靴

一

九月三日の夜。

平沢君が夜警から帰って来たのは十時近い刻限であった。そして暫く休んで話してゐるところへ正服巡査が五六人来た。

「済まんが一寸警察まで来て下さい。」

「はい。」

と、彼は静かに答へて立ち上がると、おとなしくついて行った。

二

四日の朝。

自分は三、四人の巡査が荷車に石油と薪を積んでひいて行くのと出遭った。その内友人の丸山君を通じて顔馴染みの清一巡査がゐたので、二人は言葉を交はした。

「石油と薪を積んで何処へ行くのです。」

「殺した人間を焼きに行くのだよ」

「殺した人間……。」

「昨夜《ゆうべ》は人殺しで徹夜までさせられちゃった。三百二十人も殺した。外国人が亀戸管内に視察に来るので、今日急いで焼いてしまふのだよ。」

「皆鮮人ですか」

「いや、中には七八人社会主義者もはいってゐるよ。」

「主義者も……。」

「つくづく巡査の商売が厭になった。」

「そんなに大勢の人間を何処で殺したんです。」

「小松川へ行く方だ。」

自分の胸の内は前夜拘引された平沢君のことで一ぱいだった。主義者が七八人も殺されてゐるなら平沢君もその内にはいってゐるやうな気がした。

自分は清一巡査からきいた場所に足を運びながら、また考へなほした。

平沢君は平素から警察から睨まれてゐる。しかし、震災後平沢君は懸命に友人のつぶれた家の片付に手伝ったり、浅草の煙草専売局で不明となった友人の妹を探しまはったり、町内の夜警に出たりしてゐる。それに巡査と一緒に出て行った時も、おとなしくついて行ったし、萬事要領のいゝ男だから、めったなことはあるまい。殺された七八人の主義者の中には平沢君ははいってゐまい――さうであってくれればいいな、と自分は考へたりした。

清一巡査に教えられた場所に行った時自分は大勢の町内の人々が、とりどりの顔をして立ってゐるのを見た。そこは大島町八丁目の大島鋳物工場横の蓮田を埋立てた場所であった。そこに二三百人の鮮人、支那人らしい死骸が投げ出されてゐた。

自分は一眼見てその凄惨な有様に度肝をぬかれてしまった。自分の眼はどす黒い血の色や、灰色の死人の顔を見て、一時にくらむやうな気がした。涙が出て仕方がなかった。

自分は平沢君は殺されてしまった、と考へた。自分はその悲惨な場面をながく見つめてゐることが出来なかった。

その時私はいつも平沢君のはいてゐた一足の靴が寂しさうに地上にころげてゐるのを見た。

「平沢君は殺された。」

自分はかう信じてしまった。

三

その日のことを自分は平沢君の細君には話さなかった。

翌日の正午頃。自分は細君と相談して、手拭、紙などを持って警察に出掛けて行った。

自分は亀戸の高木高等係と会った。が高木氏の言ふことは意外であった。

「平沢君は三日の晩に帰へしたよ。」

自分はその答へに対して何事も返へす言葉がなかった。今は一點疑ひを入れる余地がなかった。自分は無言で呪はしい警察の門を出た。（主として八島京一氏の供述によってしるす）

『種蒔き雑記』は、起こった事実を端々とつづることによって事件の本質、問題点を逆に鮮明に浮かびあがらせている。国家権力による虐殺の何ものでもなかった真実を。だが、これを書くこと自体がこの時代では死を意味した。命を賭した金子の生き様がよく現れている。恐怖心との葛藤があっただろう。それをのりこえたところにプロレタリア文学が本来持つ歴史的、社会的な役割を充分に果した。それによって時代を超えた遺産として残る価値を得たといえる。大正一三年一月二〇日に発行されているが、その「編集後記」には、こう記されている。

レーニンが死んだ日この雑記が生れる。この記録は総同盟でつくった（亀戸労働者事件調査）から抜粋したものである。総同盟はやがて全文を発表するであろう。僕等はややあいまいの裡に葬り去られたこの事件をはっきりした姿として世に訴へたかったのである。さういふ立場から殆んど感情を殺して事実を忠実に書きとった。また禁止になるのをおそれて惨酷な情景や、殺しの場などを特に全部ぬいてしまった。

この事件に対する僕等の主観をのべることを避ける。これ以外のことは諸君の勝手な想像に任せるより仕方がない。諒とせられたい。……（K生）

この『種蒔き雑記』は、フランスのユマニテ紙、ソ連のプラウダ紙に翻訳されて、世界に事実が知れわたった。「飢えと戦争を防げない文化は真の文化ではない」を信念とした金子洋文の実践でもあった。この勇気と実行力がその後のプロレタリア文学の隆盛をきわめた『文芸戦線』の時代に、組織のまとめ役としていかんなく発揮されていくことになる。

三

金子洋文の小説、戯曲には、艶がある。なにくそ負けてたまるか、というような迫力が文章からわきあがっている。彼が文壇に認められたのは、雑誌『解放』に発表した「地獄」からであった。この小説は、新感覚派として「ブルジョア文学」とみなされていた川端康成らにも賞賛を受けた。「地獄」は、旱魃で苦しみ、疲弊しきった農村を舞台にして地主と農民の争闘をいく分か叙情的に描いたものである。

川はすっかり涸れてしまった。水が一滴ものこさず、燃えている天空に吸いとられてしまった。

大きな岩石が所々に横たわっている。それは呻いている動物のように見えた。その動物を火のような小石が取囲んでいる。

樹木は黄色に見えたり、赤色に見えたり、黒色に見えたりした。彼等も彼等で悪闘していることが明かであった。他の樹木の陰へ自分の枝を、葉をかくしたがっていた。瞬間でも恐しい太陽からのがれたがっていた。

それは実に怪奇な、眺望であった。我々はその眺望を十間上の人道から眺めることが出来た、しかしそれを永く正視することが出来なかった。すぐ昏倒しそうになると同時に、その景色は幻のように我々の眼から消え去るのであった。

梅雨期にはいってから雨が一滴も降らない。毎日のように燃えるような晴天がつゞいた。「明日は降るかも知れない」こうした百姓達の願望は十数日を経たが達し得なかった。苗は萎み初めた。百姓達は火のような太陽を呪詛しながら、田へ川水を運んだ。……

農民として生きていくことの辛さ、どこにもっていけばいいのかわからない生活苦のいらだちを旱魃を通して生々しく描きだしている。その憤懣は農民同士の喧嘩となり、お互いを傷つけ合うしかなかった。そこには、この村を牛耳っている大地主へと眼が向くことはなかった。

村を支配する地主へと即、その怒りは向かわずとも、村人の話し合いの中で、「雨乞」と「小作米の引き下げ」を求めることになった、まだまだ階級意識に立ちきれぬ農民の屈折した感情をみごとに表現している。ところが、この「雨乞」が、この作品の重要な柱となる。純朴な農民の願い、迷信と一言でかたづけられない死活の「雨乞」をけがす者への怒りは頂点に達する。神女になった村人の女房に手を出した地主への報復となって自然発生的ではあるが、自分たちを苦しめる者への反抗の形となって現れる。

「神さんをけがした奴は、地獄へぶち込むのが村の掟だんべ」この時一人の老人が、大きな割れるような声で叫んだ。一種の不思議な感動が人々の心のうちにながれた。瞬間、群集はひっそりしずまりかえったように見えた。が、すぐに、

「地獄にたゝき込めッ」と、誰かが悲痛な声をあげて怒鳴つた。

「地獄だッ、地獄だッ」

「そうだ。」

「そうだ、地獄だッ」

ワァッワァッと大きな喚声が、前よりもはげしく爆発した。平吉は何事かどなった。（それは無意識に彼の口をすべった叫びであった。彼は群集の熱狂を押えつけようとした。彼は瞬間不幸な自分達の敵を助けようとした。）しかし、その言葉は熱狂した群集の耳には、はいらなかった。彼等の数十の手は平吉を倒して、忽ちのうちに地上の獲物にかけられた。

彼等はまるで軽い玩具のようにその獲物を肩にのせた。そして狂わしい喚声を連続的に爆発させながら途を走った。老人も走った。女も走った。子供までつづいた。丁度この熱狂した数十の群集が、村をはずれて地獄へ行く山道にさしかゝった時、突然絹をさくような女の悲鳴がひびきわたった、と同時に、

「あーめ、だッ」と、おびえたような声がひびいた。

「雨だッ」

「雨だッ」

悲しそうな声が、彼等の唇からもれた。しかし次の瞬間、ばら〳〵と降りかゝる雨の音をはっきり耳にした時、彼等は殆んど狂喜して踊りあがった。彼等は喚めいた。怒鳴った。泣きじゃくった。

「雨だッ」

「雨が降ったぞッ」

秋田県土崎市にある「種蒔く人」顕彰碑

彼等は何もかも忘れた。自分達は今どんなことをしているか、どんな忌しい運命の手が、次の日自分達を待っているか、少しも考えていなかった。彼等は無我夢中であった。そして、狂人の群の様に乱舞しながら恐しい地獄へ向って驀進した。

「雨乞」の形をとった農民の素朴な、そしてもっとも神聖なる行為を土足で踏みにじることによって、地主の「神聖な偶像」がたたき壊されるという痛烈な皮肉をこめている。それは、「我々は、労苦以上の大収穫を得たのだ。それは何だ。神聖な偶像をたゝきこわしたことだ。酒田の仮面をひきはいだことだ。百姓の眼を開かせたことだ。今彼と百姓達の間には、朦朧とした神秘がなくなった。我々は溝を隔て、対峙した。残されたものは闘だ。正義の闘だ。そして正しい団体の勝利だ」の言葉に凝縮されているといってもいい。階級意識の芽生えを暗示している。
この「地獄」を川端康成はほめた。ところが、これにいちゃもんをつけた人物がいる。この時代、反プロレタリア文学の先陣をきった菊池寛だった。この皮肉は、時代の雰囲気を臭わせているのでおもしろい。菊池は『文藝當座帳』でこっぴどく批評している。

川端康成の『篝火』を、新聞の文藝欄で、尾崎士郎君と金子洋文とが、激賞した。二人とも、とてつもない賞め方であった。私はそれを見て不愉快であった。なぜかと云へば、川端が、尾崎君の作品を賞め、金子君の作品を賞めたことが、私の記憶にハッキリ残ってゐるからである。尾崎君は、川端に賞められたことを、自ら徳として発表してゐるし、金子君の『地獄』を川端が、プロブルの対立を無視して賞めたことも知る人は知ってゐるだらう。賞められた二人が揃って賞め返す。両君の鑑賞に私情が交じらないことは、両君の人格のために十分信じたい。が、川端に賞められた人が、川端の作品に感心し二人が揃って賞め返すと云ふ偶然は、私にはさう愉快でなかった。私が、尾崎君の場合であったなら、恩返し的になることを慎しんで、出来る丈跨張を避けたゞらう。また私が、金子君であったならば、恩返し的に見えるのを恐れて、『篝火』などで照す必要のない戯曲評の中へ『篝火』などは持込まないだらう。とにかく、この両氏の、『篝火』評には、露骨な好意が見えすぎた。私は、かうした過賞が、作者を却って害するものであることを信じてゐた……。

一方からは三月文壇の佳作として激賞され、他方から雑誌に発表する価値だにない愚作として、貶せられる。もしこれが新進文壇と既成文壇の藝術的価値判断の相違に基因してゐるならば、これほど面白いことはない。さうした相違を適確に示した作者も本懐であらう。が、其処に少しでも、藝術批判以外の動機が動いてゐたとしたら、今の文藝批評など云ふものは――合評も月評も――御殿女中の同僚に対する報復的毀誉褒貶以外の何物でもない。

たしかに、川端康成は新感覚派の『文芸時代』に依って活動していたし、金子洋文はプロレタリア文学に身を置いていたが、川端は芸術的にいい作品は立場を超えて評価する眼とすぐれた批評精神をもっていた。時代は、文学を革命する『文芸時代』と革命の文学の『文芸戦線』の渦をつくりだしていたといえる。

四

金子洋文の作品に一貫している艶のある文章、そしてとぎすまされた感受性と繊細な神経はどこからつくりあげられたのか、その負けじ魂と社会の圧力をはね返す強い精神力はどうやって身についたのだろうか。この一つ一つが総合化されて小説や戯曲をまとめあげる才能の源になっている。

秋田市土崎港の附船問屋に生まれた洋文だが、鉄道の普及とともに家業はなりたたず赤貧の日々をすごさざるを得なかった。新聞配達をして小学校を卒業してすぐさま小牧近江の父である近江谷栄次代議士の紹介で東京の電気会社で働くようになる。その後、秋田にまい戻って秋田工業学校を苦学のすえに卒業し、母校の土崎小学校の代用教員として三年間働く。この生いたちの中で、金子の負けじ魂と向上心はつちかわれていった。そのことをうまく言い表しているのが、雑誌『悲劇喜劇』で「大正リベラリズム」を特集した際に小牧近江が書いた「金子洋文と私」である。


もし風土が幼な心を育成するものであるならば、金子洋文は生粋の浜っ子として古川町に羽根をのばし今野賢三はごたごたした肴《さかな》町に小さな息をちぢめ、この私の小牧近江といえば、町の中心のもろもろの瓦屋根があたりを支配するかのような旦那衆の住む永覚町に、おっとりと、ぬくぬくと育った。

ところが不思議なことがあった。小学校においては学力が金力に優先するということが証明されるのである。たとえそれが浜っ子育ちのきかん坊であってもだ。そこで、私の級では「金子洋文—右、優等総代」であり、そして、ちびで、ひ弱く虫も殺さぬ小牧近江は—「品行方正の総代」にきまっていた。わが家の常日頃オルガン（当時はピアノが無かった）や撃剣道具などの寄附に対するお礼の名の特権だったろうか。

貧乏な生活体験で理不尽な世の中への猜疑と自分の能力を高めることでしかこの貧苦の生活から逃れられないとの思いが強まったのではないか。それとからむかのように金子の作品には人情の機微にふれた艶っぽさが漂っている。これまた、子供の時分から家業の関係で「お咲さん」という淫売婦がわが子のようにかわいがって育ててくれたことを「自伝」的なもので回想しているが、その世界の影響は見逃すことはできない。

代用教員の生活にみきりをつけ再び上京した金子は、千葉県我孫子町手賀沼に家を建てたばかりの武者小路実篤の家に寄寓をし、貴重な文学修養の時代をすごした。

毎日の生活がすべて文学、芸術とつながっていたので、政治青年は次第に文学青年に解消する過程をたどった。我孫子生活はわずかに半年にすぎなかったが、私の生涯にとって忘れがたい幸福な期間であり、高貴な文学精神をむさぼるように吸収し学び得た生活だった。ここにいる間、私は一度も貧富の差や階級の差別を感じなかった。平等であり、自由であり、しかも人間関係の温かさにあふれていた。私は武者夫妻と一しょに、よく志賀さんの家へ遊びに行ったが一度も差別や不快を感じたことがなかった。まったく友人にひとしい扱いであり、口ではそれと言わないが、見事なデモクラシーが花と開いていた。

と回想している。彼の生涯で、この文学修養の時期は多大な精神的な栄養の糧となっている。新聞や雑誌に作品をぼちぼち発表しながら作家活動を始めるが、その初期の仕事として、実業之日本社から発行された「科学童話シリーズ」を執筆しているが、これは小説、戯曲を中心とした金子の創作活動からすると大変に珍しい児童文学の仕事でもある。

それは、「一寸法師叢書」となっている。〝はしがき〟に、「勿論、これは一の文化運動である。そこには明白な意義と理想とが存してゐる、即ち児童のための読物は、児童のために、かくてまた人類のために必要な、不断な努力の集成であらねばならない。然るに、流行的刊行物の弊害は、時今漸く多からうとする傾向が無くはないか。けだし、これが今度、本社出版部から本叢書の刊行を敢て企てた所以である。幸にして、この慾求が、正しい意味の児童教育に與《あづ》かるを得ば満足である。なほ、本叢書の編纂に就いては、金子洋文氏の多大な助力を深く感謝するものである」と記されている。

『佛蘭西帰りの動物学者』の最後には、「蜘蛛が蝶を殺したり、蜂が蜘蛛を殺したりすることは、自然界の一つのありさまであるが、それ以上大事なありさまは動物界ではお互に愛し合ってゐるものが一番栄えてゐるといふことだよ、かういふ點から考へて、人間が人間同志憎み合ったり、いがみ合ったりすることは、最もいけないことだよ、人を殺す戦争は非常にいけない、吾々は蟻の美しい精神にならって、お互に働き、愛し合って、自由な、平和な世界をつくらなければらない、これが一番大事な、凡ての人が心がけなければならない仕事なんだよ。」と結んでいる。この時代の金子の人道主義がよく表れている。この本は、大正一一年八月一日に発行されてシリーズものとなっている。

『種蒔く人』から、『文芸戦線』へとプロレタリア文学の流れが大きくなるにつれて、金子洋文もまたその流れに身を置きながら人道主義から社会主義へと確固たる思想的な成長をとげていく。「文戦系」と「ナップ系」がプロレタリア文化、文学運動でしのぎを削っていた時期、労農芸術家連盟の書記長を担ったり、「文戦劇場」を主催した上に、新劇の演出なども手がけていた。組織のまとめ役として、彼は負けじ魂をいかんなく発揮した。時代が動く時もっともその才覚を現した。

ファシズムが支配する時代、「文戦系」の人々も沈黙をよぎなくされるか、「転向」して生きのびるしかなかった。だがかすかにその連帯感は息づいていた。長男の商船学校の入学費に窮した葉山嘉樹に、当時の金で百円を貸している。葉山からは早速、「民樹栗島商船入学の際は、旅先から無理なことまでして御送金下さって、何ともお礼の申し上げようもありません。全くどうしようかと思っていたところを、助けていただいたので自分が入学したような気持になりました」との礼状が届いている。

金子の晩年の句集『雄物川』に、「俳句乞食の死」がある。『文芸戦線』同人だった長野兼一郎の死に涙する金子の一文である。

書斎の戸袋から雑誌の切り抜きの束を出すと、その中に『ある俳句乞食の死』（東大教授仏文学の市原豊太）があった。昭和三十五年五月『文芸春秋』記載のものだから、一度は読んだ筈だが、「ハテな、長野兼一郎君のことでないかしら……」と思いながら読んでみると、果たしてそうであった。

『種蒔く人』につづくわれわれの雑誌『文芸戦線』『文戦』が休刊となり、やがて太平洋戦争がはじまり同人の半ばは所在不明となったが、同君も召集を受けて戦地に赴き、その後肺病とマラリアで帰還したが、それから路傍に乞食をして子を養ってきたのだ。読みながら、声をあげて泣きたい思いであった。

「俳句乞食という職業は六法全書にもない。日々小さな悲劇の連続にして、私は七年間それを繰り返しました。精神的にも肉体的にも疲れきって死んでいきます。随筆「乞食万吉の死」又は「一つの死」を書いて下さいね。一月二〇日　相良万吉」

これが、彼からの最後の音信であった――と、市原さんが書いている。また、それより半日前に届いた同じ日の速達には、

冠省　久我山行御辞退、もう歩く気力もなくなりました。このまま静かに餓死したいと存じます。愚かな乞食など放っておけ。ほんとに生前の御交情を感謝します。君の朗らかな顔、それは私にとって大きな幸福でありました。

辞世の句

死ぬときも炬煙を抱いて一人哉　　万吉

犬好きの私に樺太犬をくれると言って、その犬を連れて、西荻窪の竹藪の家にきたことがある。そのときの同君のやさしい笑顔が忘れがたい。美しい奥さんも会って知っているが、お子さんは知らなかった。有楽町の街路に座って、その子をいたわる句を読んで、泣かずにおられなかった。

北風吹けば南に座れ父が楯

同君がどういう経緯で同人になったか忘れてしまったが、私の手許に『文芸戦線』と『文戦』二冊に書いた文章がのこっている。一つは鈴木清次郎と共同作業の『反戦グラフ』（第七巻一二月号）であり、もう一つはドイツ語からホンヤクした『プロレタリア文学論の進出』（この種のホンヤクものが多い）いずれも、同君の誠実な人柄とするどい眼力を示している。

時代に翻弄され、傷つき、力つきて倒れた同志への慟哭が胸を突く。『「種蒔く人」七十年記念誌』に、三女の金子功子さんが「私のお父さん」を寄せられているが、おもわず眼に飛びこんでくる一文がある。

父は神棚の前で金子、前田の先祖に始まり、両親、亡くなった先輩、友人、知人の名前を唱えます。橋本富治先生、武者小路実篤先生、堺利彦先生、山川均先生、菊栄先生、鈴木茂三郎君、駒さん（小牧近江）、今野君、役者さん達と私の知っている名前が続き、突然声が途切れます。口の中で唱えている名前は、父と御縁のあった女人達でした。再び声が出て、家族の健康を祈願して了えるのでした。

名前を唱える金子の頭の中に去来するものはなんだったのか。時代の激流は、個人の意志に関係なく多くの人々を飲み込んでいった。心ざしなかばに倒れていった友の、仲一間の願いを肩に背負い、人間らしく生きてるかと、自問自答していたのだろうか。

〈主な著書〉

『生ける武者小路実篤』（種蒔き社　1922年）
『地獄』（自然社　1923年）
『投げ棄てられた指輪』（新潮社　1923年）
『チョコレート兵隊さん」（金星堂　1925年）
『銃火』（春陽堂　1928年）
『赤い湖』（日本評論社　1928年）

『飛ぶ唄』（平凡社　１９２９年）
『天井裏の善公』（文芸戦線出版部　１９３０年）
『金子洋文集』（平凡社　１９３０年）
『魚河岸』（日本評論社　１９３０年）
『はたらく日記』（河北書房　１９４２年）
『金子洋文作品集』（筑摩書房　１９７６年）

3　今野賢三（いまの・けんぞう）

一

日本にプロレタリア文学の種を蒔いたのは三人の竹馬の友だった。今野賢三、小牧近江、金子洋文だが、雑誌『種蒔く人』は秋田県土崎港町、今の秋田市を舞台として産ぶ声をあげた。小牧近江、金子洋文はそれぞれ東京を中心にして働いたが、今野だけは終生、秋田に土着し、土壌を耕して種を蒔いた。秋田で根をはやし、古里にどっぷりとつかった人生をおくった。

今野賢三（いまのけんぞう）は、本名を賢蔵といい、一八九三年（明治二六年）八月二六日に土崎港町に生まれ、一九六九年に七七歳で亡くなった。『種蒔く人』の中では、二人の存在感に比べると世の中に受けとめられた影は薄い。だが、秋田にどっかりと腰をおろして戦前、戦後を通して労働運動、農民運動に根をはり、種を蒔いてきらっと輝く人生をすごしたともいえる。

『種蒔く人』を発行し続けるには、今野の存在を抜きに語ることはできない。「土崎版」の発行も秋田でひき受け、「東京版」でも編集と経営の事務的な仕事をしたが、縁の下で支える大事な役割を果たした。『種蒔く人』をもって、プロレタリア文学を世に押し出そうとした努力を、『文学』（一九六一年七月号）の「『種蒔く人』の運動四十周年にあたって」で、述べているが興味深い。

しかし、それは、ほんとうに「非常な努力」を必要とするものであった。「どんな芸術を持つか？」ということは、すべてが新しくなければならない。思想と共に、描写（表現手法）が古い形式を投げ捨てて「戦闘芸術」としてふさわしいものにならなければいけなかった。『種蒔く人』は、創刊から、「新人」を掘り出すことにも力をつくした。二月号に、細井和喜蔵の『死と生と一緒』には近代産業の労働者がリアリスチックに描かれていても戦闘性はなかった、それは手法の問題でもあった。私どもは、身についた古い殻を投げ捨て、一人のプロレタリアとして裸になって新しく出発するため真剣になって苦しんだ。洋文氏などもそのために精進努力をつづけていた。私は十一年九月に、朝日新聞に「文芸の新主観」という論文を書き、同じく十二月に「力の芸術へ」という論文を書き、前

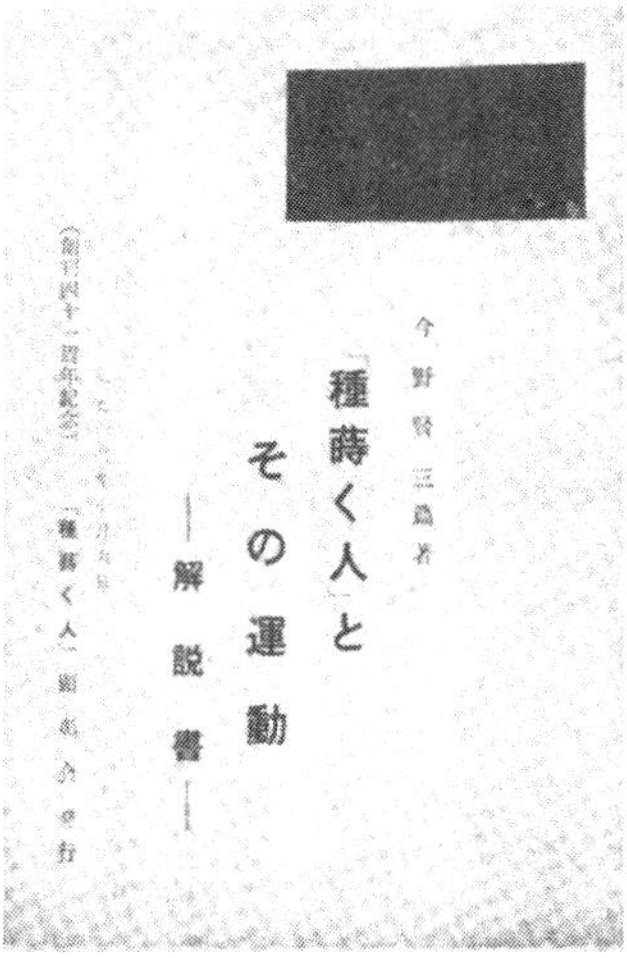

秋田市「種蒔く人」顕彰会刊行、
今野賢三による「種蒔く人」解説

田河氏の長篇『三等船客』を例に引いた。つまり、既成芸術の亡霊から完全に解放されることは、静的な、客観描写の手法を大胆にたたき破る、すなわち「自然主義的な一切の古さ」から完全に脱却して、新しい主観の解放、それが戦闘的なプロレタリア芸術の新鮮な一つの新しい形式を生むものとした。（ここで、洋文氏と私だけのことをいうならば）二人は期せずして、大正十二年三月、プロレタリア芸術として、それまでの過去にはなかった作品を発表することができた。雑誌『解放』に力作の「地獄」を洋文氏が発表し、私は『種蒔く人』に「火事の夜まで」の短篇を書いたのがそれである。洋文氏は新しいイデオロギーに立って思い切り、芸術の才能（優れた個性）を発揮している。このようにして、『種蒔く人』は「作品の行動」へも進んだ。これはほかでもない、理論が前に進み、荒野に鍬をふるって路を開いたそのあとから、そうして地ならししたところへ、作家は新しい作品の家を建てた。そうして、みんながそれぞれの分野にたってすすんだのが、「階級闘争の一翼としての行動体」であったのである。

『種蒔く人』は前進とともに陣営を強化していった。十二年二月号の編集後記に「今度、青野季吉君を同人の一人として、新たに戦闘の先陣に起たしめることとした。」として「新鋭の意気、如何なる迫害にも危難にも屈せぬ。」と書きあらわした。これは、十一月号の発禁のあとだからであった（六月号から前田河氏と中西伊之助氏等が参加した）

『種蒔く人』は大正十二年九月一日の関東大震災という自然の不可抗な障害のため休刊の

止むなきにいたったが、そのマルクス主義の文学運動、すなわち『種蒔く人』のプロレタリア文学運動は『文芸戦線』にひきつがれてますます火は燃えていった。『文芸戦線』に、私が「汽笛」という短篇を書くと、意外にも、田山花袋氏が大正十三年六月十三日の読売に長い批評文を書き、最後を、……澎湃とした波が揚ってゆくだろう。すさまじい火の焔がもえ上って行くだろう。私はそれを今から期待する。と、結んだ。この予言は『文芸戦線』のその後の発展にあてはまるが、それは事実『種蒔く人』の文学運動の一本の線が「結実」したものである。

今野の人生もまた屈折した模様を編み出していた。小間物商を営んでいた家に育ったが、父親が日清戦争で病死をしてから家運は没落をたどる。「賢三自伝」には、その少年期の複雑な心模様がつづられている。

私の一家はこの父の死亡から急に大きな変化をきたした。というのは母は、長治郎の子として私と姉の二人の幼児一を抱えていたため、いや応なしに父の弟の慶吉と夫婦にさせられた。慶吉は少年時代から賭博などを好み、ほとんど家に寄りつかなかった。

祖父は長男を亡ったために、小間物屋の営業ができなくなり、毀れた瀬戸物を薬品でつぐ、瀬戸物つぎの仕事をやっていたのが私どもの少年時代であった。日清戦争の影響で一家の生活ができなくなったという、つまり一家の将来が暗くなつたという事であるが、幼い私どもにはそれがわかるわけはなかつた。

祖父母が亡くなったのは、日露戦争少し後である。義父の慶吉は家によりつくことがめつたになかつたけれども、私には義弟や義妹など四人ばかりの子供ができた。日露戦争が始まった時、この叔父の慶吉は召集をうけた。なにしろヤクザのような不頼漢のような男であつたから、秋田第十七連隊でも鬼上等兵といわれたくらいの乱暴者で、日露戦争の最も苦戦であつたといわれる黒溝台の戦で負傷してもどつた。

けれども一家の生活の支えにはならなかつた。おじいさんとおばあさんは暗い我が家の苦しみの中で死亡し、私の母が夫の慶吉は頼りにならないために、しかも家に寄りつかないで、子供を抱えてゆかねばならないために旅館の経営をはじめた。土崎港はその頃まだ鉄道が開通しなかったために、北海道へ出稼ぎに行く農民やそれから小さな商人などが、下等旅館であった安宿屋の私の家の前を通行するために、始めは泊り客もいくらかはあつた。

だが、これも明治三十五年鉄道が開通してから出稼ぎに行く農民も商人も私の家を宿としなくなつてしまつた。

母の手一つで育てられて、小学校に入った今野には貧苦の生活があるだけだった。貧しい少年にとって生活の足しになるように金を得る方法は、新聞配達だった。秋田の凍りつく、切れるような空気の中を雪を踏みわけて配る小さな体。どこからともなく聞こえてくる足音、同級生の金子洋文もまた赤貧の家を支えるために新聞配達をしていた。そのほそぼそとした家庭も荒くれの放蕩し放題の義父が日露戦争で負傷して帰ってくることによって崩れてしまう。寒き体を、心を温める棲家を奪われる。「負傷してもどつた叔父を祖父母も家によりつけなかつたし、また家に来るとより以上、家庭を苦しめるのであつたから、私が十四の時に一応、一家を解散した。私は函館の母の兄のところに行くことになり、床屋の弟子となつた。半年ばかりたつたころ、母がまた旅館をやるようになったということで土崎にもどり、小学校も前のクラスにそのまま通学できた」ということになって、やっとこさ高等小学校を卒業できて呉服屋の店員となった。ここも将来性がなく、鉄道土崎工場の仕上げ職場で働くようになる。

報われることのない貧しい生活の日々。暗い家庭環境だけが少年の頭の中をおおっていた。出口のない不満、うつ屈からの解放を今野はキリスト教に求めた。

ついにクリスチャンとなる洗礼をうけ、春には千秋公園で牧師さんや他の信者と一緒に伝道説教をやつたりするようになつた。

だが、それでは真実キリスト教信者になりえたものであつたかというと、聖書の文句は暗記したが、この信仰に自分を捧げるほどまで徹底したものではなかつた。恐らく最初洗礼を受ける若い者はそういうような人が多かつたと思われる。けれども皆がそうだというわけではなかつたであろう。

なぜ私が徹底した信者になりきれなかつたかという理由は生活から来ていた。私の心中に芽生えた疑惑は月日のたつにしたがつて、しだいに強くなつた。『求めよ、さらば与えられん。』というけれども貧乏な私には、ただ神の言葉をイエス・クリストのことばでは満足できなかつた。『貧しきものは幸なり』という聖書のことばがあつても、私には幸いとは、現実の生活の苦しみの上で少しも神の恵みを感ずることができなかつた。

ということで、キリスト教を捨て、重苦しい現実の生活と労働の体験の中から出口を探して暗中模索をする苦悶の毎日をすごす。

二

まだ幼い少年の体と心を支え、暗い、貧しい生活の中で心の拠りどころとなったのは、「母の慈愛」と勉学心だった。呉服屋の店員となり、汗水流して働く今野の前を通る元同級生の中学生姿を見て感じるうらやましさ、自らの境遇を嘆きながらも向学心はじりじりと燃え、それは炎となり文学への道を志すことになる。

この店員の時代に少しの小遣でもあれば本を買おうとした。読書欲が強く、大町二丁目の石川書店には主人からの使いで他へいつたもどりなど、一時間も二時間も立ちつくして本をながめていた。そんなことであつたからいつもそのことで主人に叱られた。こうした時代に私は古本屋で発見したものがあつた。確か松坂屋であつたか、横町の古本屋であつたか忘れてしまつたが、そこで買つたのは木下尚江の小説『乞食』であつた。この木下が社会主義者であるということなどわかつていなかつたけれども、この『乞食』や『良人の自白』などの古本を買つて、むさぼり読み、少年の心に与えられた印象は意識されなかつたとしても、最初の社会主義者の書いたものにふれたということで強いものであつた。

土崎の本山町に母が移つてから、私は暇があれば向いの図書館に入りびたり、館長にねだつて新しい本を購入する時には私の希望もいれてもらつた。工場をやめて後に、図書館が私の勉強場となつたものであつて、館長に買わせたもので、はつきりと記憶に残るのは、後に有名な無政府主義者として知られている石川三四郎が紹介した『哲人カーペンター』という著書であつた。このカーペンターがどういう思想の持主であるかということを知つていたわけではなく、その題名の『哲人』ということに魅力を感じ、そうして読みふけつたが、このカーペンターの思想の中にある社会主義的な影響は木下尚江の次に私の頭脳に根を残したものである。

向学心は、文学へと目を向けさせたが、まずは、短歌を創ることから始まった。

土崎工場へ就職する前後を通じて青春期の悩みと、いまひとつは父のない、いわば孤児のような私は体質からいつても弱く、そのためもあつて非常に感傷的な、むしろ女性的な感情から『秋田魁新報』に掲載されている短歌の表現に気持がむいた。というのは、簡単にできる形式であるということと、投稿すれば選出されて自分の歌が掲載されるという楽しみもあつて、短歌をつくるようなつた。そうはいつても、なんら基礎的な知識をもつていたわけではなかつた。中央で知られている有名な歌人の歌集などはほとんど見たことがなかつた。

その後、職を転々としながら、文学修行の時代に入る。ニイチェ、トルストイを読みふけり、ロマン・ローランの「民衆芸術論」に心を引かれる。この頃に活動写真の弁士もしていた。当時は、映画といっても技術的に声は出なかったので弁士が場面、場面の筋を解説する無声映画の時代であった。今野の映画論を通した人生観は、心にひっかかりを持つ力がある。

私は映画は民衆芸術の一形式であると考えた。だから映画の世界はたとえ画面の形をかりて、そうして画面の劇人物の口を通して吐露することであつても、映画劇場へいつてみれば民衆はその劇映画によつて、弁士の説明を聞きながら、また弁士の科白を聴きながら或いは

右は小牧近江、金子洋文、左のハシが今野賢三。大正一五年一月六日、東京西荻窪、洋文宅の庭で。

怒り、あるいは憎みあるいは同情の涙にくれる。それは民衆自身の境遇と共通した感情なり意識なりを解放する瞬間であることをみてとつた私は、断然、郵便集配人をやめて、活動写真の説明者になろうと決心をし、そうして文学書やその他買込んだ本を全部捨てて、新生活に立上るため、東京浅草の三友館という日本ものを主とした映画館へ行き、主任弁士の原柴翠という人の弟子となつたのである。

映画説明は〝苦学〟といつたもので修練を積み一人前になるには、とうてい他人の知らない努力と苦労を重ねたものである。やがて私は現実にこの活動弁士といわれるものの生活を見、その刹那的な遊蕩的な享楽的な生活をも直接、経験した。『古い芸人』とは水と油のように違った意識をもつているために、私の真実を求める気持は、もつと暖かに人間が人間として結びあえる、そういうような境地、もつと人道的にいたわりあえる境地をひたすらに求めた。かくてニイチェからトルストイに目を向けるようになり、このヒューマニズムの境地に生きられる世界は、やはり故郷の山河であるとふりかえつてみるようになつた。そこで私は映画説明者として秋田県に就職し、伸びやかな秋田の自然と秋田の人間と共に生きることを考えて、東京から故郷にもどつたのである。

古里に戻った今野が、雄物川の流れに心をなごませ、日本海の波を眺めながら、これからの自分の歩む道を考えこんでいると、生まれ育った自然から、生命の息吹きを感じ、これからの生きる力をこんこんと湧きあがらせてくれた。都会の刹那的な虚無感にとらわれた生活に疲れた傷をいやし、精神的な躍動感がまい戻ってきた。

自然主義文学の正宗白鳥、田山花袋らの作品から「人生とは何か」をつかむ読み方をしたが、出口は見えず、本格的に有島武郎に傾倒していくことになる。この二人の関係は、時代背景を理解しながら考えると、よくわかる。人道主義からプロレタリア文学運動への成長が如実に出ているからである。作家を志した今野は、有島に短篇の作品を送る。その返事がふるっている。大正八年七月の出来事。

御手紙と御創作とを拝見しました。御手紙によつてあなたの生活が大変に意義のあるものである事を感じました。然し創作の方は人に示すべき程度には決して行つてゐませむ。作物を発表する以上は自分の独自性と文学者としての技倆《ママ》とを充分読者にうなづかせ得るとの自覚がなければならぬと思ひます。自によって世の中の人が少しなりとも美しくなり考え深くなるといふ確信を持ち得ねばなりませむ。あなたはあなたの作物を現在の作家の作物と比較して公平と考えられた上発表しても差支ないと思つて発表されたのですか。若しそうならその御考は少し自分を高く買ひ過ぎられてゐるやうですし、そうでないとすれば軽率の嫌《ママ》は免れぬと思ひます

　あなたの日常の其ま丶こそよい仕事と覚悟ではないでせうか。あなたはそれに十分の執着を持ち工夫を凝らす事によつて十分効果を挙げられる丶と信じますが、どふ云ふものでせう。御熟考を其辺にも煩はし度いと思います。

思いのま丶を勝手次第に申上げました。

草々

　これでめげて落胆するような今野ではない。雪国で育った粘りっこさと、貧苦の中で鍛えられたしぶとさを発揮した。仕事でも、恋愛でも、運動でも一つの目標を定めたらひたむきに一途に

走る今野の生き方を現している。もう一度、作家を志す手紙を送ると、有島の態度に変化が見えた。

今野賢三兄

二七日にお認めになった御手紙を拝見しました。而して兄の御決心が殆んど宗教的とも云ふべき高潮に達してゐるのを看取しました。御手紙の内容に対して理屈をいへば云へなくない点もありますが、もうそんな事はかゝる決心をなさつた今申しますまい。私はあなたが其御決心を裏記きする忍耐と熱意とを以ち其事業を完成されん事を祈つてやみませむ。而して其収稼《ママ》が兄の努力に酬ゆるものである事を祈ります。

ひとたび燃えた文学の炎は凍った雪を溶かした。これ以後、有島武郎と師弟関係となる。だが、時代の動きは確実に二人の生き方にも忍びよってきていた。近代文学の中では、人道主義の限界からプロレタリア文学への成長を時代がうながした。それは皮肉にも『種蒔く人』の存在が二人の間に思想的な決別を告げることになった。

三

『種蒔く人』の「帝都震災號外」は、「休刊に就て種蒔く人の立場」で感情を露わにだして民族差別と偏見にもとづいた朝鮮人虐殺、世の中の不条理に抗議をする。


一九二三年の九月一日——。

大地は怒った。ブルジョアの癈頽的な美と、享楽の飽満と、征服の亂舞に疲勞した都會——。

それ等の一切を一瞬にして崩壊せしめんとして大地は怒った。天も狂ふた。人も狂ふた。なにものをも焼き拂ふた猛火のすさまじさ。

僕達は今、異状な昂奮と、氷の如き冷静とを二つながらかたく握りしめて、あの猛火を想起する。あの大地の怒りを想起する。死生の巷に、狂ひる人の心を想起する。僕達の、藝術的戰闘までも、刹那にふみにじられて了つたことを想起する。幾萬となく無慘なる死骸の山を積める、それ等の人々の生命、及び、過去の生活までも想起する。それ等の多数がプロレタリヤであつたとしたら、僕達はどんなに涙を手向けても足りない気がする。

一切は焼き拂はれた。しかし、僕達の魂は光つてゐる。僕達は何を成すべきか?それは最初から最後まで何の變りもない筈だ？

僕達の精神に、こればつかしも動搖はない。失望はない。来るべき生活の光明は、僕達の前に燦然する。

僕達と精神を同じうするものは、あの場合決して輕擧盲動はしなかつた筈だ。それを、反動派の宣傳に、或は利用されて誤り傳へられた事實があつたとしても、一部震害地の群集心理を、幾らか盲目にしたに止つて、一般全國の大衆は案外冷静であつたことを知る。それは一つの喜びである。また悲しみである。

震害地に於ける朝鮮人の問題は、流言蜚語として政府側から取消しが出たけれども、當時の青年團その他の、朝鮮人に對する行為は、嚴として存在した事實である。悲しむべき事實である。呪咀すべき事實である。憎惡すべき事實である。拭ふても拭ふても、消すことの出來ない事實である。

震災と共に起つた、かうした事實を眼のあたり見せつけられた僕達は、出來るたけ冷静に、批判考究、思索の上、僕達の立場からして敵味方を明確に凝視する必要を感ずる。

果してあの、朝鮮人の生命に及ぼした大きな事實は、流言蜚語そのものが孕んだに過ぎないのだらうか？　如何なる原因で、その流言蜚語が一切を結果したか？　中央の大新聞は、青年團の功をのみ擧げて、その過を何故に責めないか？　何故沈默を守らうとするか？

事實そのものは偉大なる雄辯である。此の偉大なる雄辯に僕達プロレタリヤは、あくまでも耳を傾けなければいけない。そして僕達は、此の口を縫はれても猶かつ、抗議すべき目標を大衆と共にあきらかに見きわめなければいけない。

×

僕達は世界主義精神を持って立つ、プロレタリヤ藝術家である。思想家である。行動と批判は種蒔く人の生命である。此の際、僕達と立場を同じくする思想家、藝術家は、その思想的藝術的立場から、一切を明らかに見きわめることを要求する。

沈默は死である。

×

僕達は今まで、思想の高樓より、現實への飛躍下降を叫んで來た。僕達は實際問題として都市計畫に對しても、階級的計畫より、平等的計畫を要求する。今日、燒死した大部分は、無產階級でないと誰か言ひ得るか。本所深川に於ける慘害、浅草吉原に於ける慘害を觀る時、無產階級は、あらゆる意味からして、損失をより多く受けてゐることをすぐにうなづかれるであらう。

都市計畫は斷じて階級的であつてはならない。平等的でなければならない。

×

実際問題として、震災當時を回想しながら今一つ忘れることの出來ないことがある。非常徵發令はどの程度に於て實行されたか、後藤内相が要求した、富豪の邸宅解放がどの程度に於て實行されたか？といふことである。

×

僕達、プロレタリャ思想家、及び藝術家の大部分は幸にして死傷をまぬがれたとは言ひ、その住所を失ひ、その生活の資を失ひ、路頭に迷はねばならないものが少くない。けれども、僕達より、より以上の慘害をうけたプロレタリャの生活を考へる。そしてそれ等の人のために僕達の力は微弱であらうとも救濟を考へずにゐられない。讀者諸君はその地方〳〵に於ける救濟運動に是非參加するか、またはすゝんで救濟運動を起してほしい。

×

最後に今一度言はう。

種蒔く人は一時、涙を呑んで休刊の止むなきに至ったけれども、種蒔く人の精神は、ます〳〵鮮明に存在するといふことを。

―九・一七日―

この号外の発行所は種蒔き社、印刷所は秋田県土崎港旭町の太陽堂印刷所で、関東大震災からちょうど一カ月たった大正一二年一〇月一日に発行されている。発行人編輯人印刷人は、今野賢三と記されている。当時、関東大震災の混乱に乗じた朝鮮人の虐殺に対して「沈黙は死である」とただちに抗議をした唯一の雑誌であり、歴史的な意味をもっている。

一見すればまだ平和な感じがする今の日本、戦後八〇年近くの時を生きた人間には、平和な世の中は永遠にあるかのような幻想をもたせている。日常の暮らしに流されていればなんとか生きている、生活できているという意識は根強くしみついていて、離れない。明治維新で日本資本主義に衣替えしてから、まだ百いく年しか経ていないのに、この社会は絶え間のない戦争を繰りかえし、人類史上、もっとも大量の殺りくをしてきた。日清戦争、日露戦争、そして第二次世界大戦で痛恨の敗戦を機して廃墟と化した日本。戦争でまっさきに殺され、傷つけられたのは弱い者たちであった。労働者、農民らの働くひとびと、女性、子供、老人たちだ。そのガレキの街から戦後、民主主義を糧に呼吸をし社会を築きあげてきた。それは、名も知れぬ数多のひとびとの家族や恋人と幸せに生きたい、暮らしたい、という願い、想いを踏みにじられたり、また反抗し力尽きて倒れた屍の上に成り立っている日常の生活だということをつい忘れてしまっている。

時間は、過去から現在、そして未来へと切れることなくとうとうと流れている。誰しもが経験したことがあると思うが、日常の生活が、あることをきっかけにして、ちがったものに見えることがある。「空間のユガミ」と言ったがいいのだろうか。首都圏では、あまり大雪と遭遇することはない。何年かに一度は多くの雪が降り数十センチの積雪となる。東京近辺では、これだけ雪が降れば、立派な「大雪」である。とたんに鉄道は寸断され、道路も動けなくなる。毎日繰りかえしてきた通勤、通学等の日常の生活が崩れる。そこに見るものは何か。凍りついた路面をすべらないように気をつけながら足を一歩一歩、しっかりと踏みしめて歩く。ふだんなら足早になんなく通れる道が、まるで岩山を歩いているように神経をとがらせる。ふと見渡す周りの風景、今までとはちがった街が眼に写る。日常の生活に流されている時には、毎日、さっと通りすぎていた建物、いや自分の眼に入っていなかった景色に気づかされて驚く。別の世界を垣間見た心の感動。こんな所に歯医者があった、あっちには団子屋もある、というように自分の視界でしかわかっていなかったものが、非日常的なことをきっかけにしてもっと広く、多くのものを見ることによって自分の存在をよりはっきりと知ることがある。今日、時代は殺気をはらみ、平和な日常生活の幕を閉じようとしている。時空を超えて二つの世界が重なり合う感触を覚える。

軍国主義の日本それも関東大震災直後、国家権力、血迷った人々の白色テロが横行する中で、戒厳令が布かれた街は非日常の生活状態をつくりだし、ピーンと張りつめた空気を漂わせていた。「大正十二年九月一日の、大地震で戒厳令が布かれたとき、在京同人がひそかに集り、その決定で休刊号を出すことになり、本文（朝鮮人虐殺問題）の執筆を私に一任され、洋文君と二人で避難民となって秋田に走り、そうして二人の友人印刷所でこのさいごの『帝都震災号外』ができたのです。」と、回想する今野は、過去をふりかえって見ない者は現在をも見ていない、知っていない、と警告しているかのようである。

「世界主義《インターナショナル》」を掲げ、行動と批判を信条とした『種蒔く人』は、差別にもとづいた朝鮮人虐殺に抗議をして、時勢に流され、身をまかせている民衆に警鐘を鳴らした。火の粉は降りかかってくる、他人事ではない、自分自身の問題なのだと。

ファシズムが支配する時代を身をもって体験し、命からがら生きのびた今野は、戦後の日本の反動化を見てじっとしていることができずに、『労働者階級とファシズム　われらいかに闘うべきか』（秋田県労働組合会議発行、一九六二年）を世に送っている。身がひきしまる一文がある。

「帝国主義戦争の危機！」

ということであった。いまさがし出してとりあげたのはなんであろう。それは、雑誌『労農』である。なぜ、そうして「真実」をあきらかにしえたか。ほかでもない。その書いていたひとたちは「科学的社会主義者」であったからである。この雑誌は表紙にその立場をたかく、ハッキリと、かかげていた。それは「戦闘的マルキシスト理論雑誌」という文字であらわしていたことでわかるのである。

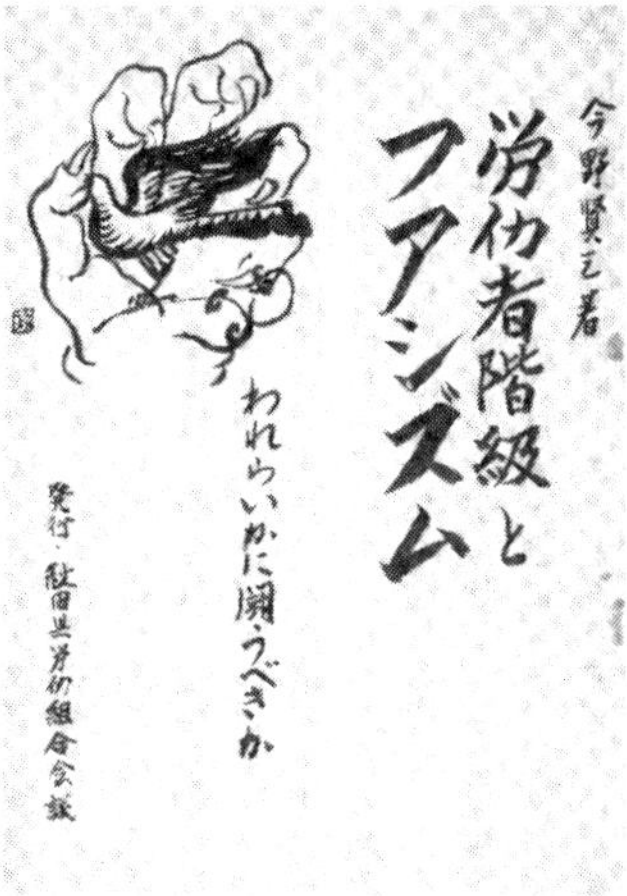

労働者階級とファシズム

あるひとがこういっている。

「アノ戦争のことを、大東亜戦争といいましたネ、はじめは、太平洋戦争とはいわなかったのですネ」

そのとおりである。それも、まだ、ほんとに戦争というものになっていなかった、昭和三年のころ、たれであっても、いまにほんとの戦争になって、それが大きく「太平洋の戦争になるのだ。」とかんがえることではなかった。それこそ「夢にだって」そういう戦争の名などうかぶわけはなかった。ところが、昭和三年六月、それもハッキリとした文字にあらわして「太平洋戦争の危険！」を叫んだ。「真実」を見る眼は、そこまで見とおした。それも、はたらくものの立場』すなわち「労働者、農民」の立場に立っての、「反対の意志をあきらかにした」のである。あとになって、ほんとに「太平洋戦争」となってしまったとき、はたらく者のうち、あるいはおもい出したひとがあつたかもしれない。どこかで「太平洋戦争」という文字を見たことがあった、と。

そうした、真実を「正しく予見した」のは、ほかでもない、われわれの雑誌『文芸戦線』であった。そして、まっさきに、つぎのような文章の叫びをあげたのである。

「…太平洋戦争の危険に反対せよ！

国民の大多数（労働者、農民、勤労的小市民）の生命を、戦争の危険に曝するようなことがあれば、われわれは、断乎たる、階級闘争をもってこれに答えるであろう…。」

その上で、ファシズムを芽のうちにつぶす大事なことを二つ述べている。一つは、「社会主義者がファッショ化した危険」として、「現実主義」からおちこんだのと、「科学的な社会主義者でなかったこと」からの転落。二つは、「国民大衆の右翼化と労働階級の戦い」で、憲法改正反対こそは、日本の死活、労働者階級の死活の問題である、と指摘している。

志半ばに倒れたり、世の中の不正に圧死させられたひとびとへの想いやりに、今野の心根がよく現れている。彼の文章は、この社会への義憤にみちあふれている。人民戦線事件で逮捕され、拷問がもとで病死した近江谷友治を偲び、『先駆者　近江谷友治伝（附・畠山松次郎伝）』を書き残していることでもわかる。

四

今野の小説を読むと、情念の囚となった恋路の旅人、であったという想いを強くする。代表作に、「火事の夜まで」がある。『種蒔く人』大正十二年三月号に発表された短篇である。

一しきり吹雪がバッと二人を包んだ。

――涙ぐみながら、心から微笑んでゐるちよ子の顔がおれの眼の前にある。

歯をガタガタさせながらからだをすぼめて、ひしとより添うて、顔見合せて立止った二人をまた、バッと吹雪が襲うた。

警察から此處まで来る（五六町の間）ちよ子が、疲れ切つてゐながらも、うはごとでも言うやうに、のべつにしやべつたことを書く前に、ちよ子とおれとの仲を一寸ことわつておかねばならぬ。


おれは新聞配達夫なのだ。


新聞配達夫と世間に隠れてこっそりと淫売をしている女が新婚の家庭を持つ。仲間うちで形ばかりの祝いをあげたその日に、警察に踏みこまれて女はそのまま拘留されてしまう。

――吹雪の晴れ間に、ちよ子は油気のないほつれた髪を掻きあげる。顔はまつたくやゝつれた。それでなくとも痩せてゐるのに……。

おれを見詰めてゐるうちに、その眼はますく〳〵潤んで来るやうに見える。それでも、口元の微笑だけは崩さない。……ハアハア息を切りながら、ちよ子のしゃべつたのはかうである。

やっと拘留から解きはなされた女の口から出たのは呪咀の言葉だった。

「おまへにやましいところがなければ、逃げる必要がないぢやないか。どんなに偽を言つても、金を取つて、あの男を客にしたことはわかつてゐる」かう言つてあたしを責めたのさ。あたしが、幾ら夫婦になつたのだと言つても、「なにをごまかすかツ！」とおどしつけて、そしてたうとう一週間の拘留にしツちやつた、あたし、口惜しくて〳〵、ほんたうに！あたしたちは、同じ人間でありながら結婚することも出来ないのかと思つたらね。あたし、どんなに情けなかつたか知れない。

あたりまへに、夫婦になつたから寝たといふだけなのに、なぜ悪いのか、あたしには、どうしてもわからない。あんたわかる？　悪いことか知ら？　ねえ、どこが悪いの？　どうして悪いの？　それも、みんな貧乏だからだ——と、あたし思つたの。だけど、あたし憎たらしかつた。あの署長も、あの巡査もみんな…。

ちよ子の眼は涙でいつぱいになつた。おれはその眼をだまって見入つた。おれの感情はぶる〳〵と震へた。いろんな気持がいつぱいになつて、なんにも言へなくなつてしまつた、だまつて、ちからを込めて、ちよ子の手を握つたのだ……。その瞬間、おれたちの心持ちがぴつたりと触れ合つたのを、あきらかに感じた。そして心のなかで、あたゝかに抱き合つたのだ。

この二人の束の間の幸せも泡のごとく消え去ろうとする。拘留が原因で、風邪をこじらせて肺病になりそうになる。その不安感をかかえ、二人は寄りそいながらひっそりと生きる。息がつまりそうな生活の中でいらだつ気持を、なんとかしたいとの想いを叶えるかのように火事が発生する。

不思議におれの胸は高鳴る……。空の半ばは最う火事の反映で明るくなつてゐる。雪はチラ〳〵と頬にふりかゝる。

見える。火が見える。十町ばかりはなれた、黒い人家の屋根の一角を染めて、黒煙りのなかから焔の舌がチロ〳〵と吐き出されてゐる。

ゴーツと風が煽り立って、雪で眼や口がふさがれる。それでもかまはず、おれは延びあがつて、なほも火の手のあがつてゐる方を見つめる……。

遠く仰ぐと、火はます〳〵廣がつてゆくやうである。焔の舌がたけり狂ふやうに雪空を舐めまはすのが、刻々明瞭になつてくる。「阿鼻叫喚！」かうした言葉ですぐ想像されるやうな場面がおれの眼にさながらに見えてくる。

おれは駆け出した。雪の路をまろぶやうに駈け出した。半鐘はます〳〵はげしく叩かれる。警笛はしつきりなしに、悲しくうめくやうに鳴らされてゐる。雪のなかを飛ぶやうにあちこちから人々が驅け出してゐる。

おれの心のどっかで叫ぶ。

「もっと燃えてくれ！　もっと燃えてくれッ！」と……。

なにもかも焼き拂はれたならどんなに快い気持だらうと思ひながら、おれはひた走った……。

この社会の不条理を呪い、直情的に怒りをぶつけてくる描写力は、ずっしりとした重みを持って胸に響いてくる。二人の新婚生活の始まりの重苦しさは、そのまま鏡に写しだされたこの世の中の現実、という不合理な仕組みだったのである。現実の壁に頭をぶつけ、その枠をなんとかとっぱらいたいと願う気持ちが、「もっと燃えてくれ！　もっと燃えてくれッ！」の悲痛な叫びに凝縮されている。情熱を持って一途に生きた今野の感性がよく出ている。
歴史の流れで竹馬の友三人が大事な役割を担った、それも土崎小学校の同じクラスの友が。このようなことは歴史上、稀有のことであろう。担任の橋本富治先生の教育の影響を三人は異口同音に唱えている。
金子洋文は、『種蒔く人伝』で、
尋常五年から高等二年の卒業までの四年間を、橋本富治先生から教わった。教えながら半ばたのしく遊んでくれた先生だった……。

好んで得意であったのは、音楽、お話、運動（とくに野球とハイキング）で、そのうちでも生徒のよろこんだのは、修身の時間のお話。岩見重太郎や塚原卜伝の講談も好評だったが、もっとも人気を博したのは孫悟空。

他教室では、生徒のほとんどが、修身に苦しみ、なやみ、くさっていたが、わが橋本教室は拍手をもってこの時間を迎えた……。

「教育というものは、学んだことをすべて忘れて、あとに残ったものが教育だ」

と、エマーソンが言っているが、この橋本教室から、小牧近江、今野賢三、金子洋文の三人の社会主義者が出たことは、偶然とは言えないようだ。

時代の流れの中に身を置き、人間の回復めざした三人の竹馬の友。働く者の共有財産となった『種蒔く人』を世の中に残した。時代を共有した小牧の、今野賢三を送る追悼文、「賢三の一人旅…遠去かつた大正の青春…」は、その業績を言い表していて、しっとりと心の底にしみとおる。

同窓生の〝出生鑑〟というのだろうか。大雑誌で政治家、実業家、学者、作家、芸術家など肩を並べている写真によくお目にかかるが、賢三に出世欲があったとすれば、彼の成功しなかったのは、作家としてコショウがきかな過ぎたか、政治家になるため抜け目がなさすぎたせいではあるまいか。だが、安んぜよ賢三。きみが郷土の労農運動に寄与した足跡は、永遠に忘れないだろう。しよせん、私たちは駅頭のソバをほほばり、かん酒に人生の意気を感じる種族なのだ。

捨て石の生涯をおくった今野賢三の名は、『種蒔く人』と共に働くひとびとの心に生き続けるだろう。創刊四一周年記念の色紙には、三人の連名でこう記されている。「四十年や種蒔きの実る秋」

〈主な著書〉
『闇に悶ゆる』『薄明のもとに』『光に生きる』（「暁」三部作、新潮社 1924〜27年）
『プロレタリア恋愛観』（世界社 1930年）
『女工戦』（日本評論社 1930年）
『土崎発達史』（土崎発達史刊行会 1934年）
『黎明に戦ふ』（春秋社 1936年）
『松下村塾』（金星堂 1940年）
『佐藤信淵』（三光堂 1942年）
『秋田県労農運動史』（秋田県労動史小説刊行会 1954年）
『労働者階級とファシズム』（秋田県労働組合会議 1962年）

4　沼田流人（ぬまた・るじん）

一

娘の佐藤瑜璃さんが「父・流人の思い出」を短歌誌『防風林』に綴っている。

小さな一滴の水が小川となり支流に注ぎ流れ流れて本流にいり、やがてようようたる大河となるのだ」と父は話してくれました。

父の〝流人〟というネーミングには、川の流れといったニュアンスがあったのではないかと私は想像しています。そして父の流れは北辺の雪と氷に埋れたまま、永遠に海へはたどりつけなかったのか、父の流れを淀ませてしまったものは何だったのかと、哀愁をおびた疑問につき当ります。しかし、父の死後二十年もたって、若き日の作品が氷雪の下から掘り出され、ささやかにでも息づいて、私にあらためて沼田流人を想い起こさせ、胸に灯をともしてくれたことを嬉しく思います。

続けて、父の作品と出遭ったときのずっしりとした驚きと喜びにみちあふれた心持ちを表現している。

父の小説「地獄」を初めて見た時、私は伏字でズタズタにされた異様さに息をのみました。この伏字はそのまま父の夢や希望もズタズタに切断してしまったように思えて涙があふれました。でも父の文章を読んでいると、父のやさしい声や手のぬくもり、父の息づかいまでが感じられて胸が熱くなります。大正十年頃といいますと、父はまだ若い情熱をたぎらせた文学青年だったことでしょう。どんなにか書くことに没頭し、自己を主張しつづけたに違いないと想像されます。何故父は書くことをやめてしまったのでしょう。私は父の作品の文学的価値を疑ってはおりません。自分の目的のために他を切り捨てる事のできない父の性格を知っている私は、希望的心理もはたらいて、父がペンを捨てたのは、何か人間くさい弱さを感じさせるものがあって、感動します。

沼田流人（ぬまたるじん）は、岩手県岩手郡渋民村に明治二十一年六月二十日、沼田カツの子として出生、一九六四年一月十九日に没す、六十五歳だった。父は石川というが樺太に出稼ぎに出たまま行方不明となり、母の再婚で山本一郎となるが、離婚とともに祖父のもとに預けられ、祖父の仁兵衛の養子となって姓を沼田明三と名乗るようになる。その頃、祖父は木賃宿を稼業としていた。

沼田流人とはいったい誰なのか、どういう生き方をした人なのかという興味がいつしか芽生えていた。その名を初めて知ったのは、古書目録で『監獄部屋』を見たときだった。本は入手できなかったが、プロレタリア文学関係だろうと推察した。その後、『沼田流人伝——埋れたプロレタリア作家1』（倶知安双書）が手に入り、いろんな断面がわかってきた。この小冊子をまとめられたのは武井静夫氏だった。沼田と北海道の倶知安高校で一九六一年まで一緒に教えていたというのには驚いた。沼田は高校での身分は実習助手で書道の講師をしていたという。戦争を越えて沼田は生きていたことに感激した。

文学を志した沼田流人は、作家の吉田絃二郎の知己を得て交流する。また、里見弴を通じて有島武郎の知遇をうける。沼田が小樽毎夕新聞に載せた作品が松崎天民の目に入り、馬場孤蝶に推奨される。孤蝶は労をとり、東京版『種蒔く人』に推薦する。創刊号に「三人の乞食」が発表されたが発禁にあい、沼田は目にすることはなかった。著作に、『血の呻き』（叢文閣、大正十二年六月五日発行、定価二円）、『監獄部屋』（金星堂、昭和四年二月十五日発行、定価五十銭）、共に発売禁止にあうが、『監獄部屋』の改訂版は昭和五年に再刊された。

有島武郎の個人雑誌『泉』第二巻第六号（一九二三年六月）に一ページの広告が載っている。長編小説『血の呻き』近刊と謳っている。「当閣が初めて世に推奨する無名作家の長篇」の文字が踊る。発行元は足助素一が経営する叢文閣。無名作家とは、沼田流人という。広告文は称える。

作者沼田氏は隻腕を生活の犠として捧げ、然も非凡な才能を有しながら、北海の雪の中に埋もれている人、今、その特異多端な惨ましき体験を一個の芸術品として世に問わんとする。

描くところは昨年来その惨状の一端を曝露して、世の耳目を聳せしめたるかの『監獄部屋』の状景にして、人間の生命が、如何に怖ろしき兇悪なる人獣によって芥の如く取扱われつつあるか。蒼ざめたる血に呻く男女の群と、その蔭にあって生血に染める大口を開いて嗤う吸血鬼の群とを見よ。

「行動と批判」を掲げた東京版『種蒔く人』第一巻第一号の編輯後記に「沼田流人の小説は馬場孤蝶の紹介によるものである。」と記されている。「三人の乞食」は次のようなものだ。

「乞食ではない、薬売り」の六十歳位の帽子をかぶって街を歩く男がいる。ホップの実とシコロの樹皮の粉を混ぜた丸薬を食物の一片、銅貨一枚でも手のひらにのせた人に分け与えてた。その訳は行商していると言えば浮浪罪で拘引されることがなかったからだ。居酒屋で手持ちの金を飲んでしまうと、酒欲しさに言われるがままに犬の真似をする。それでありついた酒を飲み干すと泥溝の中にうつ伏して独語をはじめ、しまいには泣きながら眠り込んでしまう。自分の身をかたづけもせずにほったらかしにする人間として描かれている。自分の身の始末もできない男は行路病者の施設院で死ぬ。この小説は、どこかシャルル・ルイ・フィリップの「小さな町」に登場する人物像に似たところがあり、庶民の哀歓がじわじわと心にせまってくる短編である。

二

フランスの作家シャルル・ルイ・フィリップの短篇に「二人の乞食」がある。

年老いた夫婦が物乞いしながら寄添い、生きている。夫は盲目だった。目が見えなくなるまでは鉱山で働いていた。働くことができない体になってから乞食となり成り行きにまかせた生活をしていた。年に二度決まった季節に、町に出向く。

ふたりの来かたが、何日かおくれるようなことがあったら、小さな町中の人々は気づかったに違いなかった。そして、こんな噂がされたろう。

「変だね。サンチユレル爺さん婆さんが未だ顔を見せないようだが、何か間違ごとでも起ったのではないかしら。」

町の人々に慈しまれた二人の乞食。ある日、旅の道端で爺さんは息絶えてしまう。婆さんは、「お知らせいたしますが、うちのサンチユルぢいさんも、可哀想にとうとう亡くなりましたよ。」と町の人々に告げて回る。皆は暮らしを心配して金を差し出すが、受け取ることはしなかった。その訳は、「彼女は不具者ではないのだから、物乞いをするという法がないのだ。彼女が今日が今日までそうしてきたのは、夫が盲目だったたという理由があったからだ。」そうするしか二人が暮らしていくことはできなかったのだ。

彼女は皆に、「『ではこれでお別れです』という代りに、『では又お目に懸りましょう』」と言って去って行く。

何か心の奥底に、ほのぼのとした人間の生きる気力と信頼を感じさせてくれる作品である。人間の持つ両面性、裏表の顔を見事に描き出したことで心に響くものがある。だから沼田流人の作品と比べると人間観に絶望と希望の大きな差があるようにみえてしまう。だがフィリップの別の作品『ピュピュ・ド・モンパルナス』はどこか人間の獣性と救いようのない世界を映し出している。淫売婦と情夫、その女性に好意を寄せる人の好い男が織りなす物語。女性は自らの境遇を独語する。

「あわれな小さなベルト」と、子供に向って言うような言葉を自分に言って見るのだ。するとと、彼女は大きな、のびやかな感情が、朝の太陽のように登るのを見た。マグダラのマリア――そして、潤うた顔を拭おうと起き上ったその時、彼女の心は初日の光りが輝きわたっているように思われるのだった。彼女は事物の彼方に愛の奥底を見た。高く翔ける大きな慈悲を見た。その翼が、やさしくひらめいて、彼女の面を打つのを感じた。彼女はそれをどんなものだかよくも知らずに見たのだ。だが、彼女の心は果物を食べるときのように、清々しかった。天使達が歌うのだった。この世にはマリアの月に見るような香ばしい匂いが満ちていた。彼女はピエールのことを考えると、身寄りの者たちのことや、造花のことや、又、静かな平凡な日を送ることの心地よさをも考えるのだつた。

不幸に追い回されていた生活から脱出できる、心優しいピエールと所帯をもって暮らすという淫売婦のペルトの夢はもろくも打ち砕かれる。情夫の出獄で、元の地獄絵図へと引きずり込まれる。「マグダラのマリア」は、宿命に身をゆだねるしかなかった。

沼田流人の『監獄部屋』に描かれた土方は、奴隷状態と人間がこれほどまでに非人間的な行為ができ、野獣化するのかといった描写が繰りかえし出てくる。残酷な暴力が次から次へとこれでもかと続く。溜息をつく。そこに生きる希望はひとかけらもない。強い虚無感があるだけだ。小説は検閲での削除ばかりで、筋を読み取るのも難しい。時代を反映した証拠物でもある。沼田の人道主義と悲憤が筆を走らせたといえる。が、ただこの「タコ部屋」という限られた空間から現代の社会に置き換えると相似点が見えてくる。働き過ぎて過労死する人、一方で、年収二百万円のワーキングプアは一千万人、生活保護者は百万。携帯電話で明日の仕事を知らされる派遣職は仕事がなければ飢えて死ぬ自由があるだけ、今日とどこが違うのか。携帯電話という棒で痛めつけられ拘束されているのは精神的には同じではないか。目に見えない監視された世界、監獄部屋があるだけである。生活に追い込まれ自殺する人は毎年数万人を超えている。首都圏では毎日、電車の人身事故が掲示される。この現代は形こそ違え、人間の生きる希望を容赦なく奪い、どん底に突き落とす得体の知れない暗闇をつくっている。

『監獄部屋』書影

シャルル・ルイ・フィリップと沼田流人の二人、社会のどん底にもがく貧しき人々の群をありのままに見つめ、人間の持つ醜悪さに思いを馳せれば、嘆息が漏れてくる。それも現実、と受け止めなければ人間は生きていくことができない。現代は、その世界がより深刻に、深淵な底を広げている。かつては善悪や喜怒哀楽が混在して現実の人間社会があったといえる。今は善か悪かで判断されて、憎いか憎くないかだけの単調な世界が展開している。戦争で多種多様な色合いを見せていた世の中が次第に二色刷りに変わってきている。

シャルル・ルイ・フィリップの芸術とは何か、と言われれば、慈愛の人間を描ききったといえばよい。食べるパンがなく、寝る家のない貧困者こそが、もっとも心豊かな人間であることを信じた。自然の中で、野生の木の実、木の間からの木漏れ日、これらの自然の美こそが命をつなぎ、心と体を温めてくれる。真の自然の美は、真の貧困者だけが味わうことができる。パンを得る苦しみ、病気の苦しみ、貧しさゆえの差別される苦しみのなかで養われていく人間の尊厳がある。人を踏みつけて利用しない、人間らしさが培われていく。そこには現実をあるがままに受け入れ、何のために生きるのかという希望がある。大地に足をしっかりとつけている存在感があれば、そこには人間としての尊厳がわいてくる。

時代の縁で結ばれたひとびとがいる。その出発は雑誌『種蒔く人』である。小牧近江がフランスから持ち返ったクラルテ運動は、反戦・平和の世界主義で共同行動を促す。プロレタリア文学には広大夢想の世界が広がっていく。今の社会をなんとかしたい、という変革の意識力が動き、変革を求める創造力を養う、覚醒させる芸術性がある。プロレタリア文学には、葉山嘉樹の『海に生くる人々』などもっと秀でた、読まれていい作品が種々ある。貧困と差別が深まるほど警世の鐘は打ち鳴らされる。

『種蒔く人』がプロレタリア文学運動の源流をつくりだしたのは歴史的事実である。社会を変革する文学運動、人間性の回復、労働者階級の解放を志向した芸術であったことに歴史的価値が大いにある。誕生から百年以上の年月が流れたが、資本主義社会の矛盾を抉り、それを変えるために創作した作品の意味は、今日の日本が同じ矛盾を抱える限りなんらその存在意義を失ってはいない。それどころか格差社会は広がり非正規職員、ニート、ネットカフェ難民、ワーキングプアの増大というように、将来になんの生きる希望を持てない若者、高齢者の急増は生存の不安をより強くし、社会問題化している。

現代の文学がプロレタリア文学から何を継承し、今を生きる社会と人間を描き出すかが文学を再生させる大きな力となっていく。プロレタリア文学は人間が人間らしく生きる希望の文学だからだ。プロレタリア文学は過去の遺物ではない。プロレタリア文学とは何か、その意義を問える時代が巡り、舞い降りてきた。

5　葉山嘉樹（はやま・よしき）

一

「此作は、名古屋刑務所長、佐藤乙二氏の、好意によって産れ得たことを附記す。――一九二三、七、六――」の前書きで葉山嘉樹（はやまよしき）の「淫売婦」は始まる。

若し私が、次に書きつけて行くやうなことを、誰かから「それは事実かい、それとも幻想かい、一体どっちなんだい？」と訊ねられるとしても、私はその中のどちらだとも云ひ切る訳に行かない。私は自分で此問題、此事件を、十年の間と云ふもの、或時はフト「俺も怖しいことの体験者だなあ」と思つたり、又或時は「だが、此事はほんの俺の幻想に過ぎないんぢやないか、ただそんな風な気がすると云ふ丈けのことぢやないか、でなけりや……」とこんな風に、私にもそれがどつちだか分らずに、この妙な思ひ出は益々濃厚に精細に、私の一部に彫りつけられる。然しだ、私は言ひ訳をするんぢやないが、世の中には迚も筆では書けないやうな不思議なことが、筆で書けることよりも、餘つ程多いもんだ。たとへば、人間の一人々々が、誰にも言はず、書かずに、どの位多くの秘密な奇怪な出来事を胸に抱いたまゝ、或は忘れたまゝ、今までにどの位死んだことだらう。現に私だつて今こゝに書かうとすることよりも百倍も不思議な、あり得べからざる「事」に数多く出会つてゐる。そしてその事等の方が遙に面白くもあるし、又「何か」を含んでゐるんだが、どうも、いくら踏張つてもそれが書けないんだ。検閲が通らないだらうなど、云ふことは、てんで問題にしないでゐても自分で秘密にさへ書けないんだから仕方がない。

だが下らない前置を長つたらしくやつたものだ。

このことわり書きを受けて、「淫売婦」は本筋に入っていく。この作品が『文芸戦線』（大正一四年一一月号）に発表されるやいなや、プロレタリア文学に対する文壇の見る眼を一変させるほどの衝撃を与えた。プロレタリア文学の芸術的な価値、評価が定まっていなかったので軽く観ちだった世間の頭を一気にうなづかせるほどの力を持った作品でもあったのである。これを機に、たて続けに「セメント樽の中の手紙」を大正一五年一月の『文芸戦線』に、一一月に長編小説『海に生くる人々』を改造社から出版して、世の中に躍り出た。

「淫売婦」、「海に生くる人々」は牢獄の中で書かれた作品だが、いかにもプロレタリア文学の作品として生まれてくる環境は最適だったのではないだろうか。時代が産み出したともいえる。

「淫売婦」の前書きは、現実の世界か夢の世界とも区別のつかない事実を描写しながら、病み、倒れた淫売婦を通して、この社会に搾りつくされて生きる労働者の姿を重なり合わせている。虐げられた者の運命を呪い、憤懣を体ごとぶつけてくる感覚の鋭さがすごい。最後は、こう結ばれている。


「それがどうにもならないんだ。病気なのはあの女ばかりぢやないんだ。皆が病気なんだ。そして皆が搾られた渣なんだ。俺達あみんな働きすぎたんだ。俺達あ食ふために働いたんだが、その働きは大急ぎで自分の命を磨り減しちやつたんだ。あの女は肺結核の子宮癌で、俺は御覧の通りのヨロケさ」

「だから此女に淫賣をさせて、お前達が皆で食つてるつて云ふのか」

「此女に淫賣をさせはしないよ。そんなことを為る奴もあるが、俺の方ではチヤンと見張りしてゐて、そんな奴あ放り出してしまふんだ。それにさう無暗に連れて来るつて譯でもないんだ。俺は、お前が菜つ葉を着て、ブル達の間を全で大臣のやうな顔をして、恥しがりもしないで歩いてゐたから、附けて行つたのさ、誰にでも打つゝかつたら、それこさ一度で取つ捕まつちまはあな」

「お前はどう思ふ。俺たちが何故死んぢまはないんだらうと不思議に思ふだらうな。穴倉の中で蛆蟲見たいに生きてゐるのは詰らないと思ふだらう。全く詰らない骨頂さ、だがね、生きてると何か役に立てないこともあるまい。いつか何かの折があるだらう、と云ふ空頼みが俺たちを引つ張つてゐるんだよ」

私は全つ切り誤解してゐたんだ。そして私は何と云ふ恥知らずだつたらう。

私はビール箱の衝立ての向うへ行つた。そこには彼女は以前のやうにして臥てゐた。

今は彼女の體の上には浴衣がかけてあつた。彼女は眠つてるのだらう。眼を閉ぢてゐた。

私は淫賣婦の代りに殉教者を見た。

彼女は、被搾取階級の一切の運命を象徴してゐるやうに見えた。

私は眼に涙が一杯溜つた。私は音のしないやうにソーッと歩いて、扉の所に立つてゐた蛞蝓へ、一圓渡した。渡す時に私は蛞蝓の萎びた手を力一杯握りしめた。

そして表へ出た。階段の第一段を下るとき、溜まつてゐた涙が私の眼から、ポタリとこぼれた。

——一九二三、七、一〇、千種監獄にて——

この作品が掲載されたことによって『文芸戦線』の存在を世に知らしめ、プロレタリア文学は大衆的な広がりをみせてきた。プロレタリア文学が日本の文壇を席巻する勢いをつけるきっかけとなった。時代の光の矢は、葉山嘉樹に放たれた。

ビール箱の蓋の蔭には、二十二三位の若い婦人が、全身を全裸のまゝ仰向きに横たはつてゐた。彼女は腐つた一枚の畳の上にゐた。そして吐息は彼女の肩から各々が最後の一滴であるやうに、搾りだされるのであつた。

彼女の肩の邊から、枕の方へかけて、未だ彼女がいくらかの物を食べられる時に嘔吐したらしい汚物が、黒い血痕と共にグチャ〳〵に散ばつてゐた。髪毛がそれで固められてゐた。そして、頭部の方からは酸敗した悪臭を放つてゐたし、肢部からは、癌腫の持つ特有の悪臭が放散されてゐた。こんな異様な臭気の中で人間の肺が耐へ得るかどうか、危ぶまれるほどであつた。


と描いた淫売婦に、「殉教者を見た」と言いきる葉山は、虐げられた人々への愛しみと、人間的な温かな眼をもって生きる姿勢を終生、崩すことはながった。

はなばなしく文壇に登場してきた葉山を、当時のプロレタリ文学運動内部がどう受けとめていたのか、その雰囲気を伝える逸話が、笹本寅の著書『文壇郷土誌　プロ文学篇』（一九三〇年五月発行）に載っていておもしろい。この頃、葉山は落合ダムの工事現場で働いていた。

『文戦』の同人会議が、新宿二丁目朝日屋の二階でひらかれ、ちょうど木曽から青野のところへ上京してゐた『淫賣婦』の作者を、この会に招くことになつた。

その頃、葉山は、あらくれ男の中に生活してゐた関係で、非常に気があらく、喧嘩ツぱやかつた。酒がまはつて来た時、葉山は、何が気にいらなかつたのか、

「何んだ！　プロ文士だなんて。酒ばつかりのんでやがつて、ダラシがねえ。……」

さんざんに、プロ文士を罵倒し、プロ文学を否定し始めた。青野や、前田河は、

「まあ、まあ」

と、葉山をなだめたが、同じ席で盃をなめてゐた山田清三郎は、この葉山の「労働者」を鼻にかける態度が、グッと癪にさはつた。「オイ、あんまり鼻にかけるな！　おれだつて労働者の経験はあるんだ。プロ文学に意味がないなら、小説なんかかくのをよせ！」といふなり、山田は、葉山の横ツ面を、力まかせに一つ。――しかし、次の瞬間には、山田の小さなからだは、葉山のためになげとばされて、モンドリをうつてゐた。が、山田を投げてから、急に葉山の態度が、かはつてきた。

「プロ文士には、こんな奴もゐるんだ。イヤ、気に入つた。おい山田、兄弟の盃をしよう。」

葉山は、自分で階下に行つて、塩をひと握りと、美濃半紙を持つて来た。そして、美濃半紙の上においた塩を盃に入れて、あらためて三杯づつ。――

ところで、義兄弟の盃はすんだもの丶、いつたい、どつちが兄貴だ、といふことになつたが、年をくらべると二つ三つ葉山の方が上だつたので、山田が弟分といふことになつたので

ある。

一九二六年に、葉山は『文芸戦線』同人となった。

二

葉山嘉樹は、一八九四年三月十二日に福岡県京都郡豊津村大字豊津六九五に生まれた。明治維新前は小笠原藩に仕えた士族の家で、父の荒太郎は明治の半ばから京都郡長を務めている。県立豊津中学校を卒業しているが、先輩に堺利彦、後輩には一緒に『文芸戦線』で活動した作家の鶴田知也、画家の福田新生らがいたのはおもしろい歴史のめぐりあわせである。

中学を卒業し、早稲田大学高等予科文科に入って文学をやりたい旨を父に話すと、「学費がない」との返事。そこで、「じゃ、家を売ればいいじゃないか」と言うと、家を売って四百円の金を作り全部与えるような父であった。ところが、葉山は入学できた早稲田には行かず、数カ月のうちにすべての金を浪費して、あげくのはては学費未納で除籍されてしまう。その後は、「一銭も無くなったので、綺麗さっぱりと遊蕩生活に見切りをつけて、机、書籍、夜具等を売り払って、横浜の花咲町に、当時あつたローラースケート場のボーイをやり、後、カルカッタ航路の貨物船に、水夫見習で乗る」と記している。それからは、室蘭、横浜航路の石炭船万字丸に乗船し

葉山嘉樹が晩年に住んでいた家（長野県）

て海員労働者となる。

マドロスの労働体験は、葉山の人生観を大きく変える転機となる。「文学的自伝」に心情を吐露している。


海員下宿に入って、荒くれたマドロスたちと生活して見ると、枠の無い人間が多いので驚いた。

チヤンスを待つ間、遊んでゐても仕方がないので、山下町にあつた、外国人のやつてゐるローラースケーチングの靴の紐を縛るボーイをやつた。

キラビヤカなる、内外人のブルヂヨアらしい男女がやつて来て、手をつないで辷りながら躍る奴に、スケートをしばりつけるのが十八才の少年の、私の仕事なのであつた。

どうも、私の自然発生的な階級意識と云ふ

ものは、クソ忌々しいところから、涌き起つたやうである。

当時の私のバイブルは、たしか前田晁氏の訳で出た、ゴーリキー短篇集だった。乱暴で兇暴で、手のつけられないやうに見えたマドロスも、一緒に生活してゐるうちに、枠が無いだけに過ぎないと云ふことが分つて来た。

鼻の落ちてしまつた一等セーラーも、それはただ鼻が落ちただけであつて、決して悪い人間ではなく、ちよつとひがみが強い、だけど、芯は同情心の深い人間である、ことが分つた。

その時から、鼻と云ふものが、あつたつて無くたつて、それだけで人間を軽蔑してはいけないと云ふことを覚えた。総じて、人間はその外見によつて、評価すべきではない、と云ふこと、自分が劬《いたわ》られれば、無精にうれしいところを見ると、人も劬つた方がいい、と云ふことなども感じた。

その代り、鼻だつて未だ落ちてはゐないのに、その上金モールをくつつけたり、いろいろ飾りたてて、人を呶鳴りつけることを商売にしてる人間に対して、面白く思はなくなつた。

そんな生活の間に、私はだんだん、形式的なもの、儀礼的なものを嫌悪するやうになつた。そして地上に於ける偉大なものを嫌ひ、どこにでもザラにあるものが好きになつた。

人間で云へば、「同情の余地のある人間」が好きになつた。どこからどこまでキチンとして寸分の隙もない、などと云ふ人間には、同情の余地が無かつた。月二割の利子をとるボースンなんかにも同情の余地がなかつた。

この海員労働者の生活、労働の体験は、「海に生くる人々」等の作品に昇華されていったのである。プロレタリア文学の感動、なんたるかを理解するには、「海に生くる人々」を読むのが一番いい。この小説は、プロレタリア文学の芸術性をぐっと高めた、歴史的な記念碑ともなっている。

陸に上がった葉山は、職業を転々とする。鉄道省の門司管理局での臨時雇、戸畑で明治専門学校の事務員兼図書係、名古屋セメントの工務係、名古屋新聞社の記者となったりして、この時期、労働運動に身を入れている。神戸の三菱、川崎両造船の争議への応援、愛知時計の争議では逮捕されて監獄に入れられている。出獄後は、名古屋労働者協会の組織化に力をそそぎ、名古屋で初めてのメーデーに参加をしている。当然、官憲の目が厳しくなってきた。大正一二年、「共産主義秘密結社」を理由として、治安警察法違反にひっかけた国家権力の大弾圧があった。社会主義運動をつぶすべく、東京で堺利彦ら八〇人以上が検挙された。それと連動して、名古屋でも一二名が検挙されたが、葉山嘉樹もその中に含まれていた。これは、「名古屋共産党事件」といわれている。

その頃を回想した「葉山の温かき思い出」の一文を共に活動した伊藤長光氏が、雑誌の『友樹』に寄せている。ほのぼのとした仲間おもいの葉山の姿が浮かんでくる。

葉山は、インテリの啓蒙運動よりも、自覚した労働者による労働組合運動が必要であるとして『名古屋労働者協会』を労働者の手で戦闘的に再組織した。その委員長に葉山は推されて、急進的な労働運動の先頭にたって斗った。だから葉山の周囲には、いつも目ざめかけた労働者、青年たちが多く集って、宣伝用のビラ貼り、謄写版刷りなどに協力し、共に斗っていた。

また他での会合の別れ際に、葉山が〝伊藤君、きみにいつも何かしてあげたいと思いながら、俺は貧乏で何も出来ないが、今日は社で僅かだが賞与をもらったんで、これをあげるから〟といって、僕の掌に若干の銀貨を握らせた。

葉山と別れたあとで、掌に握らされた金は五十銭銀貨四枚であったが、それから四十年余の歳月が経った。いまでも正月がやってくると、僕は時折にありし日の葉山のなつかしい面影を偲びながら、僕のこの掌に彼の温かい情愛が感じられるのである。その葉山が名古屋共産党事件で牢獄につながれ、そこで思索し、過去、現在、そして明日への人生と社会を凝視しながら、多くのプロレタリア文学の題材の骨組みに精進して、〝海に生きる《ママ》人々〟〝セメント樽の中の手紙〟〝牢獄の半日〟〝淫売婦〟〝出しようのない手紙〟など、彼は日本のプロレタリア文学史上に異彩を放った幾多の文学作品を創り出したのである。

落合ダムの横にある文学碑（岐阜県中津川市）。
「馬鹿にはされるが真実を語るものがもっと多くなるといい。」が刻まれている。

この獄中で書かれたのが、「淫売婦」、「海に生くる人々」で、プロレタリア文学史上に輝く不滅の作品として世に迎え入れられたのである。だから、「淫売婦」の前書きに「此作は、名古屋刑務所長、佐藤乙二氏の、好意によって産れ得たことを附記す。——一九二三、七、六——」と記した理由があったといえる。だが葉山の身辺は、二度目の結婚をした妻の家出、母の死、子供の死と重苦しい空気が漂っていた。ちっ息しそうな人生の崖っぷちに立たされていた。落合ダム、発電所の現場で働き、「そこでは飲酒の癖を覚えた。ひどくニヒリスチックになつてしまつた。」といった苦悶の日々を過ごす。

三

人間的な深い、深い愛情を葉山嘉樹は胸に秘めていた。今の生活を「幸福」と感じている人には、生きることの孤独、淋しさは遠くのものでしかないだろう。人の心の痛み、情け、いたわりをもった心の深さはあまり関係もなく日常の生活の中を通りすぎていく。本当に孤独に追いこまれた人間には、人のやさしさ、いたわりが心にしみわたる。本来、人間が持っている心の深さが共鳴し合うときに信頼関係は生まれてくる。葉山の生き方、作品には、それがあった。葉山は人間としての深い孤独を知っていた。だからこそ、その作品は魂に響く感動と強烈な後味を残す力を持つことができた。

彼の創作態度にその特徴がよく出ているが、「創作の苦しみ」というのがある。

私は創作する場合非常に苦しむ。私の書かうとする作品の中の人物と同じ苦しみを苦しみ、悩まないではゐられない。

創作は主として感情の方面からそれの鑑賞者を打つものだから、この苦しみと悩みが完全に描き出されなかつた場合には、何の役にも立たない。そんな何んの役にも立たないものは、芸術作品でも創作でもあれやしない。だから私は私の書かうとする作中の人物の苦しみと悩みを、机の前で真剣に生活する。さうしてこの真剣な生活を、如何にしたら如実に表現されるだらうかといふ事に苦心する。

殊に私の取扱ふテーマが殆んど大抵の場合階級闘争を主眼とするものだから……勿論この階級闘争は吾々プロレタリアの立場から見たそれだから、私としてはより真剣にならざるを得ない。少く見つもつても一週間位はまるで夢遊病者のやうになつてしまつて、自分の現実の生活から離れる。勿論この事は、私がプロレタリアであるので持たざるを得ない、プロレタリア的な意識から脱出するといふのではない。日常の生活から切離された人間になるとでも云つた方が適切か？

例えばだ、こんな事がある。手拭をぶら下げて銭湯に行く途中で、ふとこれから書かうとする作品の何かの部分によいヒントを受けた場合だ。私は早速銭湯へ行くのを中止する。さうして帰つて書き始める。まあかう云つた調子だ。


葉山の作品には、稲妻のごとくの輝き、ほとばしるような人間の呻き、激しく胸をかきむしる魂の叫びが聞こえてくる。彼の人間愛の強さ、妻や子への情愛の深さはすさまじいものがある。いったいどうしてその感情が湧きあがってくるのだろうかと考えこんでしまう。これが、葉山文学の魅力の源泉になっていると感じたからだ。それは、母という存在にあったのではないかと思うようになった。小さい頃から母と父の間がうまくいかず、「母は私の十三の年だったかに追はれて家を出た」と、両親の離縁を眼のあたりにしている。一三歳といえば、思春期のまっただ中、多感さと、人格の形成に大事な時期でもある。まして、腹違いの姉はいたが、一人っ子として厳格な父のもとで育てられた。その頃の父との関係を「文学的自伝」にはこう書き残している。


父は私を軍人か何かにしたかつたのではあるまいか、と今は思ふのであるが、私が本を読み耽ることを、余り好んではゐないやうに見えた。殊に軟派の小説を読むことは好んでゐなかつた。

「子供が小説を読むものではない」

と、私に云ったやうに覚えてゐる。が、読んで見ると、読むものではない、にも拘らず面白かつた。

どうしても、止められない程面白かつた。

私の生れ育つた村には、村の分際で中学があつた。一度落第して、二度目に中学に入ることが出来た。私が中学に入るとたんに、父は小官吏を辞めた。今から考へて見ると年をとつて餓になつたのだつた。

詰り、私に学資が要るやうになつたとたんに、父の収入が減つてしまつた。従つて、村の本屋で『中学世界』を買ふことも出来なかつた。教科書も、一級上の生徒のを貰つてすますと、云ふ具合だつた。

主として、鹹になつて所在のない父のお伴をして、川漁に行つた。鰻釣りなどは忽ち父よりも上手になつた。

私の丈が高いのは、この時代に鰻をフンダンに食つた為ではあるまいか、と今でも思つてゐる。学校の弁当のお菜は自分で釣つて来た鰻を素焼きにして置いて、それを煮つけて持つて行つたものだつた。

鰻を食ひ過ぎたせゐかどうか、は分らないが、私は早熟であつた。ちと、早熟過ぎたと思ふ。早熟過ぎると云ふことは、悪徳を伴ふ。殊に中学生の分際で、女といろんな醜聞を起すなどと云ふことは、余り褒めた話ではなかつた。

が、私にとつては、どうにも防ぎやうがなかつた。私は少年の本能に忠実に従って行動した。不良少年と云ふ風なものであつただろうと思ふ。

少年時代は、希望に燃えるべきであらうが、私は余り自分に期待しなかつた。


母との生き別れは、葉山の心情にはかりしれない影をおとしたのではないか。子の成長にとって何にも替えがたい母の慈愛を与えられなかったことで人が生きていく上での孤独を知り、その反動として、子供への愛着心は驚くほどの執着さを持つことになった。

同時代の作家に佐多稲子がいる。自伝的な作品『年譜の行間』に、夫の窪川鶴次郎との夫婦仲がゴタゴタしていて、涯っぷちにたたされた心境を表した一文がある。

あたしは母親に抱きしめてもらったり、おんぶされたりしたことがない。母親の死後も、母親を恋しがる余裕がないほど、生きていくことに精一杯で、母親を慕って泣いたことなどなかったんですね。あたしは母親のことを想うとき、懐しいというより、なんだか、すぐ、可哀想と思ってしまうのです。

それが、自分の子供が十歳ぐらいにもなっていたころ、「灰色の午後」のときですが、夫婦間のもめごとが非常に辛かったとき、自然に、ほとばしるように、「お母さーんっ」って言葉が出てきて、泣きました。それまで別に母親に何も求めていたわけでもないんですが、もう、なにか絞るみたいな気持で……。昔呼んだように「母《かあ》ちゃん」ではなく「お母さん」。どうしてこんなことを言うんだろうと我ながら不思議に思えましたけれど、それはあまりの辛さに誰かにすがりたいという心で、突然発した言葉なんでしょうね。

母《かあ》ちゃんという実在した母親のことでなく、もう「母」という概念になっての「お母さーん」だったのでしょうか。母という存在の持つ無償の愛といったものにすがりつきたいという切ない想いでしょう。だいたい、あたしは甘ったれでもなく、人に甘ったれる余裕もなかったわけで、そういう自分が甘ったれの言葉を使ったもんですから、このときは自分でびっくりしてしまって。本当に、人間の感情というものは面白いもんですねえ。

親子というものは何かなあとも思ったり。よく、人間には守り神様がいるっていいますが。あたしの場合、死んだ母親がそうではないか、そんな気がすることがあります。

佐多は、小学校にあがってすぐ母が病気で亡くなり、祖母の手で育てられた貧苦の境遇を経ている。何かしら、この二人の中に共通して「母という存在が持つ慈愛」への渇望が、生き方に投影されている気がしてならない。そのために、人の心の痛みに敏感で、心の機微を大切にした人間関係の描き方は芸術的にすぐれたものを持っている。

葉山の『誰が殺したか？』の作品は、獄中で身動きのとれない葉山の家族を襲った悲劇が動機となって社会に対する挑戦的な気分にあふれている。生活のできなくなった妻の家出、二児の餓死、母の死と、これでもかこれでもかと押し寄せる不幸の連続への憤りをたたきつけるように描いている。その中に「母の想ひ出」がある。晩年にやっと一緒に暮らすことができた母との生活が題材となっている。社会運動に身を投じた息子の考えを理解しようと努力する母と子の会話に、あまりに大きな時間の溝を感じる。

「だつたら、さう云ふいはれの無い不幸を吹き拂ふために、私たちが働いてゐる事はお分りになるでせう」

母はさう云はれると、その年老いた、摺り切れたお襤褸見たいな、労れ衰へた顔に悲しみの表情と涙とを泛べるのだつた。

「嘉樹さん。ようく分るのだよ。だけどね、それをお前丈けが何だつて、そんなに思ひ詰めて終ふんでせうね。お前にはかう云ふ老い先きの短かい苦労でチビれてしまつた母さんがあるのにね。それも十年以上も別れてて、やつと一つ屋根の下に棲めるやうになつたのにねえ」

私は母を責める気にはなれなかつた。

「私丈けではないのですよ。私などはほんの後ろの方がらビッコ曳き〳〵ついて行つてるのですよ」

「さうだとい〻んだけどねえ」

と云つて、母は溜息を洩らすと共に涙を落とすのだった……。私の母は、自分の子供である私が、特に可愛かつたのである。そして、母には、私がもう獨立した人間になつて、自分自身や自分の屬する階級の意見を持つてゐる、と云ふことでも淋しかつたのであろう。その筈でもあらう。自分の乳房を傷の出る程噛みついたり、ベットから紐でブラ下つたり、学校の包みを投り出すといきなり、「なにかおくれよう」と、ねだつた私と、現在の私とを母はどう云ふ風にして、聯がりをつけてい〻か途方に暮れてしまつたのだ。

母の時代では階級と云ふものは決定されてゐて、超えることの能きないものだと信じられてゐるのだつた。
一口に云つて見れば、母は私が稚なかつたと同様に、甘つたれて貰ひ度かつたのであらう。今では自分よりも殆ど三分の一も背の高い「伜」を昔の通りに懐に入れて見たかつたのではあるまいか。

葉山を生涯の師と仰ぐ作家、広野八郎が長野県駒ケ根の文学碑『建碑記念寄稿集』に寄せた想い出は興味深い。

葉山氏は、私が断るのもきかないで駅まで見送ってくれた。いつも快活で、人に弱みを見せたことがなかった葉山氏が、しみじみ述懐した言葉が今でもわすれられない。
「広野君、僕は君がうらやましい。たとえ病身の父、盲目の母であっても、両親が生きているということはすばらしいことだ。その両親のもとへ帰って行ける君が僕はうらやましいよ。」
あの時が最後の別れであった。

『葉山嘉樹日記』に、「偉なるかな、わが友。真理に最後まで忠実なるわが友よ」と記され、作家として食えなくなって飯場生活に入り葉山と行動を共にした広野氏の文だけに真実さがある。

四

葉山の評価はいろいろあるが、定説のようになっているのが「理論、理屈ぎらい」というのが根強くある。平林たい子も、「一場面」で次のように書いている。

テーゼが発表されるとすぐプロ芸の中野氏あたりから批判がとび、この日の討論会となつたらしかつた。中野氏等には主に林房雄氏が相手になつて、どもりどもり講《ママ》論ははてしがなかつた。討論の場から少しはなれた角火鉢の前に葉山氏があぐらをかき、そばに皮肉な微笑を泛べて、里村欣三氏が討論に聞き入つてゐた。この二人もときどき討論に口を出したが、全くの彌次の一つ一つには辛辣な嘲笑があつた。葉山氏は、とうとうしまひには、火鉢の上にあった小さい湯呑みをとり上げて、賽ころを振つて伏せる眞似をしはじめた。

「おうい、勝負ならこれで来い。こっちの方なら俺だつて負けやしないぞ！」葉山氏はさう言ひながら例の豪傑笑ひでからから笑ふのだつた。

「理屈ぎらい」果してそうだろうかと思う。短篇、長篇をとってみてもその構成力、文章表現力は時を経てもあせることはない、高い香気な芸術性を有している。天分だけでなく、その才能を磨く努力、精進を怠らなかった跡が見える。

彼の「理論ぎらい、勉強ぎらい」は、当時のプロレタリア文学運動内部に一定の影響を与えたインテリゲンチャ出身の観念的な理論、創作論への感覚的な反発、態度が、そのように周囲の人々に映ったのではないか。彼ほど、差別され虐げられてもたくましく生きる人々の中に融けこみ、その生活感覚をえぐり出して文学に昇華させた作家はいない。作品を読む者は、そこに自分を見いだすことができる。余談だが、『海に生くる人々』を初めて読んだ時「菓子で身を持ち崩す」波田という人物が、ただひたすら〝金つば〟を食べる姿に圧倒されたが、人間の生の喝きを感じた。それ以来、なんとなく自分も金つばを好むようになってしまった。彼の作品は、何か不思議なもの、魅入らせる力を発散させている。

新婚時代の嘉樹と菊枝　江の島にて

また、「文学的自伝」に、専門学校の図書係に配属された頃のことを「化学の図書室の中で、ゴーリキー、ドストエフスキー、トルストイ、アルチバーセフ、上田秋成、何でもかんでも手当り次第に読んだ。図書室で静にゴーリキーやドストエフスキーを読んでゐると、私の体は回転椅子の上に満足さうに乗つかつてゐるのに、魂はガタガタ顫へてゐるのであつた。文学を楽しむとか、その思想に通ずるとか、そんな風な読み方を私はしなかつたものと見える。その作品の内容を、私の生活の内容としたかつた。」と言っている。

「名古屋共産党事件」で巣鴨刑務所につながれていた中で書いた日記にも、「七月二十日金晴。髯剃り。ジヤムパン二十五銭デ、二十二日ヨリ三十一日マデ購求、二円五十銭。資本論第一巻三冊読了、夕刻第三巻一冊に移ル。残、十一円四十六銭。」等、随所に本の差入れをしてもらい読んでいることがよくわかる。また、この服役中に関東大震災にあい九死に一生を得ているのも歴史の運命か。葉山はどんな逆境でも生きて、生き抜いて自分の生き方に忠実であろうとした。

プロレタリア文学運動の隆盛の時期、葉山は西尾菊枝と親の反対にあいながらもかけ落ちをして結ばれ、一時の安息を得る。だが、時代は暗雲がじわじわと覆い始め、プロレタリア文学の作家たちは国家権力の弾圧のもとで筆を絶つか、転向して翼賛会体制に順応していくしかないように追い込まれていった。葉山もなんとかプロレタリア文学の灯を消すまいと力のかぎりをふりしぼる。だが、「文戦系」の組織も脱落と分裂で力は弱まっていくばかりであった。プロレタリア作家クラブが発行した『労農文学』の発行編輯兼印刷人は、葉山嘉樹となっている。リーフレット型の第一巻第九号（昭和八年一一月一日）に、「同志よ、もう一度出直そう」が掲げられている。

『労農文学』をこの一月號から九月號までどうにか続けて来ましたが、それは決して無意義だつたとは思ひません。毎月店頭で四五百部賣れ、直接購読者は二百名を数へてゐます。

こんな反動期に、これだけの同志を、この小つぽけな機関誌の周圍に集め得たことは、小さいながらも大きな効果だつたと思ひます。それを今、私達が最後の努力を放棄して、多くの熱烈な讀者同志諸兄と絶縁することは、階級文学の放棄を意味するものだと信じます。

時代の反動の流れは濁流となり、多くの人々を侵略戦争へとまきこんでいった。この時期の葉山をめぐって「転向」のことがいろいろととりざたされている。大東亜共栄圏の国策にそって満洲開拓団の一員として大陸に渡ったことが、その大きな理由とされている。そんな単純な理由づけで人の行動・生き方が断定できるのだろうか。文筆で食えなくなり、飯場生活もするが、それも行き詰まってしまい百姓のまねごともしたが、うまくいかない、世間の眼は「非国民」として見る。いたたまれない気持ちで満洲に新天地を求めざるを得ないところまで追いつめられていったが、心は別にあったと思う。

『葉山嘉樹日記』に開拓団時代の「昭和十八年六月十六日付」に、彼の奥底の心情を吐露したとみられる詩がある。「寓話詩　人間」と題している。

(1)

昔々あるところに
完全な人間がありました。
万人の智慧を集めたより
その人は賢こく
万人の善人を集めたより
その人は正しく
万人が間違ひを起すのに
その人は間違ひを起しませんでした。

(2)

万人の人は悲しければ泣きました
をかしければ笑ひました
うれしければ踊りました
腹が立てばプン〳〵しました
御馳走は食べ過ぎました
御酒には酔つぱらひました

下痢もすれば風邪も引きました
悪いことをしては後悔しました。

(3)

完全な人は悲しくありませんでした
をかしくありませんでした
うれしくもありませんでした
腹も立ちませんでした
御馳走も食べ過ぎません
御酒なんか飲みません
下痢もしなければ風邪も引きません
悪いこともせず後悔もしませんでした

(4)

私たちは完全な人間であるよりも
をかしかつたりうれしかつたり
踊つたりプンプンしたり

しくじつては後悔したりして
だん〳〵良くなる方が
自分で自分を反省する
余地のある
不完全な、発展性のある
人間でありたいものです

この考え方、姿勢こそ葉山が生涯持ち続けた「寸分の隙もない人間よりも、同情の余地のある人間」の方が好きだったという生き方を崩してない証しである。軍国主義の時代、日常生活での言動、文章、日記ですら逮捕の理由にされる時代背景を抜きに「転向」の問題は簡単にきめつけられるものではない。なぜなら、その人の一生の評価、人間としての誇りの根幹に触れるからである。

敗戦、満洲の地を病いに疲弊しきった葉山と長女の百枝さんは、開拓団民と一緒に祖国日本をめざして歩く。酒に酔ったロシア兵がなだれこんでくる恐怖心を日々耐えて歩く。凍える雪の中をクタクタになりながらも足を引きずる。「『お父さん』と呼ぶと、『百枝、帰って来たか』とだけ言って、白いものが頬を伝った。一日中雪の中を大車《ママ》にゆられて寒かったせいか、父の身体は衰弱して、また下痢が始まった。ズルフォン剤もなくしてしまい、薬は何もない。持ち物を売ってお金をこしらえる。満人の売りにくるマントウを、父はおいしそうに食べる。砂糖湯もおいしそうに飲む。着物とモンペをほどき、おしめを作る。夜は私がついて便所へ行くのは危ないので、これで用を足すようにする。」といった死神との格闘、格闘。

百枝さんの「父・葉山嘉樹のこと」の最後は、おもわず身震いが走る。葉山嘉樹の命の灯はしずかに、静かに異国の地で消えていく。

駅に停車すると、満人が籠の中に食物を入れて売りに来る。マントウ、ゆで卵、鶏の丸焼きなど、だんだん残り少なくなるお金に心配する。「百枝、あれを買おうよ」と父は鶏の丸焼きを指す。「まだ先が長いのよ、我慢しましょう」とマントウか、ゆで卵で我慢する。こんな日がいく日か続いた。夜中にお便所に立った父が用を足して帰って来た。うとうとして、ひんやりした感じで、目を覚ます。汽車は停車しており、駅のかたわらのどろ柳の大木に数知れぬカラスが黒々と群がり、ガアガアやかましく、鳴いていた。「お父さん、お父さん」と呼んでも返事がない。もう一度「お父さん、お父さん」と呼びながら肩にさわったら、もう冷たくなっていた。

暖かい身体からは離れないシラミが、もう父の死を知らせるかのように、はい出していた。

昨晩は一人でお便所にも行ったのにと思うと、胸がいっぱいになってしまった。

同じ列車に乗っていたお医者さんが来て下さったが、「脳溢血ですね」と言ったきり。切れない大きな鋏で、髪の毛を少しずつ、切り取り、身体にしっかりとつける。汽車が、いつ発つかわからないので、団の人や兵隊さんが掘ってくれた穴に埋葬することにする。父の衣類全部、目鏡、煙草なども一緒にアンペラの上に横たえ、上に毛皮のオーバーをかぶせ、また上にアンペラをかぶせて覆う。父より先にもう一体赤ちゃんが横たえられていたので一緒に埋葬した。凍りついた土をかけて、土まんじゅうにし、近くに生えていた草をそなえる。

「お父さん、お父さん」と小さな声を出して呼ぶと、今まで我慢していた涙が溢れ出して、どろ柳の並木も、その下の土まんじゅうも見えなくなってしまつた。

夕日を受けて赤くそまっている、どろ柳の大木があまりにも美しく見えて悲しくなる。朝父の死に気づいた時には真っ黒に群がっていたカラスも、もういない。

黒々と、はてしなく地平線まで続く、畑のうねばかり目につく。

暗くなりかけて、汽車が動きだした。無暗とこの地を離れたくなくなり、汽車から飛び下りて、父の所に行きたいとせつなくなる。

新京の少し北の徳恵という駅だった。脳溢血とはいえ、あまりにあっけなく亡くなった父、異境に葬ってきた当時を思い出すことは苦しい。

昭和二十年十月十八日だった。

葉山一家の赤穂竜生町時代　荒畑寒村（右端）を迎えて昭和十一年（一九三六）

葉山嘉樹の文学碑は、戦後になって岐阜県中津川市、福岡県京都郡豊津町、長野県駒ヶ根高原の切石公園内、北海道室蘭に建立されている。荒畑寒村は、「葉山文学の再評価」で、「彼の作品は一定の文学的範疇に局限すべきでなく、日本の文学史上に永く光を失わないであろう。時勢の非は葉山の文学をして、十分に開花させないで散らしてしまったが、彼の子女はすでに立派に成人し、彼の作品が復活する日も近づいている。瞑せよ、葉山嘉樹！」と激賞している。「馬鹿にはされるが、真実を語るものがもっと多くなるといい」と、願った葉山の魂は消えることなく、今も、闇の中で光り輝いている。

〈主な著書〉

淫売婦（春陽堂　1926年）

海に生くる人々（改造社　1926年）

浚渫船（春陽堂　1927年）

新選葉山嘉樹集（改造社　1928年）

葉山嘉樹集（平凡社　1929年）

誰が殺したか？（日本評論社　1930年）

仁丹を追つかける（塩川書房　1930年）

葉山嘉樹全集（改造社　1933年）

山谿に生くる人人（竹村書房　1938年）

山の幸（日本文学社　1939年）

海と山と（河出書房　1939年）

濁流（新潮社　1940年）

葉山嘉樹随筆集（春陽堂書店　1941年）

裸の命（日本出版社　1946年）

葉山嘉樹全集（小学館　1948年）

葉山嘉樹全集（筑摩書房　1975年〜76年）

6　里村欣三（さとむら・きんぞう）

一

日本文学報国会の『文学報国』、昭和二十年三月一日の日付に「里村欣三氏を悼む　従軍作家初の戦死」の見出しが躍っている。

昭和二十年二月二十三日十五時三十分、軍報道班員として比島に従軍中の小説部会員里村欣三氏は砲煙渦巻く第一線でペンを握つたまま、従軍作家として初の戦死を遂げた。この日はわが陸軍部隊と敵米軍との間に、旧マニラ城をめぐつて、寸尺を争うの死闘が繰り返されていたが、新聞紙の伝えるところに依れば、里村氏は第一線に出勤中の某部隊本部を訪れ、リンガエン戦線の華、西村大隊長の最後の戦闘報告書を筆写中、敵九機の爆撃を受け、破片創と爆風による内部出血のため「部隊長殿に相すまぬことをしました、必ず書きます」と苦しい息の下から叫んだという、この責任感の強さ身を以て戦陣訓を果した行為こそ文武両輪、文に優れた者は、また武にも強いことを如実に示すもの神州本土に決戦の迫る今日、親近の人々が描く〝里村氏の横顔〟に文学者の範を、心意気を偲ぶよすがとしたい……

プロレタリア文学の中で「文芸戦線」系に位置し、転向して戦争協力の文学に「腕をふるった」と記憶されている作家、里村欣三。陸軍報道班員となり、フィリピン戦線で「戦闘報告書」を書いている最中に空爆を受けて戦死をした。一九四五年二月二十三日、四十二歳でその人生に幕を降ろした。

追悼文の中で同じ『文芸戦線』で共にした作家の金子洋文は、微妙な言い回しを吐露している。

第一の人生への訣別は、妻子を連れて東京から生まれ故郷へ帰ることだった。その前にながしの支那そば屋をやった着想はほほえましく悲壮だつたが、詩人の商法に終つてしまつた。寂寥と寒冷をしのぐために、売物の酒類に手がのびるのは致方がなかつた。

前期に於ける里村欣三の作品がかりに「ほほえましく悲壮」ななかしそば屋を思わせるものがあるとしても、何人が笑うことができるであろうか。彼はすでに名ある作家であつた。しかも妻子を養うために、冬の夜をチャラメルを吹いてながし歩いたのだ。涙をささそうほほえましい美しい「作品」ではないか。客に向つてありがとうと言つたであろう彼に対して、僕らもありがとうと帽子をとつて、彼の初期の作品に別れを告げたい。……

第一の人生に別れを告げて数年間経た。兵隊となつて北中支へ出陣し、第二の人生へふみ出した彼は、歯を出してにつと笑い、肢体を軽くうごかし頭へ手をやる彼らしいはにかみをもつて、帝都へ帰還の姿をあらわした。

作品もそれに近似していた。銃火の下、泥を泳ぎ生死をたたかいぬいた誇り高い生活表現でありながら、いささかもたかぶらず、むしろ、このましい表現上の稚拙さといくらも隙の見える正直な心の開き方をして、おづおづとためらいながら、やみがたい文学の平土間へはいつてきたのだ、特等席が便乗と転移がもたらす生硬でざわめいていた当時にあつて、この謙譲無垢の誠実が心ある人を捕へたのは当然である。……

彼の一生はうねりくねった苦難の途だった。だが、この途は遂に皇国の大道につながつていたのだ。時至つて豁然と途が拓け、やがて第三篇除州戦を書き終へるや、彼は、神州の正気のうちにどかりと腰をすえて根をはやしてしまつた。


里村欣三（さとむらきんぞう）、本名を前川二享（まえかわにきょう）という。一九〇二年、岡山県和気郡福河村字寒河で生まれた。父親は、駅弁の経木をいれる商いを手広くしていた資産家であり、関西中学を中退、神戸市電の車掌、人夫など労働体験を持っている。職業を転々として流浪の生活をする。彼の生涯は、未だベールに包まれたところが多い。その最たるものが軍隊の

「脱走兵」か「徴兵拒否」なのかという問題である。軍国主義日本では、その行為自体が犯罪人であり、その通り彼は逃亡者の生活を自首するまで続けたという数奇な運命をたどる。徴兵を忌避して里村欣三の名でもって満州を放浪、日本に戻ってから作家の中西伊之助の世話になる。『文芸戦線』に作品を発表、深川の木賃宿と貧民窟をルポルタージュした「富川町から」で注目され、大正十五年、葉山嘉樹らと『文芸戦線』の同人となる。満州の放浪を基に描いた「苦力頭《くーりがしら》の表情」を『文芸戦線』に発表、好評を得て世に認められた。プロレタリア文学の息の根が絶やされるまで、その足場は『文芸戦線』の流れの中で身を置いた。

「従軍作家」といわれた里村欣三は、時代にいやというほど翻弄された。軍国主義日本の時代、国家権力の弾圧のもとでプロレタリア文学の作家たちは筆を絶つか、転向して大政翼賛会体制の中に組み込まれていくしかないような環境がつくりあげられていった。息をすることすらが辛い世の中がかもし出されていく。

その象徴的な存在として語り継がれているのが、里村欣三である。同じ労農芸術家連盟の平林たい子は『たい子日記抄』で「久しぶりに旧友里村欣三の『苦力頭の表情』をよみかえして不覚の涙が頬を伝うのを覚えた。奪いかえすこともやり直すこともできない二十年の歳月よ。その波瀾の多い年月の間に作家の里村は生まれ死んだ…。彼が生きて普通な行動の中に今日を迎えたなら、彼こそは〝復讐の文学〟の担い手としてそれらの苦しい経験をぶちまけたであろう。」と、若き非業の死を惜しんだ。

転向とは重たい言葉だ。「自分」で、これまでの自分の存在を否定しなければならない。思想というだけでくくれない、その意識、生活感、人間関係もが大きく変えられていかざるを得なくなる。人間が社会的な生き物というならば、これほど酷な罰はない。自らの手で「人間失格」の烙印を押すわけである。

時代に翻弄された里村欣三。果たして戦後を生きたとして、彼に平林たい子が言うような「復讐の文学」が書けただろうか。それは首を横にふらざるを得ないものがある。自分の生き方、心に傷を受けると人は光り輝くものを失い、創造力をそがれてしまうからだ。

二

結婚した里村は、生まれた子どもを私生児のまま世間にさらすことができずに「徴兵忌避者」であることを公表し、兵役につく。肉親の愛情に飢えていた里村欣三は「母の慈愛」を追い求める人生を歩いた。生母を早く失い、異母兄弟の中で育った里村は、年少の頃から肉親愛に縁遠かった。同じ母親の妹とは仲よく寄り添ったという。孤独の闇を抱えて生きた。その裏返しともとれるが、わが子に対する深い愛情はなみなみならぬものがある。「母の慈愛」が、その作品には色濃く投影されている。

逃亡時代のいきさつを『文芸戦線』同人で、仲の良かった石井安一の妻、雪枝がエッセイ集

『木瓜の実』で語っている。あまりに謎めいた人生を歩いた里村に、近しい人たちも後で知る事実に耳を疑う。

「前川二享氏が『里村欣三』を名乗るに至った経緯を、『兵役で服務中入水自殺を装って脱営したため』と私たちは聞いていた。ところが、ます枝夫人さえそのように信じておられた『真相』が誤りであったことが一〇年ほど前に判明した。兵営から脱走したのでも、入水自殺を装ったりしたのでもなく、『徴兵忌避』で、始めから徴兵検査をうけにいかず逃走されたのである。

これは、新潮文庫から復刊された『河の民』の解説者堺誠一郎氏が、里村氏の評伝を知るために、ます枝夫人と華子氏の協力をえて岡山県の援護課の台帳を点検されて判明したことである。」

と驚きを隠しきれないでいる。

「自首」した里村の心境をよく露呈したものに葉山嘉樹に宛てた手紙が残っている。里村は、葉山の作家としての能力を高く評価し、その作品を尊敬していた。その友情には、なみなみならぬ二人の想いが流れていた。里村欣三から葉山嘉樹に宛てた封書には、「徴兵忌避」のことがしたためられている。消印は、「昭和十年五月一日」、住所は「岡山県上伊福清心町三〇五」となっている。


僕はこゝ一ヶ年間の熟慮の結果、徴兵忌避になつてゐる兵籍関係を清算する決心で、僕の故郷へ帰り、自首して出た。ところが、僕は十四五ヶ年行方不明、居所不明のまゝ僕の親戚が、失踪宣言の手続を取り、僕は「死亡」となつて戸籍から除籍されてゐた。それで滑稽なことに、戸籍のない死人に、陸軍刑法が通用されないといふ矛盾が起こつて、今、失踪宣言の取消しが、先決問題となつてゐる。この戸籍上の民事裁判が決定されるまで、どうにも仕様がないので、九州から女房子供を呼び寄せて、表記の場所で侘び住ひを開始することにした。

……それ相応のツトメを果して、自由の身になるつもりだ。とに角、事情は右の通りだが、僕はこの決心をすると同時に、誰にも迷惑をかけないつもりで、単独で行動し、突然行方を晦ましてしまつた。僕のこの考へや行動には、色々の批評も、忠告もあつたであろうが、僕には、かうするより外に手がなかつた。とに角、僕は憂鬱極まりない地下生活から飛び出して、青空の下で思ひ存分に働らかなければ、どうにも生活の打開の路がつかなかつたのだ。一年や二年の犠牲を惜しんだので、僕は過去に十四五年間の不自由な生活をして来てゐるし、この決心がもう少し遅ければ、人生の凡てを棒にふつてしまふところだつた、と思つてゐる。

……僕も一切事件が片づけば、文字通り『死亡』から甦生するつもりである。若し文学的に葬られても、子供だけは強く、明るく、文学以外の生活で育てゝ行き度いと決心してゐる。

そして最後の言葉は「では、読んだら、この手紙を火中にしてくれ給え。」で結んでいる。文字通り、プロレタリア文学で人間の解放を目指した道から、体制の中に埋もれていく「第二の人生」への道を歩もうとする里村の心境がにじみ出た手紙である。

里村欣三の『文芸戦線』時代の作品には、「暗い」ものが感じとれる。「文芸戦線」系の作品は、「暗い」という批評が五月蠅くついてまわる。だが、「文芸戦線」系の作家、作品の中に労働者の汗、息づかいが微妙に伝わってくるものがあり、底辺でもがく人間そのものがよりはっきりと描かれていて、共感を持つ作品が多くある。「暗い」と感じる表現が、なぜ悪いのだろうか。研ぎすまされた感性でつかみとったリアリズムである。資本主義社会で生まれ、生きていくには辛いことが次から次に押し寄せてくる。生存の不安は、絶えず付きまとう。今日、現実の世は数百万人を上回る失業者の群れに、阪神・淡路大震災後の二百人を超える孤独死、年間の自殺者が初めて三万人を突破し、男性の平均寿命を下げたと発表され、また、学校でのいじめ、働く場でのリストラというように生きる困難さは増すばかりである。「社会的殺人」が世の中に蔓延している。

「暗い」というのは、この社会で生きている人々の厳しい息づかいなのではないだろうか。それを誰もが胸の奥に、頭の片隅にふだんは隠しているか、あるいは意識しないようにしているが、その傷口に触れられて痛みを感じるからこそ感じ取れる感性ではないか。その感性が麻痺させられて、消耗させられたところに頽廃と刹那に生きる思想が蔓延していくことになる。これがファシズムの温床になっていく。

フィリピン戦線で、里村欣三は従軍作家としての死を迎える。最後を共に従軍した作家、今日出海の『山中放浪』は、苦味を残す一文である。


そこで部隊長に戦況を聴いていた。彼は丹念なたちでそれをノートに控へていた時、頭上に敵機が舞い、一発爆弾を落されたのが、運悪く天幕真近で炸裂した。

傍にいた人は思わず臥せたが、鉛筆を握っていた里村君はおそかつた。背中に爆弾の破片が突き刺さつたか、掠めたかして倒れた。だが、背中の傷よりも悪かつたのは爆風を腹に受け、腸が切れたともいわれ、兎に角腸の内出血が致命傷であつた。

けれども彼はこの重傷を受けながら未だ生きて来た。バギオの病院へ直ちに護送したが、一日「腹が痛い、痛い」と虫の息で唸り続けていたそうだ。病院の屋根は吹きとび、ベッドに横たわつていると青天井が見えたという。そして夜が明けると医者も看護婦も空襲時間と称して疎開してしまう。誰もいない危険にさらされた病院で彼は痛い痛いと唸り続けて翌日息を引きとつた。勿論秋山部長始め、本部々員や…各新聞社の面々、石川欣一氏等に見とられて瞑目したことであろうが、私はこの話を何度繰返し赤羽君から聞いても「痛い、痛い」と唸るところへ来ると声をあげて泣かずにいられなかつた。

少し出つ歯の口から「痛い、痛い」というかすれた声が聞こえるようだ。

私は身を沁みて戦争がいやになつた。そして呪われた包囲陣の中にいることが堪え難い苦痛になつた。

フイリピン戦線で里村の息は絶えた。里村の死は、果たして「戦死」という事実だけですむのだろうか。そこには、「自死」的な行動が感じとれる。それは、敗戦濃く、弾薬も食料も欠乏する中であえて戦線の最も激しい場所に出向いていったのかという謎に包まれているからである。社会主義の思想、運動に身を置いた人々、体制に反逆した人間を世間の眼は「非国民」として見る。いたたまれない気持ちで、心理的に追いつめられていく。軍国主義の時代、日常生活での言動、文章や日記ですらが検束の理由にされる時代背景を踏まえた上で、転向の問題は考えていかないと、単にその罪を断罪するだけでは何も生まれてこない「現実生活の重み」が、そこには横たわっている。

三

プロレタリア文学の底流には〝母の慈愛〟がにじみ出ている。別の言葉に換えるなら、人を信じる、人間関係を大切にするといってもいい。資本主義社会では、人と人との関係は、まず金を尺度にして価値判断がなされる。家柄、金持ち、由緒正しき血筋、学歴などあげたらきりがない。個人より前にその人の身分で色眼鏡のフィルターにかけられる。それがこの社会の常識として、一人ひとりの育った環境、教育の中で知らず知らずのうちに身についている。それを自分の判断力、考え方と思い込んでいる。その眼鏡で人を見て判断をくだしている。その常識に食い込み、個を取り戻す、確立するのがプロレタリア文学の持っている質だと思う。人間回復の文学といってもよい。プロレタリア文学は数多くの働く人々の困苦の生活とそれをどう変革するのかに応え、「労働することの誇り」と「未来の社会建設」を表現する文学として日本近代文学の内容を芸術的に高める役割を果たした。

里村欣三の初期と後期の作品を通して転向し何が変わったのか、作品から深層心理を探り、心の奥底に触れてみたい。

初期の作品に「苦力頭《クーリーがしら》の表情」がある。一九二六年の『文芸戦線』六月号に発表されたが、プロレタリア文学の傑作の短編小説である。里村が満州を放浪した経験をもとにして描かれたといわれている。

粗筋は淫売婦と主人公の交情。淫売婦にひとときのやすらぎを覚え、「母親の慈愛」を感じ取るが、金の切れ目とともにその夢は打ち砕かれる。無一文で腹をすかして淫売宿を出ると、主人公は生きるために支那人の苦力たちの中に強引に入り込む。そこで飯にありつこうとするが、冷たく拒否される、一晩、苦力たちの側で寝て、翌日になんとか一緒に仕事をする。この労働によって、差別された者同士の気持ちが触れ合い、苦力頭が酒を突き出す。主人公が涙が出るような中国酒をあおるところで話は終わる。社会の中で差別されて生きる人間同士の温かみを見事に写し出してほのかな余韻を心の隅に残し、人間を信じる気持ちを呼び覚ましてくれる。

「ふと、目と目がカチ合つた。——はツト思う隙もなく、女は白い歯をみせて、につこり笑つた。俺はまつたく面食つて臆病に眼を伏せたが、咄嗟に思い返して眼をあけた。すると女は、美しい歯並びからころげ落ちる微笑を、白い指さきに軽くうけてさツト俺に投げつけた。指の金が往来を越えて、五月の陽にピカリと躍つた。」の書き出しで、物語は始まり、淫売婦に引かれていく孤独な心を宿した放浪の主人公。

「だが、俺はその苦痛にゆがんだ無理な微笑に気がつくと、はツと手をひいた。酔がさめて、女の白い屍肉が、一個の崇厳な人間の姿になつた。」という淫売婦に、「俺はかつてゴム靴の工場で働いたことがある。一日中、重い型を、ボイラーの中に抛り込んだりひきずり出したりして、一分間の油も売らず正直に働いた。そしてその上に、馘になるまいと思つてどれだけ監督に媚びへつらつた!」という労働者の自分を重なり合わせ、社会の中で差別を受けながら生きていかざるを得ない者同士の心の通いを表そうとした。その上で、「熱い、甘い茶を唇で吹きながらスプーンで俺に含ますのである。ひとりで自由に呑もうとすると、女は俺の手を軽く遮へぎつた。そのやさしい手つきに、俺はふと母親の慈愛を感じた。」と生みの母親を知らない彼の気持ちを微妙な仕草で浮きたたせている。それが錯覚した母親の慈愛であることを、財布の金が底ついた時にいやというほど味わう。淫売宿を無情に追いたてられる。

空腹な彼は、言葉通じぬ中国人に向かって、腹のすいた真似をして食べ物を求めるが、相手にもされず笑い者になるのが落ちだった。その絶望の淵に立つ男の眼に飛び込んできたのは、マントウを食べている苦力たちであった。そばに近づいていき追いだされようともしがみつき、とうとうその集団の中に入り込んでしまう。飢えとのたたかい、命がかかっている。すさまじき生への執念を示す。一晩寝て、空腹を我慢しながら一緒に道路工事の現場で働く。仕事が終わり、へとへとに疲れた体で小屋に戻って大根のなまをかじる男にアバタ面の苦力かしらは笑い顔を見せ、ブリキの盃を差し出す。その瞬間、男は思わずその腕をつかんで「――大将！俺を働かしてくれるか有難い――」と叫ぶ。アバタ面の苦力頭の表情に、「やがて喰い物にも慣れる。辛抱して働けよ、なア労働者には國境はないのだ、お互いに働きさへすれば支那人であろうが、日本人であろうが、ちつとも関つたことねえさ。まあ一杯過ごして元気つけろ兄弟！」――人間の温かい眼差しがすっと匂ってくる。

里村欣三作『第二の人生』 書影

荒っぽい中にも微温がじわっと伝わってくるのは、里村の人生そのものから編み出された作品だからである。淫売宿でみた、金ですべてを価値判断する資本主義社会の現実の冷たさと、差別された社会の底辺で生きる苦力たちの輪の中にある人間の温もりを鮮やかに表現しきった、これこそが里村の真骨頂がいかんなく発揮された作品である。

転向を機に書かれた『第二の人生』は、転向文学の代表作にあげられている。「あとがき」は、里村の心根をにじませていて意味深いものがある。

四

チュントナ?――支那語の分からない私には、この言葉がどんな意味なのか、見當がつかなかった。しかしその場の空気から、日本語ならば「獨言」とか「愚痴」とかに相當する言葉ではないかと想像した。

大きな戰爭は、現實のあらゆるものを變へてしまふ。戰火の荒廢の中に住む、この一人の少年の胸には、どのような「感慨」が溢れてゐたのであらうか?その無限の「感慨」が、少年の薄い口唇を動かせて、綿々として盡きるところのない「獨白」となつたのではあるまいか!……。

私は一特務兵として大陸に渡り、約二ヶ年半を戰場で過した。その間、私も絶えずこの「チュントナ・老順」のやうに、たゞ一つのことを自問自答した。

それは、私のやうな、ぐうたらな人間が、本當に立派な兵隊になれるだろうか?――といふ疑問であった。私は馬を曳きながら、または、どのやうに猛烈な砲火の下に於ても、この自問自答をやめなかつた。そして考へれば考へるほど、自分といふ人間の下らなさに愛想がつきた。

しかし愛想がつきただけでは、済まされなかった。私は新しい信念と理想を掴むことへ躍起になつて行つた。それが私の『第二の人生』への出発である。これは、私の戦争の記録であると同時に、私の新しい人生追求の姿でもある。


この重い言葉を、「昭和十五年三月二十三日」付で記している。

主人公の並川兵六に、里村は大東亜共栄圏の中で国家のために忠実に生きようとする、自分の生まれ変わりを投影させている。戦場に赴くにも、「平和的な思想」を捨て切れないと思う存分な働きができない、「一人前の立派な兵隊」になれないと、自分に言い聞かす。その上で、家族を取り囲む、村人の眼と因習に屈する自分を「この妻子を雄々しく外敵から護らなければならない父の兵六は、外へ出て行つて村人の前で、恥も外聞もなく、意気地のない捕虜のやうに自ら進んで、己れの武装を解除してゐるのだつた。思想の鎧を脱ぎ、イデオロギーの太刀を手渡してしまひ、最後には身につけた襦袢や肌着まで脱いでしまふのであつた」と卑屈に、自虐的な空気を漂わせている。そして、「召集の赤紙」を手にしてほっとする。

何か、呪縛から解き放たれた気分にひたる。立派な帝国軍人になるために、何も考えない、自分の頭で考えないようにしようとする。しかし、わりきれぬ心の葛藤は消え去ることはない。「物を考へるといふことは、決して物を考へる人間を幸福にするものではない。――さうだ、物を考へる習慣と、物を考へさせる思想を、先ず最初に捨てなければならない。こんなものは疾つくに捨てたつもりだつたが、まだ彼の肉体の一部には滓となつて粘ばりついてゐるのだ。」と体制に順応できず、煮えきらない己の姿を独白させる。

服務中に知り合つたある家族との会話に、この作品の凝縮されたテーマが潜んでいる。「自由だの、理想だのと、過去の幽霊や幻影にとりつかれて、煮え切らない愚図々々した態度で、生活して行くのに、もう耐へられなくなつてゐたんです。僕は思想も主義も捨て丶眞裸になり、もう一度初めつから生活を建て直すつもりで、故郷へ帰つたんですが、やはり駄目でした。まあ、あなたたちから見たら、大變に卑怯な態度だと思はれるかも知れませんが、僕は戦争といふ絶體絶命立場に立たされて、僕自身の力ではなく、他のものの力によつて、僕が鍛え直されるのを期待してゐるんです。だから、僕は喜んで戦地へ出て行きます。」と語りかける兵六。この言葉に、知人の奥さんは兵六の心を見透かしたかのように「さうね。……變るわ、變へさせられてしまふわ」と静かな口調ながら、これからの兵六の自分を偽り生きる人生の苦悩を示唆する。

平林たい子は、『自伝的交友録　実感的作家論』で、里村の転向文学のことに触れているが興味深い、里村の転向問題を考える上で暗示するものがある。

彼が書いた『第二の人生』は河出書房から出て相当部数売れたが、私には不徹底な告白書だった。彼は、腹の底からの転向者ではなかったが、又転向者でなくもなかった。人の話によると、彼が再びフイリッピン派遣を志願した時には、もう海路の渡航は殆ど絶望だったさうである。

一説によれば、彼は一たん自分の人生の道づれにした日本帝国主義と運命を共にするつもりで再派遣を願ひ出たそうである。が、そんな立ち入った心境は私には何とも解らない。唯、彼の転向の角目には、一身上の便宜や処世術が相当影響してゐたが、あとで彼は自分の暗示にひつかゝつて便宜を信念にかへてゐる。

一人の人間には、人生は一つ。第二、第三の人生はあり得るだろうか。過去、現在、未来へと連綿とつながっている道は一本しかない。どんなにして消そうとしても、生活の中から身につけた意識は自分のものなのだから、簡単に消すわけにはいかない。無理をすれば痛みと血が流れてしまう。精神的な廃人になっていく。心の傷は力をそいでいく。人は己の精神の流れに逆らって、もがけばもがくほど力を失い流されて行くしかない。流れのままに心を委ねればそこから流れに立ち向かう力が自らついてくる。転向で、たとえ他人をあざむいたにしても己の心は偽ることはできない。

満州事変を起こし、アジアへの侵略戦争をすすめ、大政翼賛会をつくりあげて社会の隅々にまで戦時体制を網の目のように編んでいった軍国主義日本。時代の閉塞感は暗黒の闇となって人々の体と心を包み込んでいた。一九三七年、「人民戦線事件」で労農派の人々は一斉に検挙された。その一人、向坂逸郎は『戦死の碑』で里村のことを回想している。

私は、いま『第二の人生』を、ところどころ読み返して、暗い彼の姿を思い出す。今日この作品は、立派な反戦小説になっている。一人の正直な労働者の、ファッショ支配下の告白である。

この小説が売れたら、瀬戸内海の無人島で百姓したいという、彼の希望はかなえられなかった。あまり売れなかったのである。彼は、私のようなものにも、何かを求めてやって来ていたにちがいない。しかし、私は彼に精神的エネルギーを与えることはできなかった。彼は、敗戦近くなって報道班員として、ふたたび戦場におもむき、弾丸雨下を突進して、倒れたといわれる。自殺であったかも知れない。『第二の人生』にも『愛想がつき』はてたのではあるまいか。

含蓄のある言葉だ。人間の喋っている言葉がどれだけその本人の本心を表しているかは計りしれないものがある。『第二の人生』は社会の体制に順応するばかりを考えているので、創造力がかき消されている。社会に対する批判精神が霧の彼方になっている。本来、文学が持つ個人の確立の自覚をうながす力は湧いてこない。芸術は、人間が人間であることを証明する創造の世界である。

プロレタリア文学は、人と人との信頼関係を最も大切に考える。平和、人間の幸せを求める文学、それは真っ向から戦争と対峙するヒューマニズムにあふれた思想でもある。『種蒔く人』から始まったプロレタリア文学運動の中で志半ばで倒れた人々がいる。まだ平和な感じのする日本、戦後七十年余を生きた人間には平和な世の中は永遠であるかのような幻想を持たせている。明治維新で資本主義社会に衣替えした日本は、それからまだ百幾年しか経ていないのに、この社会は絶え間のない戦争を繰り返し、大量の殺りくをしてきた。日清戦争、日露戦争、侵略戦争、そして第二次世界大戦で無残な敗北をし廃墟とかした日本。戦争で真っ先に殺され、傷つけられたのは労働者、農民らの働く人々、女性、子供、老人たちだ。その累々とした屍とガレキの街から戦後、民主主義を糧に息をし社会を築き上げてきた。戦争の問題は、被害と加害の立場の両面から観ていかないと全体像はつかめない。里村欣三の一生もまた、被害と加害の面を持つ複雑性がある。

プロレタリア文学の道に生きた里村欣三の苦悩は計り知れないものがある。真夜中、中華ソバの屋台を引っ張り、ラッパを吹いた里村の心根はいかなるものだったろうか。時代に押し流されまいとして生きようとしたが、人生の岐路で迷ったのは何か。時代の制約を受けながらも書き残した『河の民』は北ボルネオ紀行で、そこに住む人々の生活を温かい人間味のある眼差しで描いた傑作である。魯迅は「故郷」で、人間の希望が持つ力を「思うに希望とは、もともとあるものといえぬし、ないものともいえない。それは地上の道のようなものである。もともと地上には道はない。歩く人が多くなれば、それが道になるのだ。」と語っている。

時代に押し流されまいとして生きた里村欣三や『文芸戦線』系の人々のことが心の中に浮かぶと、やるせない寂寥感と孤独感が漂ってくる。「戦争を防げない文化は真の文化ではない」というのが真理ならば、社会的危機状況が深刻化する中で、文学が持つ人間回復の力は、今日ますます希求性をおびている。

〈主な著書〉

『若力頭の表情』（文壇新人叢書、春陽堂　1927年）

『兵乱』（プロレタリア前衛小説戯曲新選集、塩川書房　1930年）

『第二の人生』第1～3部（河出書房　1940～41年）

『兵の道』（帰還作家・純文学叢書、六芸社　1941年）

『熱風』（朝日新聞社　1942年）

『河の民　北ボルネオ紀行』（有光社　1943年）

7　伊藤永之介（いとう・えいのすけ）

一九五九年五月二十二日の『秋田魁新報』に、「その時分私は、当時発行されて間もない社会主義文学運動の種蒔く人の影響を受けて、社会主義思想にとらえられていた。それから、四十年近くたった今でも私は社会主義者であるが、北村光というペンネームで、私はせん鋭な社会主義思想の文章を、しばしば魁紙に書いた。」と伊藤永之介は短い一文を寄せている。死ぬる年のことであった。ペンネームは「北村光」とまで述べ、生涯を社会主義者として生きたことを誇りにしているのがにじみ出ている。

伊藤永之介（いとうえいのすけ）は、一九〇三年十一月二十一日に秋田県秋田市西根小屋末町で生まれ、一九五九年七月二十六日に五十五歳で亡くなった。

伊藤永之介に「前途の光」を見た今野賢三は、東京へ行こうとする伊藤のために、紹介状をもたせ、金子洋文に頼む。大正十三年（一九二四年）一月のことである。長屋の貧乏生活をしていたが、心よく引き受けてくれた、金子の家で暮らし、その世話で『やまと新聞』の校正係りとなる。関東大震災直後のことでもあり、部屋を借りる金もなく、ぶらぶらと歩いて浅草公園でベンチに寝ようとしても先住人から追い立てられ、業平橋の川っぷちで夜を明かすありさま。木賃宿を寝ぐらとする放浪者の生活をする。

金子のすすめで雑誌『文芸戦線』（第一巻第二号、大正十二年七月号）に書いた「新作家論」（一）として前田河広一郎、今野賢三、横光利一、犬養健らの新進作家短評が、川端康成らの眼に止まり、評価を受ける。ただちに今度は、川端らに頼まれて雑誌『文芸時代』に批評の腕を振るうことになる。いつの間にか、新感覚派の旗手となってしまう。「文学を革命する『文芸時代』」と「革命の文学『文芸戦線』」の両手に乗っかってしまった伊藤の不可思議な存在感がある。『文芸時代』の批評文を拾っただけでも活躍量は相当なものだ。二十三、二十四歳の時だ。

第一巻第二号（大正十三年十一月号）「犬養健氏の芸術」

第一巻第三号（大正十三年十二月号）「加宮貴一氏の感傷

——『一片のパン』及び『屏風物語』を読んで——」

第二巻第一号（大正十四年新年号）「『幸福』の批評」

第二巻第三号（大正十四年三月号）「昨日への実感と明日への予感（評論）」

第二巻第四号（大正十四年四月号）「生田長江氏の妄論其他（評論）」

第二巻第六号（大正十四年六月号）「生田長江氏に酬ゆその他」
第二巻第九号（大正十四年九月号）「無礼な街より」
第二巻十号（大正十四年十月号）「最近収穫二篇短評（川端『驢馬に乗る妻』『蛙往生』）」
第二巻第十一号（大正十四年十一月号）「十月創作散見（書評）」
第二巻第十二号（大正十四年十二月号）「十四年文壇及び創作界に就いて（評論）」
第三巻第三号（大正十五年三月号）「しぐれ」
第三巻第六号（大正十五年六月号）「女流作家の魅力（時評）」
第三巻第九号（大正十五年九月号）「それはセンチメンタリズムだ（評論）」
第三巻第十二号（大正十五年十二月号）「海獣（小説）」「十一月の創作」
第四巻第三号（昭和二年三月号）「創作一人一評『音の結婚』」「断層的な時評」
第四巻第四号（昭和二年四月号）「作品評的な時評」
第四巻第五号（昭和二年五月号）「創作一人一評、飯田豊二作『靴』」

これだけの量と質をみても伊藤は『文芸時代』のなかで、評論において重要な役割を負っていたことがわかる。まさに新進気鋭の旗手であったのだ。

ところが、プロレタリア文学の代表的作家として認知されている伊藤永之介は、この時期に『文芸戦線』に執筆しているのは数える位の少なさである。『文芸時代』の終わった昭和二年五月号までを比較してみると歴然としている。

第一巻第二号（大正十三年七月号）「新作家論（一）」（評論、『マドロスの群』の作家、賢三の芸術、『御身』の作者）

第一巻第四号（大正十三年九月号）「泥溝（小説）」

第二巻第六号（大正十四年十月号）「秋景一場（小説）」

伊藤の心を突き動かした何かが、この時代背景にあったのではないか。それは追求する文学の目的は違っても、『文芸時代』と『文芸戦線』には共通したものがあった、現状を変革する意志の力である。

『文芸時代』創刊号（大正十三年十月号）の創刊の辞「新しき生活と新しき文芸」で川端康成は「その機運に対して、新進作家である我々が責任を感じるのは當然過ぎることである。一輪の薔薇の花は人目に知られないかも知れない。しかし、それと同じ遠さにあつても、薔薇の花束は人の目を見開かせるであらう。我々のこの雑誌は文藝界の機運を動かさうとする我々が新しい時代の精神に贈る花束である。」と、時代の変化を指摘する。

時代の動きを感知した者の責任を「我々の責務は文壇に於ける文藝を新しくし、更に進んで、人生に於ける文藝を或は藝術意識を本源的に、新しくすることであらねばならない。『文藝時代』

と云ふ名は偶然にして必ずしも偶然ではない。『宗教時代より文藝時代へ。』この言葉は朝夕私の年頭を去らない。古き世に於て宗教が人生及び民衆の上に占めた位置を、来るべき新しき世に於ては文藝が占めるであらう。」と高らかに宣言している。

一方で、革命の文学を指向した『文芸戦線』創刊号（大正十三年六月号）には、青野季吉が「文芸戦線以前」でその意義を展開している。

舊『種蒔き社』は行動の一単位たる意義を持ってゐたと同時に、文藝方面で共同の戦線をつくつてゐた。而して初期には後者の色彩が強く、後期には前者に色彩がより強くなつた。そこで『文藝戦線』が文藝方面の共同戦線を主として生じたといふ點からすれば、『種蒔き社』のその方面の復活と云つて差支へない。

文芸における革命の共同戦線を目標としたのが『文芸戦線』の社会的、歴史的な存在意味であった。

『文芸時代』と『文芸戦線』は全く異質の文学を志向していた。だが、時代の中に共通するものをはらんでいた。共通するものとは反自然主義ということだった。『文芸時代』は自然主義のリアリズムを否定して新しい感覚で表現する、文学の革命、表現の変化を追求した。『文芸戦線』は自然主義のリアリズムを否定する社会主義リアリズム、革命の文学を求めた。自然主義に対して、革命では時代の共通性を持っていたのである。若い世代の前衛的運動でもあった。伊藤永之介といえば、プロレタリア作家、農民作家という既成観念が誰しもの頭の中にある。だからこそ、初期の伊藤がその発表の場を『文芸戦線』よりも『文芸時代』になぜ多く執筆したのかという不可思議なものを感じる。昭和二年五月までこの二つの雑誌への掲載回数を比べると歴然としていることに驚きを覚える。約四年間で『文芸時代』には十九本、『文芸戦線』には三本しか執筆していない。『文芸戦線』の校正などの編集を協力していたとはいえ、意外な事実である。文学世界の常識として「新感覚派の旗持ち」とみられたことが、尹藤にとって心外と言われるがはたしてそうとも言いきれないのではないか。伊藤にとって文学修業の時代、初めて文壇に出る機会が与えられた。それも既成の文壇を批判し克服しようとする気鋭の作家たちが集まっている『文芸時代』の作家は、伊藤の書くものを評価し発表の場をどんどん与えてくれる。若き心が動かないわけがない。だが、伊藤はおごることなく、そこにとどまることをしなかった。秋田で『種蒔く人』に触れた社会主義の意識が燃えていた。

伊藤は新感覚派の影響がある作品を「作家としての自分の過去を一と刺しに貫いてゐる一系列の私らしい作品の系統には這入らないものであった。」と批判的に切り捨てる。その上で、もっと厳しく「またその當時書き散らした批評とか論評とかいふやうなものは、その後の沈潜期に這入つて間もなく一つも残さず焼きすててしまつたが、それは単に文学を理解し批判するだけで、一つも自分を育てるところのない無反省な小ざかしい頭のはたらき方を見せたものに過ぎないやうに思はれ、耐えがたい気持ちにせき立てられてのことであつた。」と反省する。二十三、四歳前後の「思慮の浅い」伊藤が調子に乗って批評めいたものを書き散らかすことによってついに己れの未熟さを露呈したことへの嫌悪感がそこにはある。
ところが伊藤はそこで虚脱感に陥らず、自己を内省する。その自己内省と謙虚さこそが伊藤の特質した力でもある。『文芸戦線』の同人に正式に参加する。昭和三年のことであった。
時勢の悪化はプロレタリア文学を衰退に追い込み、『文芸戦線』の廃刊となる。だが、この逆境を伊藤は作家への成長に転化している。プロレタリア文学の型、桎梏から解き放たれたのである。その当時の雰囲気と心の奥を「自作案内」に見ることができる。

仲間は一人二人と帰農したり就職したりして急に身邊が冷えるやうに淋しくなると、私は今更あらためて自己を發見したやうに貧るやうに見入るのであつたが、どんなことでも廻り路にはなつても損にはならないといふのは、それまで自分といふものから切り離して見てゐた社會といふものを、再發見した自己と結びつけるといふことを、やがて私は知るやうになつたからであった。

この自省がなかったら伊藤の文学は大成しなかった。時の流れにつれ創作活動に生きてくる。「再發見した自己」が、自己を振り返ることにより人間的現実を社会的現実に結びつけることを可能にし、さらに円熟した質の高い作品へと大河の流れをつくっていく。
伊藤永之介の知性は時代におもねることなく揺るがなかつた。社会主義の思想を身と心にしみこませた視点は渋い輝きをはなっていた。第二次世界大戦後、民主主義と自由の解放に浮かれる社会で、たゆむことなくきたえあげた精神力は、研ぎ澄まされた意識を形成していた。雑誌『社会主義文学』は物心両面にわたって伊藤の力がそそがれた。創刊号の巻頭言に「山村鶏二」のペンネームで社会主義の魂を発光させた文を載せている。

我々の文学は、政治に従属しない。政治にスッカリ従属した瞬間に、文学は政治の胴体のなかに吸い取られて自己を失ってしまう。そこには政治だけがあって、文学は姿を消してしまう。
政治が時に文学の抱くヒューマニズムからはぐれて動けば、文学もまた時に、政治のメカニズムからはみ出す具体的な例を上げるなら、それは戦争と暴力である。政治の必要とする如何なる戦争と暴力をも、文学のヒューマニズムは受け入れないだろう。文学は本質的に平和の鳩である。

『種蒔く人』から永遠に流れる反戦・平和のヒューマニズムの精神が凝縮されている。平和主義の精神は「社会主義ヒューマニズムの高揚」を本質とした文学である。虐げられた者を限りなく愛しんだ伊藤永之介はヒューマニズムとロマンチズムに彩られた作品を人の世に置き土産とし、戦中・戦後、プロレタリア文学、農民文学の伝統の火を消すことなく命の限り守った。

〈主な著書〉
『暴動』（日本評論社　1930年）
『恐慌』（文芸戦線出版部　1930年）
『梟』（版画荘　1937年）
『娘地主』（版画荘　1938年）
『海の鬼』（三島書房　1947年）
『警察日記』（小説朝日社　1952年）

8　鶴田知也（つるた・ともや）

一

第一章　勇猛を以って聞えたセタナの酋長（オトナ）タナケシが六つの部落を率いて蜂起した時、日本の大将カキザキ・ヨシヒロは佯（いつわ）りの降伏によってタケナシをその館に招き入れ、大いに酔わせしめて之を殺した。その後七年、荒熊も怖れる酋長（オトナ）タリコナは、再び起ってヨシヒロの館に迫ったが、この度も亦虚偽の和睦に欺かれて、タナケシと同様の運命を辿った。このタリコナはタナケシの女婿たるものであった。

こうして西蝦夷の漁場は、日本人（シャモ）の跳梁を恣（ほしいまま）にする所となったけれど、幾何（いくばく）もなくしてタナケシの妹の子たる若い酋長ヘナウケが、神聖な幣柵（ヌサササシ）を冒した二人の日本人を殴り殺し、その砦（チヤシ）に拠った。併し彼には十分な準備もなかったので、六つの部落が彼に援助を申出た時、彼はその凡てを断って云うには、「私は同族（ウタリ）の胸の火を出来るだけ掻き立てて死ねばよい。今はまだ戦争（ウライケ）の秋（とき）ではないのだから。君達は怒りを慎しみ多くの部落と相謀って期の到るを待たなければならない。」

日本の大軍が押寄せると聞くや、ヘナウケは、勇猛なるセタナの酋長の血統を飾るに、父祖に恥じぬ壮絶な最期を以ってしようと思い定め、妻のシラリカを呼んで云うには、「お前は猛々しいタナケシとタリコナの唯一の後裔（ケセ）たる我が子コシャマインを招いて此処を遁れ、立派に育て上げねばならぬ。……」

シラリカは嬰児を自ら背負い、特に選ばれた勇しい部下キロロアンと六頭の犬と護られ乍ら、夜陰に乗じてセタナを去った。彼等がイワナイ部落に着いて間もなく、セタナの砦（チヤシ）は日本の大将トシヒロの軍勢によって敗られた。ヘナウケは身に教え切れない程の矢を受けて捕えられ、浪荒い浜辺で首を刎（は）ねられたが、その時、彼の首は、あたかも獺《エサマツ》が湖に走り込むように自ら転って渚に達し、忽ち海中に消え去ったのである。大将トシヒロは、セタナの酋長の血筋を厳しく探ねて六十人の縁者（シラムコレ）を殺した。併し遂にヘナウケの妻とその一人子コシヤマインの行方を突き止め得ずに終った。彼は首のないヘナウケの屍を馬に積んでその館に引揚げた。

この書き出しで、「コシヤマイン記」の壮大な物語は幕を開ける。北海道における日本人のアイヌ民族への侵略を時のうつろいのなかに人の心の変化を見事に描き込み、詩情あふれるすぐれた歴史絵巻ができあがっている。

作家の鶴田知也は、この作品で一九三六年に第三回芥川賞をとる。菊池寛はすぐさま勘のいい反応を示している。手紙を送った。


『コシヤマイン記』の入選は、僕も大変嬉しかった。最初からコシヤマイン絶対説で、もし不幸落選しても、『文芸春秋』へ転載するつもりでいたのです。…満場一致で入選することになったのは、僕としても会心事でありました。

なお、ある作品は映画のストリイとしては、上出来のものであり、それについて僕に一寸計画がありますから、映画化の話は、ぜひ一つ僕に委せて下さい。


「コシヤマイン記」は、ほぼプロレタリア文学の灯が消えかけた時期、一九三六年に同人誌『小説』に掲載された作品である。この小説は、アイヌの「神話」という巫女の語りで始まる。過去ともつかない時の流れを描出して、不思議な雰囲気を醸し出している。単に日本人によるアイヌの抑圧の歴史を記述したというよりも、人間と自然の関係を大らかにうたった叙事詩の趣きがある作風である。小説の構成は、舞台劇を観せられているかのような臨場感がある。

主人公のコシヤマインは、酋長（今で言えば部族長か）ヘナウケを父とし、シラリカを母とした。陰謀と策略をめぐらす日本人の侵略によってアイヌは漁場を奪われ、その生活圏を浸食されつつあった。その代表として松前藩がある。勇猛で鳴り響いていた父ヘナウケは日本人を殺し、自らも命を取られる。その誇り高き血を根絶やしにしてしまおうとする日本人と、その追手から逃れ、いつか復讐を成し遂げアイヌの誇りを取り戻そうとする母と子の逃亡の生活が始まる。コシヤマインの人間としての成長の中に、アイヌの人々が屈服と隷従に変わっていく歴史を刻々と描き込んでいく。自然の姿を写しながら人の心の移りを表しているのが見事だ。コシヤマインを守る者は次々と殺され、裏切る者は日本人と手を結ぶ。それも生きる知恵といえる。文明の前にしだいに支配されていく人間の生活が、なぜか今の社会と二重映しに見えてくる。

その象徴ともいえるのが、父ヘナウケの刎頸《ふんけい》の友、老酋長のイコトイを頼って行く場面。コシヤマインは胸につかえていた想いのたけを吐き出す、「日本の役人は私を激しく遂（お）って居ります。私は、それを怖れは致しませんが、私が死ねば、父ヘナウケの望は断切られ、ヤタナの酋長の血統は私の死と共に絶えるのです。且又、私は、時の到るのを待って、父や先祖の恨みを報いる戦いを起さなければ死ぬことが出来ません。このまま空しく捕らえられて首を刎（は）ねられたら、私はかの国の父祖達に逢って何と申しましょう。酋長よ、貴方の御力によって暫らくの間この身を隠させて頂き度う存じます。」と切り出す。

この老酋長に今できたことは、娘を妻にして一時の憩いの場、隠れ家を与えることだけであった。アイヌの力が衰退していたのを象徴している。それでもコシヤマインは、この場で安穏と平和な時を迎えることがやっとできた。その事実は、イコトイの「今の貴方にとっての御馳走は、貴方の身を安全に隠まうと云うことだ。」の言葉に端的に表現されている。アイヌの生活は、いつも神威（カムイ）と共にある。それは自然の恵みといっていいだろう。自然に隠まわれたコシヤマインと妻ムビナ、母シラリカの平和な秩序立った生活が静かに流れていく。

この平和と秩序も、多数の日本人を乗せた大きな船がやってきて破られる。鮑や昆布などの海の幸を採集するのを目的としていた、その大きな船は、「何人にも瀆（けが）されたことのない神園（カムイミシダラ）に漕ぎ入った」のだった。

そこでコシヤマインが眼にしたものはいったい何だったのだろうか。

船がビンニラの崖の下に進んだ時、場所請負人は早くも崖を攀ぢ登る熊を見つけた。コシヤマインがじっとそれを見守るうちに、一艘の船から長い火が迸（ほとばし）り、濠々たる煙が吹き出したと思う間に、忽ち突き落された雷神（シカンナカムイ）のような轟きが神園を震わせた。視よ、この驚くべき絃のない弓は眼に見えぬ矢を飛ばせて遠い崖の熊を射たのだ。熊は一声吠えて跳り上った。そしてそのまま汀（みぎわ）まで転り落ちた時には早や全く息絶えていたのである。

この銃という文明の力による脅威の力を見せつけられ、衝撃を受けたコシヤマインは生きる希望をも葬り去られた。発作を起こした母を「私が永（ながら）えて来たのは何の為めだったろう。

ただ一つ、お前が多くの部落を率いて起ち、父へナウケや先祖の恨みを晴らして後、再び尊いセタナの酋長の家に坐るのを見度かったからです。……今はもう、其凡ての苦労も無駄に終ったというべき日が来たように思われます。」と嘆かしめる。

蜂起したコシヤマインは、数多の部落を駆けめぐり民族の結束を呼びかけるが日本人の支配と隷従の生活に慣れた人々を動かすことはできず、その想いは徒労に終わる。アイヌ民族の悲劇を背に負って真っさかさまに転げ落ちていく。日本人に酒を飲まされだまし討ちにあう。そこで幕は下りる。

コシヤマインの死骸は、薄氷の張った川をゆっくりと流れ下り、荒瀬にかかって幾度か岩に阻まれたが、遂に一気にビンニラの断崖の脚部に打つかった。それから、曽て神威が年毎に訪れ給うたカムイミンダラの淵に入り、水積（みず）いている楓の下枝に引っかかって、そこに止った。やがて氷が淵を被うた。そして僅かに氷の上に見えていたコシヤマインの砕けた頭部を、昼は鴉共が啄（ついば）み、夜は鼠共が漁（あさ）って、その脳漿の凡てを喰い尽くしたのであった。

鶴田のもつ柔かな文章の力と、壮大な自然と人の生き方が重なりあって、残虐なテーマを捉えているのに、大らかな自然愛をにじませた作品となっている。自然の摂理といっていいのだろうか。

「表現のしかた」について、鶴田は「労働大学通信教育講座」テキストで簡潔に説いている。

表現は、書くがわからいえば、伝えたいことを文章によって生き生きと読む人に伝える技術ですが、読むがわからいえば也人の考えや気持ちなどを、生き生きと自分の心にえがき出す手がかりです。

ですから、うまい表現は、書く人の伝えたいものを、読む人の心の中に、読む人の心のはたらきで再生するのです。そうして再生されたものを、「映像」といい、読む人の感動は、その「映像」によって、よびおこされるのです。読む人の心に、感動をよびおこす「映像」をつくり出すのが表現なのです。

人は、表現によって、自分の伝えたいものを人の心にそっつくり移すことができます。

読む人の心に感動をよびおこす「映像」をつくり出すことに成功したのが、「コシャマイン記」といえる。だから一九八五年、北海道八雲町に、鶴田知也文学碑が建てられた時、読書感想文を寄せた小学校六年生の純な感性で研ぎ澄まされた子は、一目でその本質を読み取っていることがわかる。

八雲町での文学碑除幕式で挨拶する鶴田知也（1985年6月15日）

昔の日本人は、良い人もいるけれど、悪い人はひどいですね。だから、アイヌ人はみんな、日本人はあまり良い人ではないと思ったのでしょう。私もアイヌ人だったらそう思います。それからなぜ、戦争に勝つといばり、わけもなく負けた人々を軽べつするのか、私は不思議です。戦えば戦うほど負けた村などの人々がにくしみをもち、あるいはうらみをもち、希望の光を失ってしまうのです。だから、私は戦争が大きらいなのです。

そして、なんとコシヤマインは日本人にだまされて死んでしまいました。本当に、そのころの悪い日本人はとてもずるいと思います。いくら日本人だからと言っても、やっぱり軽べつをしたらいけないと思います。軽べつするから戦争がおきるのです。軽べつも差別もいけません。人々をきずつける戦争、私はゆるしません。平和、平和の光が大切なのです。軽べつも差別もするひつようはありません。だって、私たちもみんな同じ人間なのですから……。

二

鶴田知也（つるたともや）は、一九〇二年二月十九日、福岡県北九州市小倉北区に生まれ、高橋の姓だったが、母方の養子となり鶴田となる。一九八八年四月一日に八十六歳で亡くなる。兄弟は画家の福田新生、音楽家の高橋信夫がいる。豊津で育った鶴田は、豊津中学校、東京神学者神学校に入学したが、「信仰上の疑惑」から退学する。神学校時代に友人から誘われ北海道八雲町を訪れ、北方の農業に関心を持ち、生涯の生き方の暗示を得る。

郷里の豊津には、日本における社会主義の先駆者・堺利彦、プロレタリア作家の葉山嘉樹がいた。その知遇で労働運動、プロレタリア文学の道を進む。一九二七年十一月号『文芸戦線』に処女作「子守娘が紳士を殴った」を発表し好評を得て同人となった。三六年に「コシヤマイン記」で第三回芥川賞を受賞し、作家として確立する。戦後は、「社会主義文学クラブ」、「日本農民文学会」での活動、一筋に北海道の体験にもとづいた酪農の育成や農民運動と農民文学、児童文学に力を使う。秋田においては日本社会党から国政選挙に二度立候補、横手市長選にも出た。秋田での労農大学、文化講演会や農業講座は一千回を越えた。農民の生活と文化向上にその生をまっとうしたといっていい。また、晩年から描き始めた植物画は独特の自然観をもって光彩を放っている。

八雲町の文学碑建立に寄せられた文は、謙虚さを追い求めた鶴田の生き方を一言で物語っている。

あのトベトマリの日々を通じて、八雲の自然と八雲の人々とが、私の「魂」に刻みこんで下さった多くのことのうち一だけは省くわけには参りません。それは九州生まれの温帯的な私には思いもよらなかった亜寒的な意味を知らしめて下さったことです。以来、それが私の思考の基準・実践の規範となったのですが、つまるところ、自然に対し（当然人間に対しても）決して不遜であってはならぬということです。

その文学碑には、「不遜なれば　未来の　悉くを失う」の文字が刻まれている。

〈主な著書〉
『コシヤマイン記』（改造社　1936年）

『家庭の幸福』（桜井書店　１９４１年）
『神々の日』（桜井書店　１９４２年）
『ハッタラはわが故郷』（刀江書院　１９６０年）
『鶴田知也作品集』（新時代社　１９７０年）

9　長野兼一郎（ながの・けんいちろう）

一

辞世の句
死ぬときも炬燵を抱いて一人哉

「俳句乞食」といわれた翻訳家がいた、相良万吉という。

俳句乞食といふ職業は六法全書にもない。日々小さな悲劇の連続にして、私は七年それを繰返しました。精神的にも肉体的にも疲れ切って死んで行きます。随筆『乞食万吉の死』、又は『一つの死』を書いて下さいね。

一月三十日　　相良万吉

「ある俳句乞食の死」は、『文芸春秋』の一九六〇年五月号に当時、東京大学教授でフランス文学者の市原豊太が友情にかられ後世に残すために筆をとった文である。その文章からは、薄幸の同期生への憐憫の情があふれている。その副題には、「秀才を謳われ乍らついに乞食に身を落とした相良万吉という男の生涯」とある。

その続きには、

これが彼からの最後の葉書であった。又これより半日前に届いた同じ日付の速達がある。

「冠省、久我山行き御辞退。もう歩く気力もなくなりました。このま、静かに餓死したいと存じます。愚かな乞食など放っておけ。ほんとに生前の御友情を感謝します。君が朗らかな顔、それは私にとって大きな幸福でありました。

大 寒 の 陽 の 美 し き 畳 哉　万吉

あとはノートに残し置く。

一月三十日」

「俳句乞食」として、雑誌、新聞に名前が出たことで、軍国主義日本の暗黒時代の辛苦を共有した人々に静かな波紋を広げていく。作家の平林たい子は、『砂漠の花』（光文社）で「彼からドイツ語を習った夫の小堀が、後半生をドイツ語で生きて」と書いている。確かに、戦中一番苦しい時期、ドイツ語のおかげで二人は生きのびることができた。演劇脚本家の金子洋文は、俳句集

『雄物川』に心を込めた一文をまとめ、記憶に刻む。

『種蒔く人』につづくわれわれの雑誌『文芸戦線』『文戦』が休刊となり、やがて太平洋戦争がはじまり同人の半ばは所在不明となったが、同君も召集を受けて戦地に赴き、その後肺病とマラリアで帰還したが、それから路傍の乞食をして子を養ってきたのだ。読みながら、声をあげて泣きたい思いであった。同君がどういう経緯で同人になったか忘れてしまったが、私の手許に『文芸戦線』と『文戦』二冊に書いた文章がのこっている。一つは鈴木清次郎と共同作業の『反戦グラフ』（第七巻一二月号）であり、もう一つはドイツ語からホンヤクした『プロレタリア文学論の進出』（この種のホンヤクものが多い）いずれも同君の誠実な人柄とするどい眼力を示している。

闇の時代を共有したがゆえに、相良が街路に座り込み、わが子をいたわる句に金子は心を揺さぶられ、涙をおとさずにはいられなかった。時代の濁流は、個人の意志に関係なく多くの人々を飲み込んでいった。傷つき、力つきて志し半ばに倒れていった友の、仲間への慟哭がいつまでも胃の府にちくりちくり響く。

相良万吉（さがらまんきち）、一九〇〇年（明治三十三年）三月二十五日に生まれ、本籍は大分県下毛郡真坂村となっている。幼少時代、福岡県豊津町で父子二人、貧困の生活を過ごす。学校の成績が優れていたので周りは惜しみ、金持ちの家に下宿して勉学にいそしむことができた。福岡県の小倉中学（現在の小倉高校）を一九一三年（大正二年）四月三日入学、一九一八年（大正七年）三月九日に卒業し、一高文科乙類に入学、ドイツ語を学んだ。学校で教鞭をとったり、岩波書店の校正係、雑誌『文芸戦線』の編輯、『中外商業新報』などの仕事をし、翻訳を得意とした。一高の同級には、社会党代議士の菊川忠雄、政治史の岡義武、ドイツ文学の竹山道雄らがいた。「社会思想研究会」ができ、「共産主義のＡＢＣ」などを勉強していたが、相良の親友に長野昌千代という人がいた。早死にした友を親い、その死を惜しみ、友の名をとって「長野兼一郎」のペンネームにしたという。岩波書店時代には、寺田寅彦全集、生物学講座の校正をした。アプトン・シンクレア著『ボストン』（前田河広一郎共訳）、改造文庫からエミール・ド・ラブレー著『原始財産』の本を出している。

二

長野兼一郎は、優れた翻訳の仕事をしている。プロレタリア文学において、海外の作品と理論的なものを訳して貢献しているのは間違いないが、その評価もされず、歴史の片隅に置きざりにされている。

日本のプロレタリア文学運動は、一九二一年二月二十五日に秋田県土崎から発刊した『種蒔く人』を源流とした歴史的事実がある。『種蒔く人』は、第一次世界大戦をきっかけにフランスで起こったクラルテ運動の日本版である。戦争を止めさせるために世界の知識人が手をつなぐ、反戦平和の民衆の統一戦線でもあった。その平和主義は、後継誌『文芸戦線』に質的に受け継がれ八十年を迎えた。「クラルテ」とは光を意味する。人間の生きる希望を示唆する。クラルテ運動には、アンリ・バルビュス、ロマン・ロラン、アナトール・フランス、H・G・ウェルズ、アンドレアス・ラッコ、アプトン・シンクレアなどが参加し、機関紙の週刊『クラルテ』を発行、ヒューマニズムに彩られた国際的な社会主義運動、労働運動の一翼を担い、真理を追求した統一戦線であった。

その本質は、バルビュスの「グループ・クラルテについて」によく述べられている。「いまや猛然と起ち上がっている民衆の力は、その鉄鎖をゆすぶるために、なにびとの力をも必要としない。われわれは決然とその先頭に飛び込ませた運動は、われわれ無くとも、みずからその目的に到達するだろう。デモクラシーは無敵である。」と言う。「デモクラシーは無敵」の中にクラルテ運動のすべてが凝縮されている。民主主義の拡大、深まりこそが戦争に反対、平和を何よりも尊ぶ思想の基盤となるからである。人間の社会的生活である家庭生活、教育の中で子が育つ、安心して働ける職場、健康に暮らしていくには平和であることが最も大切な条件となる。平和なくして人間が人間らしく生きていくことはできない。これは簡単なことだが自明の真理である。クラルテ運動は、人類の歴史で問題となる戦争と平和をどう解決するかにひとつの答えを出した。民衆が目覚め、意識したときに戦争を止め、平和をつくりだす力が生まれる。その目覚めた意識を生み出すのに、芸術がもつ人間性を高める力が大きく作用する。

クラルテ運動の日本版『種蒔く人』、その後継誌『文芸戦線』は、芸術運動における共同戦線を目指した、というまぎれもない歴史がある。日本の近代文学の成立は、森鷗外がドイツに留学したことで一つの時代を画したといわれているが、同様に小牧近江がフランスに留学し、持ち帰ったクラルテ運動の日本版『種蒔く人』によってプロレタリア文学の源流を築きあげた意味は歴史的に、社会的に大きい。プロレタリア文学は、多くの汗して働く人々の困苦の生活と、それをどう変革するのかに答え得る思想とそれを表現する文学だからである。プロレタリア文学運動は、「未来の社会建設」と「社会を変革する文学」を多くの人々に投げかけて底辺に息する労働者、農民に生きる希望を与えてきた。

長野兼一郎が同人となったのは、高校の先輩で社会党代議士の伊藤好道の紹介だった。『文芸戦線』時代の作品には、語学の才能をいかんなく発揮したものがある。アプトン・シンクレアの『ボストン』、パブロフの『貧農組合』など、外国の作品を翻訳して国際的な視野を広げる材料を提起している。その的確な情勢分析の力は眼をみはるほどの力をもった論文である。そこには世界主義の思想がとうとうと流れている。『文芸戦線』第七巻十一号(一九三〇年十一月)に、「敵は正面に!ファシズムの新展開」がある。ドイツのナチズムを分析しながら世界の資本主義の動向と日本のファシズム化に警告を発している。暴力政治への抗議でもある。

みつしり寒くなった公園のベンチで乾上がった腹を月にさらすとき、誰も、何と結構な世の中だらう！　とは思はない。二十年勤續の褒美として、腐れ金で工場を閉鎖された歸り路で、誰もなんと有難い世の中だらう！　とは感じない。一年中、せつせと耕作してさて金にかへようといふ時に『大豐作』といふ掛聲もろとも折角の米が大崩落となつては、農民の誰も、なんと仕合せな世の中だらうとは考へない。物價低落、米も安い！　とよろこぶ瞬間、われわれは、いつのまにか、この安い米、安い品物を買ふ手段を奪はれてゐるのだ。

事業縮少、賃金低下、工場閉鎖、失業、農村恐慌——一九三〇年のわれわれ民衆の心の底を流れる感情と思想は何か？　われわれ民衆の心の底を流れる感情と思想は何か　われわれは闘はう。われわれは進まう。目標は掲げられてる。道は示されてる。どんな目標、どんな道？　それは無言の文字であり、世界中に類のない形の文字だ。——曰く、□□□□△△◯◯◯×××！

この無言の文字を知つており、感じてゐるものはわれわれ民衆だけか！　さうぢやない、われわれの支配階級ブルジヨアジーも知つてゐる、感じてゐる。「今日の恐慌は国際的不況の影響に過ぎない。……」といふほどに彼等は無智であり無策であらうか？　否、資本家階級は、歴史あつて以来の支配階級の中でも一番勇敢であり聡明な階級である。彼等は、あらゆる時期に、あらゆる階級政治の方法を持つて来た。たとへ、国際的な影響であらうとなからうと今日の事態は、支配者として何とかしなければならないことを彼等は知つてゐる。

現在の世界恐慌が、世界的に共通なるものである如く、現在の階級支配の方法も世界的に共通したものとなつてゐる。そしてこの階級支配の方法を忠實に實行する勇敢なるチヤンピオンも世界的に共通したものであり、それは××機関とファシストとファシスト化して行く社会改良主義群ソーシアル・ファシストの大結合である。

敵は姿をあらはした！　××とファシストとソーシアル・ファシストの暴力政治！


と鋭い情勢認識の上で、ファシズム化する世界の帝国主義国の典型としてドイツのナチズムを挙げている。ファシズムが支配権を確立していく根拠に、第一に暴力政治に唯一つの望みをかけたブルジョアジーの絶対的支持、第二に、中間諸政党を支持していた小商工業者が急激に没落、ヒットラ党の「羊頭狗肉」の政綱に吸収されていったことを指摘している。特に、社会民主党を支持していた中間階層が、幻滅してヒットラー党の「英断的」政策を空想したことをあげているのは着目すべきことである。

今日の情勢と照らし合わせれば、労働者の社会主義政党への支持が減り、保守二大政党へと国民の意識統合がダイナミックに動いている。それは愛国心の発揚で国家主義の体制ができあがることでもある。それが平和憲法の改悪と教育基本法の改悪でもって日本国家に忠誠心をもった国民づくりと、「戦争できる日本」へと体制移行している今とあまりにも類似している。ファシズムは、ある日、突然に眼の前に現出するのではない。経済的危機が深刻化し、人間の生存する不安が増大すれば社会的混乱は激しくなり、人は刹那的になっていく。生きることに絶望し、虚無感を漂わせた重苦しい空気がこもって息をすることすら辛くなる。政治への不信は、今の社会への不信に結びつき、人間不信につながっていく。人間として生きる希望が喪失していく闇の口がぽっかりと広がりつつ、今の社会を形成していく。他人の生き死にに無関心となりすぎている。多くの自殺者をみても、今の社会に存在する場所を失い、精神を病んで命を絶っている人の群がある。現代の腐れた、怖い体制ができつつあり、人間が人間らしく生きることが難しくなっている。そこにファシズムの社会的な温床ができあがってきている。

軍国主義日本の弾圧下で社会主義運動は潰され、プロレタリア文学運動もその命脈をほとんど絶たれていた時期、相良万吉が森毅に宛てた手紙が残っている。森は、福岡県豊津で無産運動に関わっていた人物。堺利彦の農民労働学校にも参加して、共産党系の運動をしたが、「文芸戦線」系とのつながりもあった。一九三六年七月四日付の手紙には、時代の空気をかもしだした相良の詩がある。哀愁の情と孤独な自己の姿が浮かび上がる詩である。

「かたわれ」
嘸んでは眠り
寤《さ》めては、又、飲みました

カモチンならぬ、大日本麦酒株式會社の　ラーガーを。
馬車馬の、瘦せた馬車のやうに期限ぎりぎりに賃仕事はしてゐます
すると、仕事が終ると、賃銀も零、終りになりました。
あとは二日分の飯に鰹節を削って、水を喫むだけです。

咎めないで下さい　私は、
夫婦心中のかたわれなのです。

氷雨《ひさめ》の降る日、妻が病気になりました。

『仕方がないから、お人好しのRにアラコイを賣りつけろ、』
六疊の間借りで、愛犬との訣（わ）かれです。
薬の臭いに顔をそむけたアラコイは、
枕許のカステラばかり瞠めてる。

樺太犬の身代金で樺太女は病院に行きました。

年の暮。――
『はらわたを吐く苦しさより、あとの貧乏がもっと苦しいでせう、死んで下さい』
臆病な亭主は云ひました。――
『死に恥を掻くより、生き恥を掻け。』

それから三年、妻はびっこを引き、亭主は生き恥を掻きました。

死のベッドに命数は二日しかなかった。
『静かに』と、妻が夜中に云ひました。
そして、それっきりでした、あとにも先にも。
云ひ残す言葉はなくとも、
云ひたい言葉はあった筈です。――――三年前のあの言葉が。
あゝ、
生くべきときに之を言ひ、死すべき臨終に之を言はず――
樺太女の臨終は心憎いまでに冷厳だった。
恥さらしの亭主は、今も尚、恥を掻き掻き狂った獨楽――

（この字は何故に獨哀と書かないのだらう）
——のやうに動いてゐる

咎めないで下さい、私は夫婦心中のかたわれなのです。

渋沢子爵家で書生をし学校に通っているときに、知り合った小間使いのお初と恋仲になり出奔した。美しい女性だったと知る人は記憶する。忘恩の恋愛でもあった。だが若くして亡くなってしまった。精神が苦しくなると人は、過去の「良き日」を想い出すのだろうか。

三

相良万吉は、第二次世界大戦で召集され、満洲、フィリピン、ジャワ、ラバウルを転々と従軍する。過酷な戦場体験によって、結核の悪化とマラリアでその体はボロボロになった。日本に召還されて、熊本の陸軍病院に入院、そこで俳句の勉強をする。これがその後、身を助けることになる。戦後、大分県で炭焼き、福岡県の小倉でペンキ屋の仕事をする。相良は酒と煙草をこよなく好んだ。それがなくなると中毒みたいなもので、二度目の妻に暴力をふるった。そのうち妻は、子を置いて逃げた。そのあと東京に戻り、ペンキ塗りをしていたら突風で体が落ち、踵の骨を砕き、仕事ができなくなった。乞食の生活がはじまる。横浜や有楽町、銀座、新宿、池袋、上野、浅草と都内を徘徊し、子供と一緒に座る日々を暮らす。座る側には、「身の上書」が置かれていた。

道行く人の御慈悲に生きて父子三人。父わたくしは昔南太平洋戦の生き残り。戦地からの病気に売りつくし喰ひつくして無一物。妻は逃げ出す。男の子ふたりは未だ小さく。やむなく子を連れ子を背負いペンキ職となって労働と育児と炊事。そして流浪。或る時或る日その暮しの足砕けてつひに路傍の人間屑おゆるし下さい。伏して一片の餌を乞はんのみ。一老兵。

路上に座す相良の側に立てられた紙には、季節に合った俳句が並べられていた。相良の慈愛があふれた句である。

乞 食 な れ ば 砂 も 頂 く 南 風
永き日を泣くか大きな口あけて
北風吹けば南に坐われ父が楯
木の芽あへ在りし昔の母まねに

運動会の大き過ぎに握り飯
破れては学校も休め時雨傘

現実の社会で生きることに疲れはてたとき、突然、人は心の旅をしたくなる。その想いが強くなるのは、何気なくすごしてきた生活が足元から崩れ落ちるのを予知させるパラパラと響く土の音を耳にしたときからだろう。毎日の生活のなかで、ふと鏡に映った孤独な姿を見るのが耐えられなくなる。社会と精神の崩壊を五感が感じとる。眼の前の現実から逃げ出したくなる、そんな時がある。

逢魔が時に出遭ってしまった人、相良万吉。

雑誌『日本食生活』に随筆を連載している。一九五八年四月号に「兵食あの頃」を寄せている。

「戦後たった一回、父子三人で映画『ドイツ零年』を見に行ったら長男の奴、自殺も亦た善き哉など吐かしやがる。正に冷水一斗。びっくりしました。あまり身近かな映画も災いなる哉。」と境遇をさらけ出して、一句詠む。

卒業を祝はん乞食の父と子と

一九五九年四月号に、「楤《たら》の芽」の題で父子三人の夕餉を描く。

お父うちゃん
どうして
牛肉のことをコマ切れと言うんだい

お父うちゃん
アラという魚は
どんなかっこうして泳ぐのかい

お父うちゃん
お母あちゃんは馬鹿だったね
だって僕を忘れて行ったんだもの

今は次男坊も十二才。もう父親が返答に困るやうな奇問、難問を発しなくなりました。やはり

燕来る軒の無い貧を子は知りぬ

とでも申しましょうか。
ラバウルから病院船で還って来て次男坊が生まれた。私は炭焼となって九州の山奥で孤軍奮闘していました。次男坊の出産の入院料も闇の炭の闇値段で払った。後年ときどき友人にどうして炭焼などやったんだと訊かれましたが「三文文士、文業で飯を食いはぐったら炭焼でもするほかはないじゃないか。郷に入っては郷にしたがえ、山国に行ったら山で飯を食うほかないじゃないか。炭焼がドイツ語の少しくらい知っていたからとて別におかしくもありません。」と答えるほかはありませんでした。

新聞・雑誌で知った一高の学友や、市井の人から手が差しのべられる。朝日新聞「京浜版」の一九五七年二月二十七日付に、法政女子中学のクラス一同から寄せられたお金に返礼する相良のことが書かれ、「遠足の子にも持たせて慈悲の銭」の句が載る。何かやるせないものが漂ってくる。第二次世界大戦の敗戦後、日本が高度成長していった一九六〇年代、経済繁栄の外にはじき出された人が多くいた。相良万吉もその一人、戦争の傷を心と体に負いながら生きる力をそがれ、自殺を何度か試み、孤独のうちに死んでいった。一九六〇年二月一日死す。享年六十一歳だった。今も昔も何も変わることのない失業者を生み出す社会の現実がある。それは餓死である。直接、飢えのために死ぬこともあれば、十分な食糧が得られず死の病いで命を落とすこともある。精神的な壊死もある。餓死に対して、個々の人間が、明日この死の刑を受けないという保証はどこにもない。人生には、生活できている状態から窮乏、そして餓死をたどっていく厳しい資本主義社会の生存競争が生まれてから死ぬまで待ち受けている。人間が人間らしく生きていく条件を保障できない社会で起きる死は、「社会的殺人」といってもいいのではないか。

失業、飢えは人間の尊厳を蝕んでいく。失業し働く場を失えば生きる意欲が損なわれていく。人間が人間として生きていくには、労働が大事な役割を果たす。労働することで人類は人間になりえたという単純な真理がある。労働することで、人間としての誇りを取り戻すことができる。人間が生きていくうえでの根源的なことでもある。相良万吉にとって、他人に糧を貰う生活は自らを卑屈にさせて、生きる力をそぎおとしていったといえる。ただかすかな救いは、子供たちの成長に希望を抱いたその想いだけである。大きくなった二人の子は別れた妻が引きとった。戦争によって人生を狂わされた一人の人間が確かにいた。

アメリカは帝国主義として民族を支配し、いたる地域で紛争を起こし、累々たる屍の山を築いている。地球は戦争と飢え、環境破壊で病んでいる。戦争は社会の荒廃をまねき、人間の精神を傷つけ、その生活を根底から崩す。親は子を亡くし、子は親を亡くす。かけがいのない家族が一つ二つと存在を消している。現在の世界では、飢えに苦しむ人間が二億人といわれる。平和であれば、人間として幸福を追求できたのに、地獄絵図の中で生き絶える人が後を絶たない。戦後の幻の自由が一挙に消えようとしている、あやうい今がある。

今日、底辺に生きる人々、ホームレスになっても自分を表現するために文学をする人たちがいる。時代を超えて相良万吉が今日に生きるのは、共通性があるからだ。俳句の中に創造した世界はいつかくる幸せか、苦楽だったのか。それとも宇宙を浮遊する精神を楽しんでいたのだろうか。人間が生きる希望をつなぐために文学はある。人は生きるために何かを創り表現する。それが生きている証でもある。

過去は現在を規制し、現在が未来を決める。平和に生きようとした人々の屍の上に、今日があることを忘れてはならない。時代に翻弄されながらも生き抜いた人たちが、荒地を、草深き野山を踏みしめて歩んだからこそ道はできた。今日、その道が途絶えているならば、足を一歩踏み出し、踏み固めて道をつくっていくしかない。魯迅は、「故郷」で含蓄のある言葉を残している。

思うに希望とは、もともとあるものともいえぬし、ないものともいえない。それは地上の道のようなものである。もともと地上には道はない。歩く人が多くなれば、それが道になるのだ。

プロレタリア文学は人間性を回復させる文学である。プロレタリア文学は心の奥深いところで、人間と社会を本質から問う芸術性を内包している。人の心の意思が言葉として編まれて言霊を発する。心がこもった言葉は、人の魂を揺さぶる力をもつている。いくら時を経ていても、芸術そして文学にはそれがある。プロレタリア文学が今日に生きる文学という意味は、平和主義の文学、人間を回復させる文学だからである。平和主義は単なる反戦ではない、人類を同胞としてみる思想なのである。人間が人間らしく生きていくために必要とする水と空気のようなものだ。平和は何にもかえがたい。平和は人類の永遠の希求である。

『文芸戦線』は、一九二四年六月十日に創刊、百年の時が経ち、その水脈は今日もとうとうと流れている。

〈翻訳書〉

『ボストン』上・下　前田河広一郎と共訳（アプトン・シンクレア著　改造社　1929年～1930年）

『四十一人目』（フェニレウラ著　南蛮書肩　1930年）

『原始財産』（エミール・ド・ラヴレー著　改造社　1931年）

『赤い決死隊』（フルマーノフ著　中外書房　1931年）

10　広野八郎（ひろの・はちろう）

一

ひなまつり

娘よ
お前の今日のせめてもの祝いのしるしにと
このあわれな父は
指ほどの人形をもとめて来て床にかざれば
お前の母は
配給の粉の残り少なきをかこちつ
小さなだんごを作りてそなう

さてお前の祖父は
盃の底に米つぶ五、六つぶを落とし
それに水をそそぎて
〝お神酒ぢゃお神酒ぢゃ
速成のお神酒ぢゃお祝いぢゃ〟と
深きしわ頬に刻みて
子供のごとくはしゃぎつ
猫背の祖母のひざに抱かれし
お前のくちひるをぬらし
〝さあさあ皆も少しづついただくんだよ〟

味なき酒
家内の者　皆のくちびるをぬらし
貧しき朝げの膳に笑いは満ちる

されど娘よ
このあわれな父の
笑いの奥の憂いを知るや

広野八郎氏近影

広野八郎の人生を凝縮している詩である。敗戦後、間もない炭鉱で働いていた時分につくったなんと人間味にあふれた、情のこもった「うた」か。貧しくとも身を寄せ合い生きる働く家族の姿が眼の前にふつふつと浮かびあがってくる。広野の人となりがもっともよくにじみ出しているので、すっと心の中にしみこんでいく。人の世の厳しさを肌で感じ、それでも人間を信じて生きようとした広野の心の叫びは、人の心を洗う。

広野八郎（ひろのはちろう）は、一九〇七年（明治四〇年）に長崎県大村市に生まれた。八八歳となっても本を読み、筆を執っていた。一九九六年一一月一八日に死去、八九歳。小作人の親のもとに育った広野には、いつも貧乏がつきまとった。

高等小学校卒業後は、農業、炭焼、古里を出てからは電車の車掌、地方紙の記者、寺男をしたり、あげくには野宿するなどの放浪生活をすごす。一九二八年に、日本郵船のインド航路に火夫見習いとして乗船、海員労働者となる。陸にあがってからは炭坑、土木現場で働く。働きづめの人生。日本の労働者の典型が、ここにある。

信念と共に

私は土方だ
山と山の間の狭い空を往く雲を眺め
深い渓谷の底を流れる川の流れをみつめながら
毎日土まみれになって働くのだ
この陽にやけ　つかれた顔と
傷だらけのささくれた手を見てくれ！

――お前はどうして土方になった？

――生きて行かねばならぬから

だが　まだある

故郷の病床の父よ

盲目の母よ
幼い弟よ
あなたたちの生活が
幾らかてもうるおうように！
しかし肉親たちよ！

私の労働はどれほど
あなたたちを
飢えから救い得ただろうか

社会の大きな流れの中に
もまれ、ただよい　傷つきながら
流れゆく自分を私は見いだす
憂鬱　狂暴　感傷　絶望
その時々により
心のうごきはあれども
尚　心の底を流れる信念は変わりない

これある為に　私は生きる力を感じる
そして私は　叫ぶのだ
――故郷の肉親たちよ
生きられるまでは生きていこう
私と共に

一九三四・一〇・七

「故郷の病床の父よ　盲目の母よ　幼い弟よ　あなたたちの生活が　幾らかでもうるおうように――、しかし肉親たちよ！　私の労働はどれほど　あなたたちを　飢えから救い得ただろうか」に、現実の生活の重たさに押しつぶされる苦悩がこめられて、家族への深い愛情がこもっている。

眼が見えなくなっていく母への痛ましいほどの愛があり、あくせくと働いても借金だけが増え、困苦の生活におちいっていく父と兄弟への思いやりにみちあふれている。働いて仕送りはするが、どうにもならない社会と日々の生活へのいらだちはつのり、なげやりな気持になる時もある。それでも、家族を背負って生きていく、現実から逃げない労働者のしぶとさがある。結婚してからも妻と子供を食っていかせるために土方となり、出稼ぎの生活を長年続け、骨身を削る。

「そして私は　叫ぶのだ　――故郷の肉親たちよ　生きられるまでは生きていこう　私と共に」で現実をあるがままに受け入れ、生きていく姿は、自然体である。

二

著書に、『華氏一四〇度の船底から　外国航路の下級船員日記』（上・下）があるが、この本は海員労働者となり、一九二八年一一月八日から一九三一年六月一日まで船の中で記された「海上労働日記」である。この日記自体が歴史的な意味を持ち、文学となっている。

「あとがき」には、次のように記されている。

私は、長崎県大村市（当時の東彼杵《そのき》郡宣瀬村中岳郷南川内）に生まれた。家は、土地をもたない小作農であった。父は副業に炭焼きをやっていたが、じぶんの家で作った米を借りては食いつなぎ、それが年々借金となってふえつづけていった。私は小学校四年生までその村の分教場で学び、五年からは遠くはなれた本校に通った。

一九の春、えたいのしれない熱病におかされて生死の境をさまよい、一命はとりとめたが、体が衰弱して百姓しごとをすることはできなかった。当時、私はマドロスになることを夢にえがいていた。そして、一九二七（昭和二）年の秋、大阪の普通海員養成所にはいり、二か月の訓練をうけて、翌年の一〇月、日本郵船のインド航路『秋田丸』に火夫見習いとして乗船した。

広野の生き方には、戦前、戦後とも変わらぬ一つの貫かれた信念がある。底辺で働き、どん底の生活の中で苦しみ、手足をバタつかせながらも生きていく人間への限りのない信頼と、それを温くみつめる眼である。彼の眼線は、いつも差別されて生きる人々と同じ位置にある。『華氏一四〇度の船底から』の書き出しは、一九二八（昭和三）年一一月八日で始まっている。

海の生活にはいってから、きょうで一〇日になる。この一〇日間に、どれだけ私は、いままで想像もしなかったことを、見、聞き、また体験したことだろう。

船員たちの生活がいかにみじめで、放縦ですて鉢的なものかということを痛感しないではおれない。航海中、汗にまみれ、真黒になってはたらいたその報酬は、ぜんぶ遊郭か、船員相手の飲み屋、カフェーか淫売屋、そうした享楽と本能欲のために、子どもが花でもむしってちらかすように消費してしまうのだ。そして、もらった給料のみか、ナンバン（火夫長）からおどろくなかれ、月一割五分という、とても陸《おか》では想像もつかぬ高利の金を借りて使うのである。

一着しかもたぬ洋服、時計までも、二束三文に売りとばして、一夜の快楽をむさぼるものもいる。かれらは、金のありったけ、借金のできるだけ、それこそくめんのつくだけ使ってしまわないと気がすまぬらしい。

しかし、そうした気持になるかれらの心理が、わかるようにも思う。日ごろの満たされない、みじめな生活を癒してくれるものは、油と石炭の粉によごれた体を抱き、石のようにかたくなった手をにぎってくれる女と、くるしい労働も、疲れた体も、海上の暴風雨も、わすれさせ麻痺させてしまう酒とよりほかになにがあろう。

かれらの多くは独身者である。下級船員で妻帯者は、ナンバン、ナンプトー（ナンバーツー＝二等油差し）、ストーキバン（倉庫番）、甲板部ではボースン（水夫長）ぐらいのものである。もう小学校に通う子どもでもいそうな顔をして、十幾年も船に乗っているというのに、やはり借金たらたらというものもいる。

ああ！　マドロスの悲哀――私もこまったところにとびこんだものだ。

ボーイ長（じつは火夫見習《ファイアーマン》い）、これがいまの私の職名である。ボーイ長と『長』はついていても、船のなかでの最下級の仕事である。

機関部下級船員二〇人の、三度三度の食事をはこび、お茶をいれ、食事がすむと食器洗い、それからみんなの使いをおおせつかってかけまわる。この仕事のめんどうくさくて、うるさくてひまのないこと、一日、ばたばた追いまわされ、へとへとにくたびれてしまう。その一日のうちに、何十ぺん文句をいわれ。怒鳴られ、あるいはからかわれるかしれない。

1931年末か32年初めころの「文芸戦線」の集まりで（前列左から田中忠一郎、著者、山本和子、伊藤永之介、中列左から鈴木清二郎、原木雄一郎、立橋辰二、中井正晁、金子洋文、後列左から棚橋軌一、浜崎秀司、鶴田知也、前田河広一郎、葉山嘉樹、井上健次、青木荘一郎、水木棟平、岩藤雪夫、福田新生）

船首《おもて》では二〇人のすべてから、甲板部の連中からも、炊事場では、オヤジ（一等コック）、コック、ライスマン（飯たき）、ヘッド（ヘッドボーイ）、メスロンボー――イ（メスルームボーイ＝食堂ボーイ）、つまり、この船全員から、文句をいわれ、ばかにされているということだ。

しかし、みんながみんな、私のような経験をなめてきたにちがいないのだ。じっと歯をくいしばってがまんするよりしかたはない。

この海員労働者の時に、航海中

読んだ『海に生くる人々』『淫売婦』などに大きな感動を覚え、その作家の葉山嘉樹に手紙を送る。一九二九年二月九日、下船して葉山宅を訪う。人と人との出会い、一期一会である。生涯の師と仰ぎ人と人との信頼関係をもっとも大切にする人間と巡り合うことができた。

朝九時ごろ、したくして船をでた。先だってから手紙をだして、その返事をもらっていた、『海に生くる人々』『淫売婦』などで有名な葉山嘉樹氏を訪うため、横浜駅から汽車に乗る。横浜から東京まで、線路にそって、建ってまもないトタン屋根のバラックがつづいていた。

品川で乗り換え、また新宿で乗り換え、高円寺で下車。震災後、郊外へ郊外へとのびた住宅地を、なんどもたずねたずねして、ようやく葉山氏のお宅をさがすのに一時間半もかかった。案内を乞うと、細面の上品な女の人が応接にみえた。あとでわかったが、この人が奥さんであった。来意を通ずると、さっそく二階に案内してくださった。葉山氏は寝床から起きてたらしく、ドテラ姿ですわっておられた。

「やあ、ようきてくれました。広野君、さあすわり給い」座布団をだして、「じつはほかに用があったが、きみがくるのを待っとったところだ」

私は恐縮した。私が初対面のあいさつをするまもなく、すぐ船の話だ。まるでもう一〇年もまえからの知人のようなしたしさで話される。私も座布団にあぐらをかき、火鉢にもたれながら話した。

しばらくして奥さんが、酒とさかなまで用意してもってきてくださった。火鉢の鉄瓶でカンをして、氏が酌をして私をもてなしてくださる。

氏はじぶんの若いころの船員生活や、放浪、木曾の山奥での土方生活、刑務所の話などを話された。私もまた、いままでのいろんな労働や放浪、現在の下級船員の状況などを話した。それから女のことや酒のこと、賭博のことなど話はつきなかった。私はすすめられるままに、日ごろいけぬ酒をいただいてすっかりいい気持になった。

「陸のものだったらめったに会わないのだが、船乗りとききゃ、会わずにおれない」葉山氏はそんなことをいわれた。二〇年まえの船乗り。じぶんがあばれん坊だったこと船内ストライキ。カムチャッカの冬のあまりの寒さに石油を飲んだことなど、いろんな体験を話してくださった。話しているうちに、もう外は暗くなっていた。

氏は、「おれは妙な質で、酔ったらすぐ寝るくせがあるから、きみはゆっくり泊っていってくれ給い」といって、床にはいられた……。

葉山氏は睡眠中なので、奥さんに礼を述べておいとまする。石井氏といっしょに電車通りまで歩いて、そこで別れた。

新宿から品川へでて省線で帰った。私は手に、「葉山嘉樹」と署名された『文芸戦線』の一二月号をにぎっていた。いままで味わったことのない感銘が私をとらえていた。

三

広野八郎の歩いた足跡をたどれば生真面目な人生、とつい言葉が出てしまう。他人を踏み台にしない、裏切らずに生きてきた、差別され、虐げられてきた者が持つ人を視る眼はさえわたっている。詩〝雑踏の中で〟が、それをよく物語っている。

雑踏の中で

困らぬ人間が困った顔をしている
困った人間が困らぬ顔をしている

死んだら無名の墓とかす人間ばかりが
うごめいている雑踏の中で
深刻な顔をしたって仕方がない
変な考えなんか吹き飛ばしちまえ

ただ俺は知っている
ものは横から眺めるのもよいが下からのぞくのも面白いってことをさ！

（一九三八・五・一九）

文学を志した広野の前に時代は立ちはだかる。葉山嘉樹の推薦で労農芸術家連盟に加入したが、世の中は軍事国家へと突き進んでいた。人民戦線事件、共産党への弾圧と、国内の平和勢力を根絶やしにしながら、国外への侵略戦争を拡大していく。ちっ息しそうな、呼吸することが辛い社会に、国民の不安感は高まる一方だった。民主的な運動がことごとくつぶされて、文学では食べていけなくなった葉山と一緒に広野は飯場生活に入っていく。

時代の空気はどんよりとよどんでいた。その時の広野の心の動きを端的に表わした詩がある。

〝雨の飯場で〟

雨の飯場で

飯場の板屋根をうつ雨の音を私はきいている
まだ他の土方たちは枕を並べて眠っている

陽にやけたその寝顔に刻まれた深い疲労の色――
雨の日だけが土方の公休日だ
隣の朝鮮人飯場ではしきりに赤ん坊が泣いている

水量が増したらしい天龍の川瀬の音がひびいてくる
あの音は　なんと船体にくだける波のひびきに似ている
ことだろう
苦難なマドロス時代の思い出が浮かんでくる
なんだか飯場の屋根がローリングでもしているようだ
私が従順な海上労働者であったなら
今も一介のマドロスとして働いていたかも知れない
或いはもう水底深く消え去っていたかもしれない
しかし　あの際限もない青海原を思うと
私にも広々とした気分が湧いてくる

私は山の工事場に来て土方になった
乱れた戦線の中で孤塁を守って苦闘しつづけている同志

たちと別れて——
しかし私はここに来て
またかわった人間の姿を見た
屋外労働者のみじめな生活——
ここにも闘争が横たわっている
しかし人々は
明日を思う心につかれ
社会の大きな流れから眼をそらそうとしている
そしてただあくせくと働きつづけている
それらの人たちと一緒に働き、いつも飢えをうったえて
寄越す故郷の父母を思うと
しらず知らずに私にもその気無力さが
乗りうつって来るような気がしてならない
願わくばあの青海原をのぞむような気持ちを
私は絶えず私の心に養いたい
そしていかなるあらしにも屈せない強い力と
社会の大きな流れを見極める眼とを——

失わないように努力しよう

（一九三四・五）

飯場の土方生活に見切りをつけて父母が待つ故郷に帰る。佐賀に住んでいた父と母は、あまりにも老いていた。その日暮らしに疲れはてた額のしわ、増えた白髪は困苦の生活の証しだった。母は失明していた。とにかく、その日の糧を得るのが先決で、大牟田の三井三池鉱業所宮浦坑に採炭夫として働きだす。日本一の出炭量を誇っていた三池鉱業所は、戦争拡大とともに出炭の督励を強めた。「クロダイヤの戦士」の名のもとに労働は過酷さをきわめた。毎日、毎日の仕事で体力も気力も失い、彼の頭からものを考えたり、ペンをとる気持すら奪いさっていった。

「明日を思う心につかれ社会の大きな流れから眼をそらそうとしている　そしてただあくせくと働きつづけている」広野の前に、葉山からの思わぬ便りが届く。『生活文学選集』（春陽堂発行）の「海員文学小説」に推薦したので小説を書け、との励ましだった。葉山が自分の印税の分から金を工面して、二カ月は働かずに小説書きに専念できるようにと温かい配慮までしてくれていた。葉山とて生活にゆとりがあったわけではない。だが、広野が文壇に登場する機会をつくってやりたいとの人間の情がこもっていた。

ところが、婚約していた女性との破談もあり、精神的な落ちつきをなくした広野の筆は走らなかった。結局は不採用。

不採用の知らせを見ると、深い絶望の淵に突き落された感じだった。自分の社会を見る眼の低さ、文学への取り組み方の浅さ、――結局自分の才能不足なんだ。短期間に長篇など書ける才能など自分にはなかったんだ。自分に期待をかけてくれて推薦の労をとり、生活費まで送ってくれた葉山の厚意を裏切ったという慚愧と悔悟の念は、わたしには消えることのない精神的烙印であった。

この心の傷をずっと背負って、広野は生きる。それでも激励してくれる葉山に、すまないとの思いを持ちながら、再び宮浦坑の採炭夫となり、ヤマに入る。戦争と重労働が長い時間、広野の手から文学をもぎとった。中原中也の故郷である山口に建てられている詩碑には、「帰郷」が刻まれている。

これが私の故里だ　さやかに風も吹いてゐる　あゝおまへはなにをして来たのだと　吹き来る風が私にいふ

当時の心境に近いものがあろうか。あまり頑張りすぎると周りが見えずに、他人の存在ばかりか自分をも見失ってしまうことがある。時間は静かに、ある時は激しく流れた。広野は働き、生きた。人間には回復する力がある。

働き、生きることによって広野の文学は息づいた。差別された者の視線でとらえた労働の描写はリアリティにあふれ、読む人に情景を克明に浮かびあがらせる筆力がある。底辺に働き、生きる人々の描き方は、やさしさ、母の慈愛といってもいい温かみがある。彼が創作した詩は、その典型だといえる。戦後、葉山文学への誹謗に対しては、心おきなく反論し、葉山の作品で工事場物などや、人となりを正しく評価し、世に知らせている。広野は生きることによって、人との信頼関係を大事にする原点を文学を通して広げた。それは、葉山との人間関係が礎となっている。人の一生で、そういう人間と出会えたことは何よりの幸せである。

四

ふるさとの山を眺めて

ふるさとの山の見える丘に来て
今日もたたずむ
煤煙の棚引く市街越え
初夏の陽に光る海の向うに

ふるさとの山はかすんでいる
ふるさとの山よ
かつてお前のふところを去った少年は
今　二十代に離れた齢をして
海のこなたの鉱山街に来て
お前を愛着の目で眺め入っているのだ

ふるさとよ　かつて
血の気の多い少年には
お前のふところは
余りに暗すぎた
伸びようとする知識欲の前にはそこに住む人々は
余りに頑迷であった
ああ　しかしその後
社会にもまれた

日々の荒波
生活の苦闘

私は今も一介の労働者だ
昨夜　夜通し地底深くもぐって
石炭を掘りつづけ
真っ黒になってあがって来て
一風呂あびて
汚れを洗い落として来たところだ
疲労と寝不足の目頭に
朝の太陽は痛い
しかし　露をふくんだ若草の香りと
朝風に息づき
ふるさとの山を眺め入るのだ

私の生まれた藁屋根も
若草につつまれているであろう

私を育ててくれた
盲目の祖母が
病の床に横たわる姿を思う

ただ　願わくは
あの深い信仰に生きた
祖母の上に平和な
眠りあれと祈るのみ

少年の日
私の植えた枇杷の木は
今年も　枝もたわわに実っているであろう
青い葉蔭から
のぞき出す黄金色の房
その瑞々しい房が　やがて
かつての私の恋人によって
もがれることを思う

その時きっとあの人は
私のことを思い出してくれるだろう
ふるさとに秘めし恋のむくろ
少年の日の思い出よ

私が労働者であることを
ふるさとの人々は
嘲笑しているという
しかし私は　自分が
勤労者であることを悔いない
むしろ誇りに感じている
私は労働を拒否する手を拒否する
社会百般の産業が　建設が
誰の手によってなされるかを
私は知っているのだ

私には健康な体がある

於福岡県京都郡豊津町、葉山嘉樹記念碑除幕式
椅子の人葉山未亡人の菊枝さん、中央は鶴田知也、右端は広野八郎

手のひらの固い腕がある
ふるさとの山よ
私は　お前に告げる
私は尚　一介の労働者として
働きつづけるであろうことを
忠実な勤労者として
生きつづけるであろうことを

（一九三八・五・一六）

気高い魂は、暗闇の中でこそ、輝きを増す。貧苦にたじろぎながらも、ただ働き続けた一生だが、世の中の転変におぼれず、流されずに労働者としての誇りを忘れることはなかった。金には縁がなかったが、その歩みは報いられたのではないか。彼が生きているうちにその子らが、父の生き方、成した仕事の意味を理解し始めた。これにまさる幸せが他にあろうか。

〈著書〉

『華氏一四〇度の船底から　外国航路の下級船員日記』上・下（太平出版社　１９７８〜79年）

『葉山嘉樹・私史』（たいまつ社　１９８０年）

『地むしの唄』（青磁社　１９９３年）

『昭和三方人生《さんかた》』（弦書房　２００６年）

『外国航路　石炭夫田記』（石風社　２００９年）

11　高橋辰二（たかはし・たつじ）

一

「関東大震災四周年声明」

九月の日を銘記せよ！

一斉日人権を叫べ

過ぐる四年前の九月は我々に何を教えたか？　そして四年後の今日、支配階級は我々の前で何をやっているか？

四年前の今日、彼等は、巧みに組織された逆宣伝を流布して先駆労働者を××し、朝鮮同胞の無垢の血を惨流せしめた。甘粕事件、亀戸事件等は、彼等の悪虐無道の一端を偶々世上に曝け出したものに過ぎないが、その「一端」の如何に惨鼻を極めた事か！　併も之に対する「厳正なる」法の裁きは如何！

四年後の今日、彼等は我々無産階級の面前で何をやっているか？　日く「震災紀念事業」、「勤像貯蓄の奨励」、「災害予防週間」等々……悉く之れ、彼等のファシズム政策を民衆に押しつけようとする以外の何ものでもない。欺くて彼等は、あらゆる奸智をしぼって、震災を永久に「紀念」しようとしている。

よし！　我々も亦、あの震災の残虐を永久に「紀念」しよう。彼等の虐圧の具体的事実を我々の子々に孫々にまで語り伝えて、旧ロシヤのポグロムにもまさる日本の資本家と軍閥の××史を、民衆の胸の奥底にまで叩き込んで置かねばならぬ！

我等が政治的自由を獲得するその日まで、九月の日を銘記して、軍閥官憲の人権蹂躙に向って、猛烈に抗議しなければならぬ。

然り、今、我等に九月の日を迎えるに当って、人権擁護の叫びを大涛の如く天に沖せしめねばならぬ。

人権蹂躙に反対せよ！

美衣を纏える復興政策に瞞わされるな！

政治的自由獲得の闘争を到る所で猛然と捲き起せ！

一九二七年九月

労農芸術家連盟

『文芸戦線』九月臨時増刊号は、「震災殉難記」として昭和二年九月十日付で発行された。関東大震災の暴虐の嵐が吹き荒れる中、民主主義の灯として一九二三年に発刊された『種蒔き雑記』を四年後に転載したものだ。それは支配階級の「ファシズム政策に対して、一つの事を掲げて抗争」するためであった。権力の手によって即、発売禁止の弾圧を受ける。

『種蒔き雑記』は金子洋文が執筆した入魂の記録文学である。関東大震災のとき国家権力の暴圧は想像を絶した殺人という蛮行をふるい、自然災害とそれに人為災害で地獄絵図をつくりだした。

一九二三年九月一日に発生した関東大震災の死者は十万五千人といわれている。その死には時代が色濃く反映していた。戒厳令がしかれた首都圏では軍隊が制圧した。そこは阿鼻叫喚の世界が広がっていた。労働運動家で劇作家でもあった平沢計七をはじめとする南葛労働者が殺された「亀戸事件」、無政府主義者の大杉栄と伊藤野枝夫妻に甥の橘宗一が惨殺された「甘粕事件」、それに「朝鮮人が暴動を起こしている。放火して井戸に毒を投げ入れている」との風評が流されて、国家権力に煽動された自警団の汚れた手で朝鮮人が虐殺された事件である。約六千ともいわれている。がその数は定かではない。

「行動と批判」を掲げた雑誌『種巻く人』は、震災の困難さにもめげず、国家権力の手で何が行われているかを白日のもとにあばきだし、鋭い批判の矢を放った。周囲の社会主義運動、労働運動が茫然自失の状態におちいっているとき、その行動はすばやかった。『種蒔き雑記』は金子洋文の手によって、『帝都震災号外』は今野賢三が、それぞれ筆をとり命を投げて発行する。思想と行動が一致していた。

「今日、焼死した大部分は、無産階級でないと誰が言い得るか。本所深川に於ける惨害、浅草吉原に於ける惨害を観る時、無産階級は、あらゆる意味からして、損失をより多く受けていることをすぐにうなづかれるであろう」と断じて、「都市計画は断じて階級的であってはならない。平等的でなければならない」と正確な判断を下している。今日、地震のたびに、貧富の格差による同じ過誤が何度となく繰り返されている。何も現実は変わっていないのがわかる。

その視点から考えると、「種蒔く人」運動の精神は行動と批判が生命であることを強く印象づける。

僕達は世界主義精神を持って立つ、プロレタリヤ芸術家である。思想家である。行動と批判は種蒔く人の生命である。此の際、僕達と立場を同じくする思想家、芸術家は、その思想的芸術的立場から、一切を明らかに見きわめることを要求する。

二

『種蒔く人』の種は、時間の流れを脈々と受け継ぎ呼吸しながら関東大震災の廃墟の中で生きていた。プロレタリア文学の隆盛をつくる『文芸戦線』へと命の綱をつないでいく。

日本のプロレタリア文学運動は、本来から共同戦線として成り立っていた。『種蒔く人』の後継紙として一九二四年六月に創刊された『文芸戦線』の綱領は、確かに芸術における共同戦線を宣言している。

芸術運動における共同戦線を目指した『文芸戦線』は、プロレタリ階級の歴史的使命である労働者階級と農民の枷からの解放を意識した作品を次から次へと産み出していく。葉山嘉樹の「淫売婦」「セメント樽の中の手紙」、黒島伝治の「銅貨二銭」、里村欣三の「苦力頭の表情」、平林たい子の「施療室にて」など枚挙にいとまがないほどの作品が輩出され、プロレタリア文学の花が咲きほこる。その花畑に、ひっそりとスミレのような花が咲く。高橋辰二という詩人

高橋辰二の処女詩集『水葬』

がいた。

「水葬」
水葬がすんで、水平黒線に赤い月が出た。
俺たちは顔を見合った。

海はだぶ、だぶと燃える。
俺たちはカカシのように、弓をもたなければならない！

うめき、うめきだ！
帆布にくるんだ友の死体が、アラスカ沖をころころと流れている。
俺たちの胸に報ずる——死んだのちの
笑いであることを欲す！

水葬をすんだ！暗い甲板をめがけて
まっ赤な月がくるくると跳飛した。

詩集『水葬』は、昭和二年九月十日に発行された高橋辰二の処女詩集である。出版のために実家の山を売ってもらい、その資金で発行した。高橋二十四歳の時。

高橋辰二（たかはしたつじ）は、一九〇四年、群馬県富岡市岩染七番地に、父は高橋伊蔵、母カツの二男として生を受ける。生家は山村部の小地主だった。小学校卒業後、横浜で書店の店員となるが、少年雑誌などに投稿、十七歳で日本郵船の北米、欧州航路の船員となって外国航路のマドロス生活をすごす。船室ボーイの下級労働者として労働に従事する。この体験が、プロレタリア文学の代表的な作家である葉山嘉樹の知己を得て、詩人となるため上京して葉山宅で奇食生活をすることになる。

『文芸戦線』のなかでは、詩人として特異な存在位置を占めるようになる。最後まで『文芸戦線』の同人として、文学運動で反戦と平和のために力の限りを尽くす。プロレタリア文学運動が国家権力の弾圧で崩されていったとき、高橋は妻の栄子を伴って故郷に戻り、山林を開墾して農業をはじめる。一九三三年、三十歳のとき、「満州事変」の頃であった。

第二次世界大戦後は、民主主義の解放感を体と心にあびて農民組合運動に心血をそそぐようになる。と同時に、文化活動を地域に広げるために体を動かす。それは時代を共有した『文芸戦線』の同人たちとの心温まる、喜びの時をもてる交流の復活でもあった。雑誌『明日』、『文戦』、『社会主義文学』に旺盛に創作した詩を発表する。周囲から推されて県会議員となり農業、文化の育成のために活動する。その頭の中には平和と民主主義、人間を尊厳する考えがいつも生きていた。一九六七年、六十四歳で脳溢血のため永眠。その死まで文学が身から離れることはなく、詩とエッセイを描いていた。

高橋辰二の日記がある。どのように生き、何を考え、行動したかが残された文章、言の葉でその人の生き方、人生が見えてくる。言魂には人の心が透けて映る力がある。

〔一九四九年十月二十六日〕

私は有名になりたがらない、金銭に脅かされない。

人種差別をしない。私の念願する道はただ一つ。

一人の農夫を前においても、又百万の大衆に向っても同じ

心で彼等に真実をつたえる。

〔一九五一年六月五日〕

私自身に詩が書けないということは、あたかも、樹木に葉が無いと同様に醜い。

私は、詩を忘れぬし、詩のみちびきなしには人生は闇である。

「詩のみちびきなしには人生は闇である。」という志をもち心の旅路を歩み続けた詩人、高橋辰二が確かにこの世にいた。創作された作品は、絵であれ、音楽であれ、小説であれ、詩であれ、

百年経っても芸術の効果は変わることなく存続する。現実の人間、その時代に描かれた人間が、私たちに語りかけてくるからではなく、そこで自己表現した想像主の思弁が語りかけてくるからである。

時代の縁で結ばれた人びとがいる。その出発は『種蒔く人』である。いつの世でも平和を希求し、人間の尊厳を守ることを何よりも生き甲斐とした使徒の群がいた。

〈主な著書〉

『水葬』（萩野印刷所　1927年）

『高橋辰二詩集』（谷川社　1958年）

『高橋辰二遺作品集』（青磁社　1989年）

第Ⅱ部　時代の証言

12　新資料：小林多喜二が小牧近江に宛てた葉書

一

クラルテ一部送りました。御落手の事と思います。

クラルテの後に書きました事、若し御気に障りましたら、御許し下さい。第一号色々な情実の為い丶のには成りませんでしたが、第二号からはキットい丶ものにしたく思ってゐます。

短い感想でも、又ハクラルテ読後感でも御送り下さるならば幸ひに思います。

小林多喜二が小牧近江に宛てた雑誌『クラルテ』贈呈の葉書である。宛先は、「東京赤坂檜町六　小牧近江様」となっている。日付は判明しない。この未見の新資料は、小牧の遺族から秋田県立博物館に寄託された関係資料二〇四四点の中に含まれていた。この葉書の文面から、小林多喜二が小牧近江に創刊号を贈呈し、その意見を聞いて次号からの編集に生かしていこうとしてい

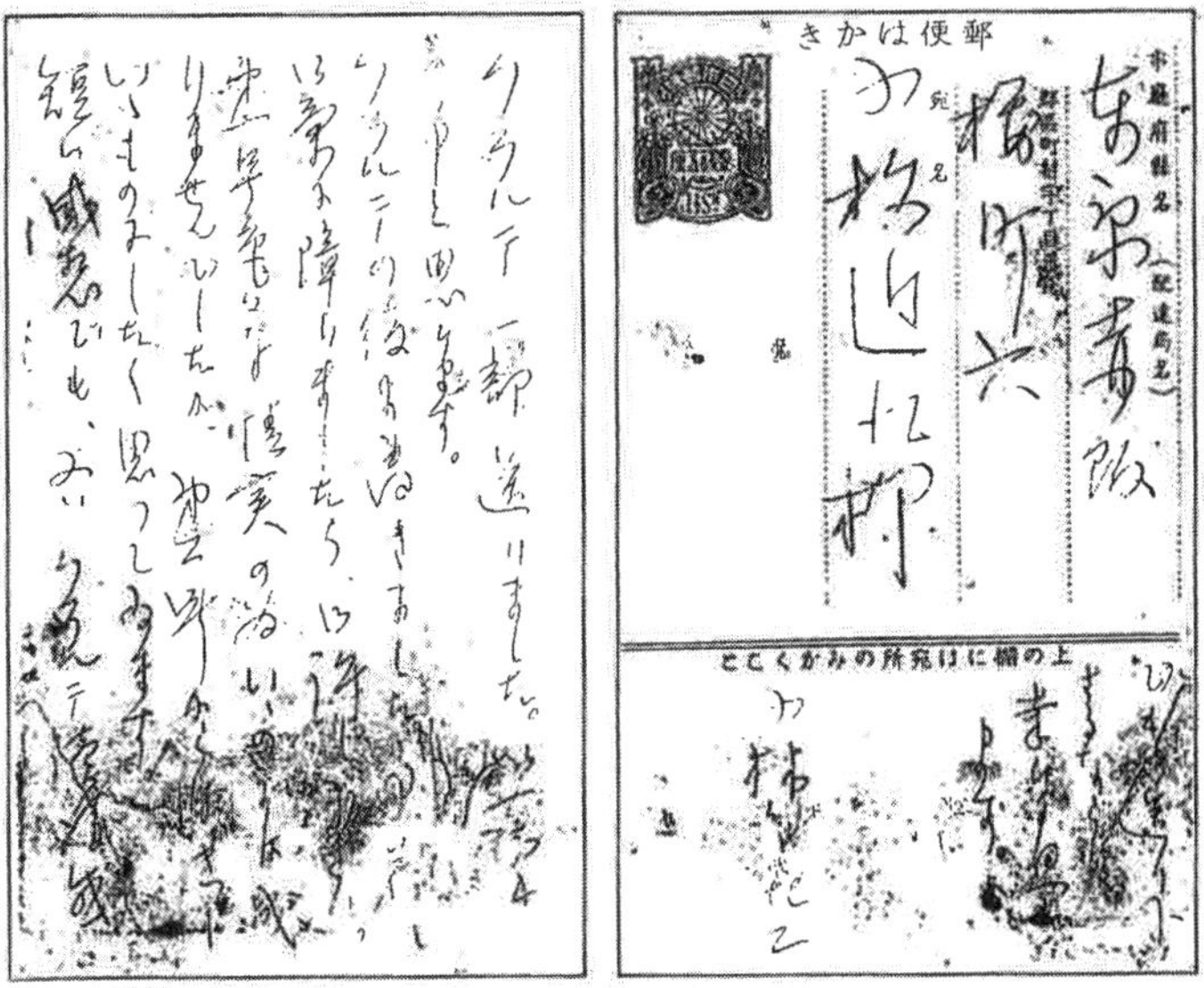

小林多喜二が小牧近江に宛てた葉書（秋田県立博物館蔵）

たことがよくわかる。小牧近江への敬意がにじんだ文章である。

小牧近江は、フランス留学中に、アンリ・バルビュスと出会い、クラルテ運動を識る。クラルテ運動は、第一次世界大戦を契機に起こった世界の知識人が提唱した国際的な反戦平和の運動で、再び戦争を繰り返さないようにと民衆が連帯する平和運動であった。それは人道主義の色彩が強く、国際的な社会主義運動や労働運動の一翼を担い、真理のために戦うという統一戦線でもある。小説『砲火』でゴンクール賞を受賞したフランスの作家アンリ・バルビュス、ロマン・ロラン、アナトール・フランス、トマス・ハーディ、H・G・ウェルズ、アンドレアス・ラッコ、アプトン・シンクレア等が名を連ねている。機関紙として週刊『クラルテ』を発行、後には『ル・モンド』に改題した。

『ユマニテ』一九一九年五月十日付に、バルビュスが提唱した「グループ・クラルテについて」が、クラルテ運動の本質を的確に言い表している。「作家と芸術家たちは、有志の熱望にこたえ、かつは教育者として、また先導役としての大きな義務から一丸となって、社会的行動を起そう」と決意し、人間の解放を唱える。その上で、「知識人たちは全面的に民主主義的進歩こそ、地上におけるたった一つの、もっとも強固なものであることを知っている。戦争はわれわれを曳ずってゆき、そして、これからさきも、曳ずってゆくだろう奈落の正体を明かにした。抑圧と、専制主義と、特権と帝国主義――それは金の力によってのみ保持されるものだ――の古い原則はその腹黒さを証拠づけた。」と戦争の本質を鋭く抉り、断罪する。そして性格と目的を「賛成者たちは団体の名称と、その最初の機関紙の題名を『クラルテ』すなわち『光明』と呼ぶことにした。けだし、彼らの果たす使命は、あらゆる偏見と、あまりにも、巧妙に乗ぜられて来た誤った考え、とくに無智と――人間を離ればなれにし、孤立化させることによって、今までお互いを盲目的にいがみ合わせて来たこの無智なるものと――闘うことをはっきりさせる趣旨からである。いまや猛然と起ち上がっている民衆の力は、その鉄鎖をゆすぶるために、なにびとの力をも必要としない。われわれを決然とその先頭に飛び込ませた運動は、われわれ無くとも、みずからその目的に到達するだろう。デモクラシーは無敵である。」と宣言する。「デモクラシーは無敵」の中に、クラルテ運動のすべてが言い含まれている。民主主義の拡大、深化こそが戦争に反対し、平和を何よりも尊ぶ思想の基盤となるからである。人間の社会的生活である家庭生活、教育の中で子が育っ、安心して働ける職場、健康に暮らしていける環境は、平和がなくては成り立たない。平和なくして人間が人間らしく生きていくことはできない。簡単なことだが、真理である。

この人間が生きていく上での真理を、アンリ・バルビュスは小説にまとめた。『地獄』、『砲火』、『クラルテ』の三部作である。『地獄』で理想と現実にぶつかった人間の苦悩、光を望みながらも闇に生きる人間の現実を表現する。『砲火』で個人主義から社会に眼を向けはじめた人間、一条の光がさしてくる状態を描く。戦争の現実を描いたことで時代の厭世気分と重なり、大きな反響がありゴンクール賞を得る。『クラルテ』で自分一人だけのことではなく万人の幸福のために生きる、真理をつかんだ喜びを表す。工場で働く労働者と自分の地位は違っていると思っている主人公の前半は平凡な結婚生活、後半からは戦争を体験し負傷兵となり戦争の非人間性を肌身で受け止めたとき、それが戦争の本質だと知る。民衆が眼を見開いていないから闇しか映らず、暗い現実がある、これを変革していくクラルテ（光）という思想が必要だと確信していく。この小説で社会の混乱、頽廃の原因は戦争であり、「闇の中の生活」で自覚していない民衆を支配する階級、軍国主義者たちの存在を許さず、人間らしく生きるために社会的変革に団結していくクラルテ運動の必要性を促す。その象徴的な表現として、バルビュスは「まえに、ぼくのために君を愛したが、今は君のために君を愛する」と心が離れていた妻との和解、心の解け合いを鮮やかに描き、「私たちを救いに来てくれたのは、ひとえに、真理だった。私たちに生を与えてくれたのも真理だった。愛情は人間の感情のうちで最も大きい。尊敬と、明るさと光明でできているからだ。」と言う。荒廃した心、虚無感におちいった闇の世界から、人間回復の光の世界へと歩む人間への信頼に裏打ちされていた。

この三部作こそ、真理を貪欲に追求したバルビュスの思想成長の産物でもある。反戦、平和主義、社会主義へと思想が発展していく証しでもあった。それは民衆の意識と時代を共有していたがゆえに芸術としての感動と影響力を持つことができた。

二

クラルテ運動の種は、時代の嵐に吹かれて世界中に飛んでいった。平和の種を蒔き、「光は万人のものなのに、万人は闇の中に眠っている。この眠りから民衆を目覚めさせる。」という歴史的、社会的な役割を担い、絶望の闇の世界から希望の光の世界を創る力を人々に与えた。『資料世界プロレタリア文学運動』（三一書房）には、クラルテ運動は「フランスに約三十の支部があり、うち十がパリ、その他が地方にあった。外国においてはイギリス、ベルギー、スイス、オーストリー、チェッコ・スロヴァキア、オランダ、イタリア、ノルウェーにグループがあった。」と記録されている。

クラルテ運動を日本に持ち帰ったのは、小牧近江である。本名を近江谷駉（おうみやこまき）という。一〇年のフランス留学から帰国した小牧近江は、出身の秋田県土崎港の小学校の同級生だった金子洋文と相談し、クラルテ運動の日本版雑誌『種蒔く人』を発行する。一九二一年二月に創刊されたが、発行部数は二〇〇部といわれている。秋田県土崎港で発行されたので、「土崎版」といわれ三号まで出た。同人は小牧近江、金子洋文、今野賢三、近江谷友治、畠山松治郎、安田養蔵、山川亮であった。山川亮を除けば同人は秋田の人で小牧とは血縁、学友の関係があった。一九二一年十月には改たに青野季吉、前田河広一郎、佐々木孝丸、柳瀬正夢らを同人に加えた「東京版」を発行、三、〇〇〇部といわれる。「土崎版」の特徴は、小牧近江がフランスから直接に持ち帰った思想、第三インターナショナルを日本で早い時期に紹介したことにある。「恩知らずの乞食」と題して、第一次世界大戦をめぐり自称「社会主義者」を名のっていた人々の裏切りを痛烈に批判し、第二インターナショナルの階級的な背信行為を指弾した。これは日本の社会主義運動にとっては意義深いものであった。「東京版」になると、一つの時代をつくった有島武郎らの文化人が執筆協力者となる。

『種蒔く人』の特徴は、単なる文芸誌ではなく「行動と批判」を提唱し、情勢に合わせて政治的な問題を敏感に受け止めた特集を組んだところにある。小牧近江が次々に時代を先取る斬新さをもった企画を発案し、大きな影響を与えた。パリにおいてクラルテ運動で鍛えられた思想が生きた。「非軍国主義号」「ロラン・バルビュス論争」「水平社運動」「無産婦人」「反軍国主義・無産青年運動」などがあり、「種蒔き少年」も発行されて幅広い視野から雑誌が編集された。とりわけ、関東大震災で国家権力の手によって数多くの労働者、朝鮮人らが虐殺されたのを眼にして「沈黙は死である」と魂の叫びをあげ、今野賢三が「帝都震災号」を、金子洋文が『種蒔き雑記』を執筆した。これこそクラルテ運動の精神そのものの体現であった。

クラルテ運動は、日本の中であちこちに種を飛ばし影響を拡げたことが探求できる。『クラルテ』の名称で発行された雑誌が各地に存在している。

その一つが、小林多喜二が中心となって北海道小樽で発行された『クラルテ』である。一九二四年（大一三）四月創刊号で、大正十五年三月五日発行の第五号まで出された。編輯人は小林多喜二である。発行所は「クラルテ社」、住所は小樽市稲穂町東六ノ四、となっている。同人は小林多喜二、島田正策、戸塚新太郎、片岡亮一、蒔田栄一、武田暹、新宮正辰、平沢哲夫、斎藤未知二、宇野長作の一〇人があげられる。第一輯の扉に、アンリ・バルビュスの『クラルテ』から引用した「さうだ、此の世には一つの神が存在する。吾々の廣大な内的生命を導引くためには、また、全人類の生命のうちに含まれてゐる分担を導引くためには決してそれから眼を外らしてはならない一つの神が存在する。真理といふ神だ。」の言葉が飾っている。

この本『クラルテ』の翻訳の訳者は小牧近江と佐々木孝丸で大正十二年四月十二日付で叢文閣からの発行である。序文にあたる「読者に」の中で「翻譯は、小牧が滞佛中、クラルテ出版記念會の席上、作者バルビユスから翻譯を委任されて直接手渡された一九一八年の初版本をテキストとし、そのうち抹消されてある所は一九二一年の第八十版本を以つて補ひ、且つ傍ら、奥田嘉治氏が英譯より重譯されしものを參考にした。」とある。「一九二三年三月七日種蒔き社にて」と記されているが、この本を出版することは「雑誌『種蒔く人』同人全體の義務であったのだ。」と、その意義を明確にしていることに注目しておかなければならない。

小林多喜二が、同人誌にこの「クラルテ」の名前を付けたことからも、クラルテ運動の精神・思想に強い共鳴を抱いていたことがよくわかる。第一輯の「同人雑記」に、「三等客船の前河廣一郎氏（執筆者注：前河は前田河廣で、三等客船は三等船客の誤り）や燃ゆる反抗の新井紀一氏、クラルテの譯者小牧近江氏に原稿をお願いしたら、第二輯から出して下さることをおゆるし下さった。第二輯をお待ちして欲しいと思ふ。」とある。これを事実的に裏付けたのが冒頭に紹介した小林多喜二から小牧近江に宛てた葉書である。小樽時代に、クラルテ運動に共感し、日本に持ち帰った小牧近江に意見を聞いていた事実は興味深く、交流があったということは日本のプロレタリア文学史において貴重な資料である。この葉書の年月日は不明だが、雑誌『クラルテ』を贈呈した上で、第一輯の「同人雑記」の文面から推定すれば、一九二四年四月前後となる。ただ、第二輯には、前田河広一郎と新井紀一が感想文を寄せているが、小牧近江の文章は載ってはいない。

クラルテ運動は、小林多喜二が発行した雑誌だけではなく、『クラルテ』の名称で各地で出されていることからも影響の拡がりを持っていたことがわかる。

京都で一九二五年（大一四）六月一日に創刊され三号まで現存している。発行所は「クラルテ社」で、編輯兼発行人は住谷悦治、住所は京都市下鴨松ノ木町六四ノ五、となっている。主な同人に河野密、阪本勝、波多野県、麻生久、高倉輝、住谷悦治、新明正道、大宅壮一、林要、石濱知行、小牧近江らの名がある。巻頭言に「『クラルテ』は暗に育まれた光である。」と書かれている。「創刊に際して」は小牧近江が「仏蘭西に於るクラルテの人々」を執筆し、クラリストが日本に増えることを期待する内容になっている。

静岡から発行された同人雑誌は、未見の雑誌が多いので全体像は定かでないが農村文化の育成を主張している。昭和十二年頃から発行されているが、発行者は内山牛松、住所は静岡県三ケ日町、発行所は「クラルテ同人」となっている。戦前の雑誌には、版画家の小野忠重の手による人物像が表紙を飾っているので興味深い。戦後は「クラルテ社」として復刊し、藤森成吉や久米正雄が寄稿している。二十一号（昭二二・四・一）は、編輯記に「小牧近江氏の『クラルテ精神』がある。二十五年前の昔、フランスでアンリ・バルビュスが長篇小説クラルテを発表した。その頃小牧氏自身バルビュスやアナトール・フランスと手をたづさえて文学運動にたづさはった話は有名であった。私達の雑誌『クラルテ』がやはりバルビュスのそれに関聯をもたないとは謂いません」と触れた上で、「バルビュスのクラルテ運動とは勿論比較にならない片隅の仕事ですが、たえまなく續く光をこの土地の文化の中にほしいのです。」と記している。

クラルテ運動の日本における拡がりを探求していけば、地方と美術、演劇等の多種多様な文化運動との繋がりが新たに発見される可能性を秘めている。クラルテ運動は、人類の歴史でいつも問題となる「戦争と平和」をどう解決するかにひとつの答えを出した。「戦争とたたかう」ことに民衆が目覚め、意識したときに戦争を止め、平和をつくりだす力が生まれる。その目覚めた意識をつくりだすのに、芸術が持つ人間性を高める力が大きく作用する。クラルテ運動の日本版である『種蒔く人』は、芸術運動における共同戦線であった。『種蒔く人』から『文芸戦線』へと、プロレタリア文学の源流をつくりあげていく。プロレタリア文学の発展によって階級性をもった芸術に高める役割を果たした。

現実の社会は今なお、世界では飢餓と戦争、国内では失業者が巷にあふれて精神を病み人間の生存の不安は増すばかりである。クラルテ運動は、「未来の社会建設」と「社会を変革する文学」を多くの働く人々に指し示し、生きる希望を与えた。人類が戦争を止めさせ、平和を希求する限り、今日に生きる文学である。小牧近江が生涯手離すことのなかったアンリ・バルビュスの『CLARTÉ』の原本の余白には、「つねにわが心を鞭打つ本である」の言葉が書き込まれている。

〈参考文献〉
『クラルテ』（ダヴィッド社　1952年）
『資料世界プロレタリア文学運動』第二巻（三一書房　1973年）

『クラルテ』（叢文閣　１９２３年）
『クラルテ』復刻版（不二出版　１９９０年）

13　シベリア出兵と黒島伝治

一

黒島伝治（くろしまでんじ）という作家がいた。一八九八年十二月十二日に香川県小豆島町に生まれ、早稲田大学予科に入るも、兵役の召集を受けた。一九四三年十月十七日、郷里香川県の小豆島において一九四三年十月十七日に肺結核で没した、四十五歳。いくたの作品を書き残しているが、第二次世界大戦後に出版された『軍隊日記』は、異彩を放っている。シベリア出兵を自らの体験から、その眼で見透しているところに時代性があるといっていい。日記の大正十年四月二十二日に呪阻のこもった記述がある。

兵隊に取られたとき、自分は悲観した——二カ年間の自分を捨て、軍隊に入るまでには、自分の心は一つの大きな試練を経た。現在の、日本の制度を呪った。日本の国民たることを、お断りしたくなった。

併し、どうしても仕方がないのを知った。あきらめるまでは苦しい。

もう二百十日あまりで、除隊になるところまで漕ぎつけて来た。然るに、自分は再び、試練の渦中に投じなければならない時代が来た。

除隊の日は何日か分らない。

この日記を書くのももうこれでやめる。

壷井兄に
自分は、近いうちにシベリアへ行く。生きて帰れるか帰れないか分らぬ。死んだならば、必ずこの日記を世の中に出してくれ。僕の一生に於て、現世に残して行く、おくりものは、この一篇だけだ。この日記もの足りないものだ。が、僕の心の一部だけは、表わしている。時に、字がまちがったり、文句がへんになっているところがあるが、そんなところをなおすまがない。

さらば我れを知りてくれし人々よ！
繁治兄よ、松蔵兄よ、
梅渓氏よ！

なすこと少なくして、吾れは、遥か北なる亜港の地に行くぞ！

大正十年五月一日

シベリアへ。同行十一人。

午前九時四十五分姫路駅列車にてたつ。

午前六時四十二分敦賀着。

あらやという気持の悪い宿にとまる。各部隊より尼市派遣の者来り会す。

大正十年五月十日

姫路から来た者も別れ別れになる。浦上、坂口は尼市。吉田、大西、則枝、竹市、僕の五名はラズドリノエへ。深川看護長はスパスカヤへ。

自分等は夕食後、他の師団の者と一緒にラヅに向って出発の筈。

シベリアの野

遠くに黒い山が見えている。併し行っても行っても焼けあとのような枯野ばかりである。そうして、黒く見えていた山は来ない。吾には常緑樹の生えている日本の山を想像に浮べる。が、常緑樹の生えている山はない。たまに黒い葉をつけた樹があっても松や杉ではなく栂や欅のようなものである。はてしない枯野の彼方、北方では放し飼いされた牛がいる。ところどころに人家がある。小川には鶩がないている。豚や鶏も少くない。

湿けた低地には、点々として苔がある。

『軍隊日記』とは、「遺書」である。戦争で異郷の地に狩り出された黒島伝治が死と差し向かいながら心情を書かねば、精神の均衡が保てなかった命の叫びともいえる。日記に書きつづられた心情は、戦争とはどんなものかがわからずに誰しもがかかえる不安感と恐怖の念が出ている。希望を夢を摘みとられ、人生を奪われてしまうことへのやるせなさが言葉のはしばしにつぶさに表れている。

第二次世界大戦後に、親友であった詩人の壷井繁治が世の中に忘れられないように、友の生きた証しともいえる日記を一九五五年、本にまとめあげた。壷井と黒島は、同じ小豆島出身で早稲田大学で文学を志ざした間柄だった。壷井の妻は『二十四の瞳』の作家、壷井栄である。ともにプロレタリア文学運動に身を置いた友であった。

シベリア出兵の本質はなんだったのだろうか。歴史上、初めて社会主義国として「産ぶ声」をあげた若きソビエトに、階級的立場をあらわにした帝国主義列強国は憎悪と鋭い牙をむき出したまま襲いかかったのである。資本主義国家の存在を脅かすものはどんな手を打っても力で押しつぶすのが至上命令であった。それが一九一八年のシベリア出兵というかたちをとった帝国主義列強国の干渉戦争だった。帝国主義的進出をはかり、海外侵略で資源と領地の略奪をたくらむ日本帝国主義は、この機を見逃さず、連合国イギリス、フランスとともに軍隊を派兵する。

日本の派兵は七万数千人まで達し、反革命勢力との密着さはきわだっていた。他の連合国が干渉政策の不利をみてとって撤兵に踏み切っても、日本は単独で駐留をし、一九二二年に撤兵するまでシベリアにおいて武力干渉は五年間にわたったのである。ぼう大な戦費と人員をつぎこみ、野望を打ち砕かれて敗者となった。この侵略戦争は、帝国主義的進出だが、その後、一九三一年から敗戦を迎える一九四五年まで継続した特質をもっていたことは近代史で見逃してはならないことである。資源と市場の獲得は至上命題なのだ。

『軍隊日記』は、シベリア出兵を生の肌で感じとり侵略戦争とは何かを白日のもとにさらした文学青年の手記、というより日記文学といっていい。

黒島伝治は、大正八年に姫路の歩兵十連隊に衛生兵として入り、三年後の大正十一年七月十一日に肺結核で兵役免除となる。文学を志ざしていた黒島は、まず大正十四年、同人雑誌『潮流』に「電報」を発表、評価を得る。続いて雑誌『文芸戦線』に「銅貨二銭」を大正十五年一月号に発表して世の注目を集める。文芸戦線の時代に、「豚群」など次々と作品を世に押し出していく。とくに一連の「シベリア物」といわれる、自らのシベリア出兵の体験から醸し出された作品には反軍国主義の文学として歴史的に高い評価をされた作品がある。「雪のシベリア」「橇」「渦巻ける鳥の群」「パルチザン・ウオルコフ」などである。プロレタリア小説として、いかんなく時代と対置した反戦小説の芸術性を輝せながら、軍隊の非人間性を暴き、戦争の本質を白日の下に描き出しきっている。

二

作品に「雪のシベリア」がある。反軍国の意識がほとばしっている。だが言葉で説教しているのではない。淡々とした事実を積み重ねながら心に食い込んでくる。映画を観ているかのような描写表現と息をつかせない話の展開に思わず体ごと吸い込まれていく力をもった作品である。

日本に帰還する同年兵たちを見送って、兵舎の寝台に横たわって黙りこくり溜息だけつく二人、吉田と小村がいる。四年兵と三年兵の大部分は帰れたのに、二人は新しく派遣されてきた二年兵の指導のために居残りとなったのである。シベリアに誰も長くはいたくない。一生懸命に勤勉に軍務を果たし、よく働き、その報いとして早く返してくれると信じていた。しかしその報いは、一年間「お国のために、シベリアにいなければならない」だけであった。よく働いて、使いやすい二人が残されたのだ。この皮肉な人生。反対に、軍医や看護長に文句を言う屋島が帰された。規則正しく勤務することを要求した軍医を追いかけ回すような荒っぽくて使いずらい兵卒は必要ではなく、厄介な邪魔者な存在でしかなかった。組織の規律を重んじる軍隊ではなおさらのことだった。だからこそ一番目に、帰還させるリストに載せられたということだ。いつの世も、社会にも似たようなことがある。

二人はやけになり、なげやりな気分で虚脱状態の日々を過ごす。その心の隙間を埋めるため雪原にたびたび兎撃ちに出かける。だがそこはまぎれもなく戦地だったのだ。その現実を思い知るときがくる。ある日、パルチザンに捕まる。緊迫した一瞬がひたひたと押し寄せる。

老人は若者達に何か云った。すると若者達は、二人の防寒服から、軍服、襦袢《じゅばん》、袴下、靴下までもぬがしにかかった。

……二人は雪の中で素裸体《すっぱだか》にされて立たせられた。二人は、自分達が、もうすぐ射殺されることを覚《さと》った。二三の若者は、ぬがした軍服のポケットをいち〱さぐっていた。他《ほか》の二人の若者は、銃を持って、少し距った向うへ行きかけた。

吉田は、あいつが自分達をうち殺すのだと思った。すると、彼は思わず、聞き覚えの露西亜語で「助けて！　助けて！」と云った。だが、彼の覚えている言葉は正確ではなかった。彼が「助けて」（スパシーテ）というつもりで云った言葉が「有がとう（スパシーボ）と響いた。露西亜人には、二人の哀願を聞き入れる様子が見えなかった。老人の凄い眼は、二人に無関心になってきた。向うへ行った二人の若者は銃を持ちあげた。

それまでおとなしく雪の上に立っていた吉田は、急に前方へ走りだした。すると、小村も彼のあとから走りだした。

「助けて！」

「助けて？」

「助けて！」

二人はそう叫びながら雪の上を走った。だが、二人の叫びは、露西亜人には、

「有難う！」

「有難う！」

「有難う！」

と聞えた。

……間もなく二ッの銃声が谷間に轟き渡った。老人は、二人からもぎ取った銃と軍服、防寒具、靴などを若者に纏めさして、雪に埋れた家の方へ引き上げた。

「あの、頭のない兎も忘れちゃいけないぞ！」


どこか哀切さが漂いながらも、人間の滑稽さが色濃くにじんでいる。人の生が途絶える深刻な情景を描いているのだが、何かそのままを受け入れてしまう不思議な表現力である。これは黒島伝治のもつ確かなリアリズムの表現力と詩情あふれた文学がなせる力である。手で触れ、目で見て、五感で感じとったものを文学に昇華する能力を有していた稀有な作家であったがゆえに、リアリズムの表現方法が体に沁みついていたともいえる。頭だけでなく五感からにじみ出た感性で表現した文学だったので心を揺さぶる力があった。

戦争とは何かを知りたければ黒島伝治の作品を読めばいい。そこには、戦争によって人間性を

喪失し、野獣と化した怪物がいる。現実であって現実ではない付喪神《つくもがみ》が現存する世界を目のあたりにすることができるからである。付喪神とは、古い器物が妖怪化したものをいう。時間と環境があり、人が絶望すればじっくり熟成されて物は別のものに変化する。人間もまた化けてしまう。戦争とは、非日常的状態であり、人間が人間として存在しえなくなるということである。戦争と人間の関係、その真実をあますところなく黒島の筆力は見事に絵図を見るかのように描ききっている。詩情と砥ぎすまされた感性のリアリズムが、まぎれもなく戦争とは何か、その非日常的な空間と時間で生きる人間存在の危うさを描きとった文学を創った。

プロレタリア文学は古い、イデオロギー過剰といわれる。そういう人たちの浅薄さが目について仕方がない。というのは、研究者といわれる人の文章にはもの足りなさがある。作家や作品について平板に論じ、難解な言葉を駆使した文章が立派な論文と錯覚してしまっている。新しいということが鍵になっている。「古くなった」「誰も読む人がいない」という一言でふり返ろうともしない。作品がよかろうが悪かろうがもう関係ない。現実ではたえず新しいということが大切なのである。文学のことなのに、作家の作品を読みたいという気持ちを湧かせない文章を平気でまとめ、逆に人を文学から遠ざけている。難解な言葉で文章を書くことが、「専門家」という思い込みがあるようだ。大きな間違いである。学問の世界ほどそのことが顕著に表れている。文学は、その時代に生まれて生きる人間の生き方、社会と個人の関係、自己の確立をはかる作用をもつ力がなければならない。文学には人間の五感を呼びさまし、興を起こし、思弁する気持ちを引き出す作用がある。文学に親しむ、人生を重ね合わせて思考する喜びといったことがすっぽりと抜け落ちていては意味をなさない。

とくに、プロレタリア文学の場合、作品の背景、背骨にマルクス主義、社会主義という思想があるのに、そこの本質的な理解力がなく、語れば的はずれな論が展開されざるをえない。思想が欠落していればプロレタリア文学の正しい評価はできない。「天動説」のくり返しで堂々めぐりするだけである。文学的な評価を定めることはできない。その意味で、黒島伝治の文学を味わえば、透し彫りのように今日の世界がよく見えてくる。憲法九条を変えて「戦争のできる国」日本に体制変革することで、海外進出と以前とは形を変えた資源の略奪、市場の強奪のために資本は動いているのは間違いない。

一方で、窮乏化は増大するばかりだ。精神的に病んだりして自殺する人は毎年数万人を超えている。ホームレス、貧困者は次から次へと時間差で餓死する運命に身をまかせるしかない。この現実、日本の社会は病んで体と心を蝕んでいる。出口のない、希望のない社会に民衆はいらだちを隠せなくなっている。変革を求めている。岐路を間違えばファシズムへの道を進んでいく。今の世は危うい社会でもある。

プロレタリア文学は社会を変革する力と感性を会得するために、創造された芸術である。悲惨な現実をあるがままに見つめ、その病巣を治していく力をもった人間性回復の文学なのだ。作品にとっては、百年も経てば現在と同じかどうかは誰も確認することはできない。だが芸術の効果は確かに変わることなく存続している。作品で描かれた人間が語りかけるのではなく、自己を表現した作家が語りかけるから現実性をもってくるのである。

黒島伝治は肺結核で長い長い療養生活、特高の監視、周囲の白い眼の包囲網で生きていくしかなかった。孤独な生活を過ごしたが、人の世は沙漠だったのだろうか。文学作品からはそうとは考えられない「生きよ」という力の波動を受けとる。戦争とは何かを知りたければ黒島伝治の文学を読めばいい。そこには人が生きるには何が大切かという真実がある。人間を信じる心とものの本質を見極める目力、現実を見る透徹したリアリズムの文学がある。

14　映画「ある女工記」を観る視点
――葉山嘉樹『淫売婦』と宮澤賢治『注文の多い料理店』の共通性

宮澤賢治の『注文の多い料理店』の中に「山男の四月」の童話がある。その物語の中心は「六神丸」である。葉山嘉樹の短編「淫売婦」の主題もまた「六神丸」にある。なぜ、二人の作家の作品のテーマが共通しているのだろうか。

本が出版された年月は、『淫売婦』は大正一五（一九二六）年七月一八日、『注文の多い料理店』は大正一三（一九二四）年一二月一日である。脱稿は、「淫売婦」が一九二三年七月一〇日、「山男の四月」は一九二二年四月七日となっている。

童話集『注文の多い料理店』は、宮澤賢治の意志で、初め大正一三年四月、『山男の四月』の題で刊行される予定で広告まで印刷され振替用紙も作られていた。だが周囲の助言で『注文の多い料理店』に改めて出版された。発行部数は一〇〇〇部、うち七〇〇部は印税として宮澤の手に渡った。当時の県立福岡中学校の図画教師の菊池武雄が装幀・挿絵を描いた。その画料として一

○部を贈られたが、委託した本屋では一冊も売れなかったという。
この二つの作品には共通性がある。注目点は作者の「心象表現」にある。
『淫売婦』の書き出し。

若し私が、次に書きつけて行くようなことを、誰かゝら、「それは事実かい、それとも幻想かい、一体どっちなんだい?」と訊ねられるとしても、私はその中のどちらだとも云い切る訳に行かない。私は自分でも此問題、此事件を、十年の間と云うもの、或る時はフト「俺も怖しいことの体験者だなあ」と思ったり、又或時は「だが、此事はほんの俺の幻想に過ぎないんじゃないか、たゞそんな風な気がすると云う丈けのことじゃないか、でなけれりゃ……」とこんな風に、私にもそれがどっちだか分らずに、この妙な思い出は益々濃厚に、精細に、私の一部に彫りつけられる。然しだ、私は言い訳をするんじゃないが、世の中には迚も筆では書けないような不思議なことが、筆で書けることよりも、余っ程多いもんだ。たとえば、人間の一人々々が、誰にも言わず、書かずに、どの位多くの秘密な奇怪な出来事を、胸に抱いたまゝ、或は

六神丸の挿絵

忘れたまゝ、今までにどの位死んだことだろう。現に私だって、今こゝに書こうとすることよりも百倍も不思議な、あり得べからず「事」に数多く出会っている。そしてその事等の方が遥に面白くもあるし、又「何か」を含んでいるんだが、どうも、いくら踏ん張ってもそれが書けないんだ。

「山男の四月」は、夢想の世界を描く。樵に化けた山男が町に下りてきて魚屋の前でじっと立ちすくむ。タコをじっと見ていると、大きな荷物を背負った汚い浅黄服の「支那人」に「あなた、支那反物よろしいか、六神丸たいさんやすい」と声をかけられる。「支那人」の風体に「ぐちゃぐちゃした赤い眼が、とかげのようでへんに怖くてしかたありませんでした。」と恐怖心を起こすが「小さな赤い薬瓶」を目の前に差し出される。

あなた、この薬のむよろしい。毒ない。決して毒ない。のむよろしい。わたしさきにのむ。心配ない。わたしがビールのむ、お茶のむ、毒のまない。これながいきの薬ある。のむよろしい。

強引に薬を飲むように勧められる。そこで情景が一変する。

山男はほんとうに呑んでい、だろうかとあたりを見ますと、じぶんはいつか町の中でなく、空のように碧いひろい野原のまんなかに、眼のふちの赤い支那人とたった二人、荷物を間に置いて向いあって立っているのでした。二人のかげがまっ黒に草に落ちました。

そこには異空間の魔界が現れている。山男の未来を暗示する展開だ。

「山男の四月」の末尾は、夢の世界から目覚める山男の独語ではじまる。

「助けてくれ、わあ、」と山男が叫びました。そして眼をひらきました。みんな夢だったのです。

雲はひかってそらをかけ、かれ草はかんばしくあたたかです。

山男はしばらくぼんやりして、投げ出してある山鳥のきらきらする羽をみたり、六神丸の紙箱を水につけてもむことなどを考えていましたがいきなり大きなあくびをひとつして言いました。

「え、、畜生、夢のなかのこった。陳も六神丸もどうにでもなれ。」

それからあくびをもひとつしました。

二

もう一つは、「六神丸」は人間そのものを原料にしている事実である。そのことで効果的に資本主義社会の機構、本質をえぐり出している。

「山男の四月」では、中国人から渡された小さなコップに注がれた「ながいきの薬」を飲むと六神丸に変化する。

山男はあんまり困ってしまって、もう呑んで遁げてしまおうとおもって、いきなりぷいっとその薬をのみました。するとふしぎなことには、山男はだんだんからだのでこぼこがなくなって、ちぢまって平らになってちいさくなって、よくしらべてみると、どうもいつかちいさな箱のようなものに変って草の上に落ちているらしいのでした。（やられた、畜生、とうとうやられた、さっきからあんまり爪が尖ってあやしいとおもっていた。畜生、すっかりうまくだまされた。）山男は口惜しがってばたばたしようとしましたが、もうたゞ一箱の小さな六神丸ですからどうにもしかたありませんでした。

『淫売婦』では、若い船員が倉庫で淫売婦と出会うまでの不安感を「私は六神丸の原料としてそこで生き胆を取られるんだ」と緊張感を漂わせた表現を駆使している。

ビール箱の陰には、二十二三位の若い婦人が、全身を全裸のま丶仰向きに横たわっていた。彼女は腐った一枚の畳の上にいた。そして吐息は彼女の肩から各々が最後の一滴であるように、搾りだされるのであった。

彼女の肩の辺から、枕の方へかけて、未だ彼女がいくらかの物を食べられる時に嘔吐したらしい汚物が、黒い血痕と共にグチャグチャに散らばっていた。髪毛がそれで固められていた。そして、頭部の方からは酸敗した悪臭を放っていたし、肢部からは、癌腫の持つ特有の悪臭が放散されていた。こんな異様な臭気の中で人間の肺が耐え得るかどうか、と危ぶまれるほどであった。

悲惨な状態を描いた淫売婦に、「殉教者を見た」と言い切った葉山嘉樹は、虐げられた人々への慈しみと共感、人間的な温かな眼をもって生きる姿勢を終生、崩すことはなく、その生き方は作品の中に投影されている。葉山嘉樹は、「『淫売婦』の思い出」について『文壇出世作全集』（中央公論、一九三五年）に記憶鮮明に書き残している。

娑婆に、老母と妻子三人、それを貧乏などと云うもおろかな裏《うち》に残して、独房裡にあって、昼も夜も起きるでもなく眠るでも無く、考えるでもなく思うでもなく、現ともなく幻ともなく、書き上げてしまったら『淫売婦』が出来ていた。

それはこの作の冒頭にある通り、私の経験でも無いし、経験だとも云える。云いようによっては、今時、この作の情景位、誰しも経験しないものはないと云っても、過言ではあるまい、いや、もっと進んでいるだろう。

今ならあれを「屍」として、描いたかも知れない。

（一九三五・八、信州赤穂村にて作者記）

「今ならあれを『屍』として、描いたかも知れない」という言葉が頭の中をよぎる。長編の代表作、「海に生くる人々」は、『葉山嘉樹日記』（筑摩書房）によれば獄中で書かれたときは、「難破」の題がつけられていたと記述している。この二つの作品には共通の特性がある。それは資本主義社会の機構のなかで搾取され、生きたままボロボロの体と心に変形して滓として使い捨てられる労働者階級の姿を暗示していることだ。その表現が、「淫売婦」では「六神丸」として使用されている。

「起死回生の霊薬なる六神丸が、その製造の当初に於て、その存在最大にして且つ、唯一の理由なる生命の回復、或は持続を、平然と裏切って却って之を殺戮することによってのみ、成り立ち得る。とするならば、『六神丸それ自体は一体何に似てるんだ』そして『何のためにそれが必要なんだ』それは恰も今の社会組織そっくりじゃないか。」とこの作品の主題を置いている。

その上で「彼女は、人を殺さねば出来ない六神丸のように、又一人も残らずのプロレタリアがそうであるように、自分の胃の腑を膨らすために、腕や生殖器や神経までも噛み取ったのだ。生きるために自滅してしまったんだ。外に方法がないんだ。」と問題の本質に限りなく迫っていく。

二つの作品に共通している考え方がある。それは「人を殺さねばできない六神丸」ということだ。本来、「六神丸」は漢方薬で麝香、牛黄、人参などで作られていて鎮痛、強心、解毒の効能が高い起死回生の薬である。中国から渡来した薬で大正、昭和の時代に珍重され中国人が行商していた。資本主義社会の構造を的確に突いた表現である。つまり、「労働力を商品として再生産する」ことによってしか、その社会機構を維持できないという資本主義の根源的な矛盾を暴露している。


この二つの作品がこの世界に発表されてから日本の資本主義社会は、一〇〇年を過ぎている。そこに貫く資本主義制度の搾取は、現代社会においても何も変わりなく続いている。貧困の格差は誰の目にも見え、生きづらい世の中がどっかりと横たわって人を圧殺している。人間の生き血を吸って肥大化する醜悪な姿はそのままだ。資本主義社会の現実と法則は今日も生きている。宮澤賢治はトルストイやウィリアム・モリスの理想郷、ユートピア的社会主義に魅了されていた。「羅須地人協会」を設立、開墾生活、稲作指導、農民への芸術の必要性を感じて実践していた。

そのために警察から社会主義者と疑われて事情聴取まで受けていた。宮澤賢治の研究者には、「山男の四月」について「テーマがはっきりしない」という人もいる。また、食物連鎖として生命を食べてつなぐと考える人もいる。だが果たしてそれだけだろうか。

宮澤賢治はなぜ最初の本、生前中に自らの手で出版できた童話集にわざわざ『山男の四月』のタイトルをつけようとしたのか。宮澤の蔵書のなかには高畠素之訳のマルクスの『資本論』があった。商業と貨幣の問題、農民の貧困と真っ向から向き合った賢治は、質屋を家業とした実家をきらい後を継がなかった。この社会の搾取の問題に眼を付けざるを得なかったと考えるしかない。葉山嘉樹もまた、労働運動、社会主義運動で牢獄中に高畠素之訳の『資本論』を差し入れてもらい勉強している。プロレタリア文学の作家として資本主義における搾取のからくりを作品にして鋭く社会と対峙した。葉山嘉樹は「淫売婦」で悲惨な女性の実態をあますところなく描き、宮澤賢治は「山男の四月」で「ははあ、六神丸というものは、みんなおれのようなぐあいに人間が薬で改良されたもんだな。」とだまされたことに気づく山男を描いた。二つの作品に共通しているのは、資本主義社会の醜悪さ、人間を殺さねば薬効のある「六神丸」が作れないという矛盾を容赦なく暴露したところに文学としての芸術性の高みが醸し出されたといえる。

宮澤賢治の「イーハトーヴ」（心象スケッチ）もまた、時間の拘束から自由な世界へと意識を解き放つ想像力を刺激する空間をもっている。そこには人間の喜怒哀楽を受容する余白がある。創造された芸術作品は、人間の感性が入り込むことによってより磨かれて芳醇なものへと変化していく。そこに芸術のおもしろみがある。芸術性をもつ作品は、永遠の未完成品だと思う。文学、美術、演劇、音楽にかぎらず作品は見る人、聴く人の感性を受け入れる余白を残している。だからこそ、いつの時代になっても人を魅惑し、引き込んでいく磁力をもつ。原作「淫売婦」が映画『ある女工記』としてこの世に生を受けた。観る人の意識と感性が注がれることで歴史のなかに足跡を残せればいいことなのだろう。

第Ⅲ部　粘り強く生きるひとびと

15 「独立作家クラブ」のこと

一

軍国主義の色彩が濃くなってきた時代、一条の光明がともる。プロレタリア文学運動がほぼ根絶やしにされていた時期、「独立作家クラブ」が結成された、一九三六年一月十九日のことである。それは日本がファシズムへと大きく歯車を動かすことになる「二・二六事件」の年でもあった。「独立作家クラブ」を共同戦線、統一戦線、反ファッショ人民戦線の萌芽、一形態として歴史的に位置付けることで今日の現実的な問題である憲法「改正」の動きに対して何をなすべきかを考えたい。時の大河を流れ現代に現れた漂流物、時代の空気が薄ぼんやりと感じとられる「設立趣意書」は、その存在意義を唱える。

冬が近づいて来ました。御元気のことと思ひます。

吾々プロレタリア作家は、長い間分散状態にありましたが、分散にも拘らず静かな歩みを進めて、吾々の文学こそ、現代日本文学諸流派の中で、最も豊富な潮流であり鉱脈であることを世に示し且つ自信することができました。

不利な條件の中で、幾度か失はれようとする道を、自ら求め自ら切開いて歩み通してきた仲間に挨拶をおくります。再び顔を合せる機会を作りたいと思ひます。さゝやかなクラブでい、から、この自信とこの友情の上に、古い新しい仲間の集りを作りたいと考へました。

すでに吾々の間には、多くの団体と雑誌が生れてゐます。集るべきものが集りつゝあるのだと考へます。「独立作家クラブ」はこれらの団体の発展を希ひつゝ、それらを大きく弛やかに抱擁する純然たる友情団体であります。従つて一切の政治的党派から独立し、ひたすらに作家の友情と才能を育て、プロレタリア文学の発展に微力を致さうとする「クラブ」であります。

討論も充分でなく、発起人の専断にすぎた点もあることと思ひますが、その点は長い仲間として許していたゞきたいと思ひます。

次に規約をお目にかけます。

一　クラブは「独立作家クラブ」と称する。
二　クラブはプロレタリア作家の親睦と互助を目的とする。
三　クラブは一切の政治的団体から独立する。

四　クラブ員は文学に従事するものに限る。
五　クラブ費は年額二円とし年二期に分納する。
六　クラブは幹事五名を置く。幹事は一般事務並びに会計を掌り任期は一年とする。
七　幹事会は毎月一回、クラブ員総会は春秋二期、その他随時に研究会親睦会等を開く。
八　クラブ員の入会及び退会は幹事会の決定による。（附則　第一次クラブ員及び幹事は創立発起人の推選《ママ》による。）

甚だ簡単な規約ですが、つとめてさうしたのです。第一次の幹事を江口渙、青野季吉、林房雄、平林たい子、松田解子とし、入会勧誘状を約八十名のプロレタリア作家（小説、評論、戯曲、詩、歌、すべての作家）に送り、その返事をもつて創立総会に代へます。変則な行き方でありますが、これが最も実際的な方法だと思ひますので、これも御承知下さい。クラブ員の名簿は、まとまり次第お知らせ致します。尚、創立までの事務は「相州鎌倉浄明寺宅間谷林房雄」が扱ひます。十二月二十日までに林宛に返事を下さい。

新春とともに最初の集りを持ちたいと思つてゐます。

一九三五年十二月十日

江口　渙
青野　季吉

林　房雄
平林たい子
松田　解子

日本のプロレタリア文学運動は、そもそも共同戦線から成り立っていた。一九二四年六月創刊の『文芸戦線』の綱領は、確かに芸術における共同戦線を宣言している。芸術運動における共同戦線を志向した『文芸戦線』は、プロレタリア階級の歴史的使命を意識化した作品を発表していく。

しかし、日本帝国主義は海外侵略のために国内の反対する勢力の中心となる社会主義運動、労働運動への執拗で過酷な弾圧を加える。国家権力の熾烈な攻撃のなかで衰退をしていく。一九三四年二月に労農芸術家連盟を再発足させ『新文戦』を発刊した。それも一九三四年十二月号の発刊をもって終わりとなる。また時を同じくして、ナルプも一九三四年二月二十二日に、第三回拡大中央委員会で解散を決める。

二

プロレタリア文学運動が資本主義社会を変革する社会主義の思想を包み込んでいる以上、国家権力の弾圧の集中砲火を受ける宿命にあった。一九二五年に治安維持法が成立する。

第一条　国体若ハ政体を変革シ又ハ私有財産制度を否認スルコトヲ目的トシテ結社ヲ組織シ又ハ情ヲ知リテ之ニ加入シタル者ハ十年以下ノ懲役又は禁錮ニ処ス
前項ノ未遂罪ハ之ヲ罰ス

となっていたが、何度かの改正で、適用範囲と罰がますます厳しく重たくなる。処罰は死刑にまで拡大されていく。共産党とその支持者の逮捕、拘束や労農派グループの影響を受けた無産政党への弾圧は矢次早やであった。一九三七年十二月十五日、山川均、荒畑寒村、大森義太郎、向坂逸郎ら四百人余が検挙された第一次人民戦線事件、一九三八年二月一日の大内兵衛、宇野弘蔵ら約四十名を検挙した第二次人民戦線事件で、反戦の反対勢力をつぶして、社会主義運動、労働運動の根絶やしをはかろうとした。それは、日本帝国主義が満州事変から太平洋戦争へと海外への侵略戦争を推し進めていくための体制づくりであった。「十五年戦争」である。転向者が相次いでいく。その破壊された廃墟のなかから、芽生えたかのように出現したのが「独立作家クラブ」であった。

「独立作家クラブ」の結成へさきがけたのは林房雄である。『文学評論』（一九三五年九月号）に、「作家クラブのこと」を提唱する。

再団結の機運も、もう充分に熟してゐる。一年前に、かなり根強く一部のものを支配してゐた悲観主義は一掃されて、プロレタリア文学建設の積極的な意志が前面にあらはれてゐる。理論的な対立はあつても感情的な対立は次第に影をひそめようとしてゐる。「新文戦」の諸君との握手もほとんどできあがつたやうだ。雑誌も「文学評論」「文学案内」「日本浪漫派」「詩精神」「婦人文芸」「新文学」など、それぞれの特色を指して、基礎をかためてつゝある。新しい読者網もひろがつて行くであらう。この機運を前にして、さまざまな試練に堪えて成長したプロレタリア作家・批評家の再団結への希望も、自ら盛んなものがあらうと信じる。

今度生れる作家団体は、「プロレタリア作家クラブ」または「独立作家クラブ」などの名であらはすことのできるゆるやかな親睦機関でよからう。それ以上のものは望まない方が、あらゆる意味でいゝだらうと思はれる。……

林房雄の意気込みがよく現れた文章である。作家クラブ『会報』第一号の発行人は林房雄となっている。住所は鎌倉町浄明寺宅間谷、印刷所は京文社印刷所、住所は鎌倉町雪ノ下二八一番地、と記されているが発行年月日がない。九十八名が名前と住所を連ねている。この会報第一号は、一九三六年一月十九日の独立作家クラブ第一回総会の内容を伝えている。五十人が集まった会の雰囲気を象徴的に現すのが「挨拶」である。「久しぶりに、青空を見た気持」で集まった第一回総会で、「堅苦しいことは、一切抜きにする。大いに胸をひらいて、プロレタリア文学の発展のために、親睦」するはずの独立作家クラブは船出から暗礁に乗り上げる。組織の性格、位置付けをめぐる問題だった。「設立趣意書」の規約では明確に「クラブはプロレタリア作家の親睦と互助を目的する。」と記されている。それなのに何が問題となったのか、プロレタリア作家の集まりだけではなく、自由主義的進歩的作家も含めたクラブにしようという意見の対立であった。

この背景には、何があるのか。反ファッショ人民戦線の考え方があったのである。ディミトロフがコミンテルン第七回大会で人民戦線を提唱した。「ファシズムの攻撃ならびに労働階級の反ファシズムのための闘争におけるコミンテルンの諸任務」の報告演説である。一九三五年七月二十五日のことだった。大会は七月二十五日から八月二十五日にまで及んだ異例の長さであった。それだけ世界を巻き込んだファシズムと世界大戦になるという危機意識の現われでもある。ドイツのナチズム政権の横暴さと惨忍さ、世界的なファシズム勢力の影響力の増大に対して人民統一戦線は民主主義を擁護し、平和を守る意義をもっていた。人民戦線の画期性とは何か、それまでの唯一、共産党だけが社会を変革する勢力であるという認識から社会民主主義や自由主義とも共同戦線を築き、画一的な国際戦略で活動するのではなく、各国の事情をもとにしながら共同戦線をつくり平和運動、労働運動、社会主義運動を推し進めていくことを戦略にしたところに歴史的に大きな前進があった。

だが、労農派は一九二七年十二月に事実上の「旗揚げ」といってもよい雑誌『労農』を発刊したときから、山川均は「政治的統一戦線へ」を提起し、無産階級における共同戦線の確立を理論的にも提示していた。政治的統一戦線の理論と実践を労農派はすでに世界に先駆けて日本で追求していたのである。その思想は、第二次世界大戦後も、すぐに向坂逸郎が山川均と相談し、平和革命論を提起しているが、これも世界で初めての画期的な革命理論であった。つまり、マルクス、エンゲルス、レーニンの科学的社会主義の理論を一律にではなく、模倣するでもなく日本の主体的、客観的条件を的確に政治、経済から緻密に分析した上で提示された理論である。自分の体にしっかりと頭をつけた上で自らの力で考え、判断する理論的な能力を養っていたのである。だから他の国の党からの指示指令で右往左往し、方針を転換することはなかった。日本における社会主義への進路を指し示す能力を有していたといえる。現代も同じ濁流が日増しに流れと勢いを強めてきている音が聞こえてくる。今日、いわれる「美しい国」とは「戦争ができ

雑誌『文学案内』第三巻第一号

る日本」になることである。そのために国を担う人材の育成のために教育基本法が改悪され、日本国憲法が世界に誇る九条の戦争放棄が消されようとしている危うい日本がある。足元から生活の基盤が崩れて行っている。

いつの時代にも平和を築く共同戦線は空気のようなものである。反ファッショの最後の砦として築かれようとした独立作家クラブにも意見の違いが現れる。組織的な性格と位置付けの意見の違いを『独立作家クラブ会報』第一号からひろうと次のようになる。違いは進歩的、自由主義的な考え方の作家も入れろというのと、あくまでもプロレタリア作家の親睦団体であるべきだという意見の対立だった。進歩的、自由主義的な考え方の作家を加入させろ、と主張した作家。

「自由なクラブを」徳永直

僕は過去の文化団体組織の欠陥に、まだ懲りした思ひ出がどきません。或る人々から云えば「なんだお前など痛い思ひ一つしないで」と笑はれるか知れないが、これは偽はらない気持です。だから僕は何でもかでもワッショイワッショイで、でつちあげることには不賛成なのです。……

そういふ時代には、広く自由主義的作家をも気安くはいってこられるやうにし、一方では若い労働者作家もドンドン入ってきて、自由に快談しうるやうなものとすべきであるし、そしてこれはこれとしての文学的、文化的仕事も出来るのじやないかと思ひます。

自由主義的作家を含めた団体化に反対をした理由は、プロレタリア作家の親睦を第一義に追求しようとする考えからの意見であった。

「私は反対」平林たい子

私は自由主義作家をこの組織に入れることには反対であります。

文芸に関する仕事には、文芸に関する政治上問題を扱う検閲反対運動とか、文芸懇話会反対運動とか、——と、積極的にプロレタリア文化をつくり上げて行く運動とかがあります。この団体の仕事は後者の方で、この仕事には、今までの経験上、所謂自由主義作家は役に立ちません。邪魔になつた経験はたくさんあります。

一、この団体はプロレタリヤ作家の団体であること。

二、文学者の反ファッショ運動のための結成の必要は、勿論みとめるが、この団体とは別なものであらねばならないと思ふ。

しかし、たたみかけるように中野重治は、『改造』(一九三六年三月号)に「独立作家クラブについて」を発表して、プロレタリア作家だけの団体にすることに批判を加え、いくつかの注文を

『文学評論』（一九三六年三月号）に「クラブへの希望」を執筆する。これは独立作家クラブへの関心が全国的に広がり、新聞、雑誌がとりあげていることに対応したものである。

三

独立作家クラブの結成は、沈痛な時代の淀みを一時でも吹き飛ばす一陣の風になった。内外の期待を込めた反響は大きく、広がりをみせている。

伊藤永之介らは同人誌『小説』の創刊号を一九三六年一月に発刊しているが、その編集後記で「低俗な下劣な文化のてうれうがます〳〵烈しくなるにしたがつて、さういふ小きたなさからからだを寄せ合つて、真の又《ママ》学を守らうとする動きが見えて来た。文学界の改組にもその意気込みが見えるし、独立作家倶楽郎《ママ》などもさうだ。」とまとまりを素直に歓迎している。

同人誌『ズドン』第一巻第三号（一九三六年五月十日発刊）で「独立作家クラブ内題特輯」を組んでいる。この雑誌は、文学、絵画、映画、演劇、音楽の同人誌と銘打って編輯発行兼印刷人は植田滋樹、発行所はズドン社で東京市豊島区長崎南町二丁目二一五二の住所となっている。司法省調査部編『プロレタリア文化運動に就ての研究』によれば、『ズドン』は『文学地帯』を改題した雑誌で、「文学運動の非合法的指導体の再建活動を期し」て、「（一）文学運動の組織化を計る為には非合法活動をも辞せざること　（二）今後の運動方針として、創作活動は組織方法と一致発展せしむること　（三）同人雑誌の統一を計り、下からの組織を作ること」ということで、協議の結果、「此の非合法グループを『三人会』と命名した。」とある。
　独立作家クラブを特集した『ズドン』から同人誌の意見をひろってみる。

「同人雑誌を結合せよ」金貌編編《ママ》部

独立作家クラブがこれから進歩的、自由主義的作家を加入させていくべきか何らかと云ふ問題でクラブの内部にも種々な意見があり又外部からも批評があるやうですが、われわれは同人雑誌に拠つて文学を進めてゐるものの立場から「進歩的・自由主義的作家をも包含すべきだ」と云ふ意見を支持します。これは現実の日本の状態からその正しさを論証する事が出来ます。

諷刺文芸雑誌『太鼓』は、第二巻第二号（一九三六年二月号）で、ノガワ・タカシの名で「独立作家クラブの誕生を祝う」と諷刺雑誌らしく皮肉を込めた詩で表現している。『文学案内』は、第二巻第二号（一九三六年二月号）で、青野季吉の「文芸時評――御免蒙って私語に終始する――」を載せている。その論旨は、反ファッショ的な、進歩的作家の結合はどうしても必要である、というものである。
　最後になるが、唯一発行されたとみられる、独立作家クラブの機関誌の内容に触れておく。雑誌とはいえないタブロイド版を二つ折りした四ページで、『作家クラブ』の題が付いている。発行日は「昭和十二年一月三日印刷、昭和十二年一月五日」で印刷所は「丸之内新聞社」東京市芝区田村町六ノ六、となっている。編輯発行兼印刷人は、中野重治である。冒頭に、「一九三七年に於ける文化及び文学」を置いている。そこで主張するのは、「思想のはつきりした文学――これが吾々の一九三七年に於て待望するところのものだ。」という。

内容は、まず「魯迅を悼む」の特集が組まれている。佐藤春夫が「魯迅の死に就て」、秋田雨雀が「中国作家魯迅の死について」、中野重治が「魯迅二題」を寄せている。続いて「一九三六年を送り、一九三七年を迎へる言葉」があり、中條百合子「歳末病臥」、前田河広一郎「今年を送り来年を思ふ心」、伊藤永之介「肉体の進歩」、黒島伝治「小豆島より」、藤森成吉「クラブへの要望」、佐藤俊子「私のお願ひ」、松田解子「一九三七年の自由」、青野季吉「一　「中学生」の希望」、間宮茂輔「世田谷古墳縁記」、若林つや「山の挑戦」、が名を連ねている。消息の欄では各種協会並にクラブと小野宮吉の訃報がある。他にクラブ主催のジャーナリスト招待懇会、入会者として佐野順一郎、小坂たき子、江森盛弥の名前があがっている。あとはクラブ費納入者の一覧。編集後記で、独立作家クラブ会報を『作家クラブ』という名称で届けを出し、第一号の発行としている。カットは若林つやが書いたという。この『作家クラブ』の編輯月番は岡邦雄が担当し、会報は毎月発行と決定しているが、その後発行されたかどうかは不明である。

この『作家クラブ』で、特徴的なことがある。

一つは、魯迅追悼号を組み、中野重治が魯迅の国際的視野の広さと業績を評価している。山本実彦が版画に対する魯迅の関心は東洋的なものであるかのように書いていることに関しての反論である。「魯迅は今年ケーテ・コルヴィッツの非常に立派な版画集を出した。また前にもソヴェート同盟のいろんな版画、特に有名な小説などの挿絵版画を集めて美しい本をこしらへてゐた。彼は中国の画家達のものに対して勿論非常に興味を持つてゐたらしいが、それらを通じて、それは東洋的なものを弾きはしないが、全体として東洋的云々と名づけることは決して出来ぬものだつたと思ふ。」と魯迅の見識の広さを認めている。

二つは、プロレタリア文学運動が国家権力の手によってほぼ壊滅させられていた時期に親睦とはいえ、作家同士の交流の場がつくられたことの歴史的な意味は大きい。どんな時代になろうとも文学する者が批判精神を磨きながら抵抗の芽を絶やさないのは歴史をつなぐ大事な仕事だからである。うつ屈とした時代の閉塞感の中で、来たる春に咲かせる蕾を育てる士気が失せていないことがわかる。中條百合子は、「目下は盲腸炎で、引こもり中です。しかしながら、その間に、未完結ではあるがゴーリキイについて伝記的な研究をしたことは、種々の面から私にとつては大きい収獲《ママ》をもたらしました。」と自ら研鑽していることを書いている。黒島伝治は、「小豆島より」の便りを出している。病に床伏す、当時の黒島の心境を知る貴重な短文である。「あの当時、病気も、気持も、最悪の状態にあつたが、専心療養の結果まだものをかくには前途遼遠だ。しかし、大いに元気をぶり戻してきた。本はよめるようになつてゐる。皆どういふようになつてゐるか知りたいので、会報もお送り下さらば幸甚です。とりあへず御礼まで草々（中野氏へのはがき）」と、療養中の身ながら、プロレタリア文学運動で共に生きた人々の身辺を知ることの歓びを述べている。

三つは、時代の流れに押しつぶされない作家の自省の問題がある。転向を考えるうえでのよい材料だ。伊藤永之介は、自らの生き方を通した思想を身につけているかと内省する。「僕はこのごろつく〴〵、自分の実体として発動してゐるものが一種のヒユーマニテイだといふことを感じてゐる。お前はプロレタリア作家かと言はれると顔が赤くなるが、さればといつて、その反対のものだときめつけられることになれば、自分のなかのヒユーマニテイは承知しない。

プロレタリヤの科学と思想は従来通り頭のなかにある。いつでもそれを取り出してお目にかけることは出来る。しかしそれは頭だけから出て来るもので、僕といふ人間がその命ずるがまゝに動くかといふと甚だおぼつかないのであるこの矛盾は誰でも存じてゐるところで、今日われ〳〵頭をなやましてゐる問題は、この思想と肉体の切れ離れをどういふ風に解決するかといふことである。」と軍国主義化が進む社会体制のなかでどういう表現ができるのかという作家だけではない種々の表現者の自己矛盾を洞察している。

そのことを前提としながら、「兎に角、人間として、作家として、かけ値のないところ、自分に残ってゐるものは、プロレタリヤの思想の洗礼を経たヒユーマニテイとでもいふより外はない。僕は思想的には後退し、肉体的には多少進歩したやうに感じてゐる。それがどういふ風に育っていくかが僕にとって今年の関心事である。」と自己の内心を披瀝する。そこには、プロレタリア文学運動の公式、型にはまった教条主義から脱け出て、文学において自らの姿勢をつくろうとする意欲がにじみ出ている。この姿勢は、この時代のプロレタリア作家といわれた人たちのその後の創作活動の成長と発展を指し示す重要な言質である。その考えがまとまっているのが、一九三九年一月に書かれた「自作案内」である。『文芸戦線』廃刊後、プロレタリア文学の運動団体もすべて解散し、社会的な分野で題材を求める意識もそがれてしまったが、それまでの外部ばかりに眼を向けることを要求されて、自己を振り返るゆとりがなかった伊藤がやっと自分と対峙することができたことを吐露している。「やがて私はかうして取り戻した自己を、一旦は振りすえた社会的現実と結びつけるやうになつた。以前にあれほど執心してものになりきらなかった拡りのある社会現実が、どうやら作品の上に多少でも生きて来るやうになつたのは、自己を振り返ることによって人間的現実をそれに結びつけることが出来るやうになつたためであると言へるやうな気がする」と内省した自己を発見する。この自省がなかったならば、「鳥類物」といわれる作品、第二次世界大戦後に次々と発表した人間の機微を描き社会を諷刺した小説は出現しなかった。つまり、「再発見した自己」が、己を振り返ることによって人間的現実を社会的現実に結びつけることを可能にし、円熟した質の高い小説へと高めたということである。この命題は、すべての作家に共通したものである。

形だけは整った独立作家クラブは、その後どうなったのだろうか。中野重治は『中外商業新報』（一九三六年八月二十七日）に「わが文芸時評」で次のようにこの間の事情をまとめている。「戒厳令がしかれてゐたり、クラブの性質についてのクラブ員の意見の相違が感情的対立にまで走つてゐたりして、第一回総会後あまり活動出来なかつた独立作家クラブが第二回総会を開き、かなり着実な第二歩をふみ出したことは喜びであると同時に大きなことでもあると思ふ。」と述べ、クラブの性質が「進歩的な人々を抱擁することにきめられた。」と書いている。だが、「委細が報道されるはず」の第二号が発刊されたかどうかは未見なのでわからない。時代の緊迫した情勢の中でめぼしい活動もできず終息していく。

実際に、独立作家クラブの活動は、林房雄も退き不活発になって本来の親睦の成果もあまりみられなかったといえる。それだけ、日本における共同戦線、反ファッショ統一戦線は文化団体に限らず政治の面でも未成熟だったことがわかる。「沖のかさごの口ばかり」というが、口ばかりでなかなか実行が伴わないのが人間なのだろうか。そのことは今日まで同じ問題を引きずっているようだ。結局、司法省調査部編「プロレタリア文化運動に就ての研究」によれば、独立作家クラブは「昭和十二年十二月十五日以降の、人民戦線、労農派の検挙について、本クラブも昭和十三年一月、解散するに至つた。」とある。三年有余の生命活動だったことになる。

第二次世界大戦で敗北した日本には軍国主義の足枷から解き放たれた自由な空気と民主主義の匂いが充満していた。中野重治は、「独立作家クラブ」消滅の反省をにじませた文章を発表し回想している。雑誌『新日本文学』（一九五六年八月号）に、「独立作家クラブの頃」を投じる。なぜこの問題に触れるのかその理由を「このときのことに、その後の日本文学の動き、政府との対抗関係で事がうまくはこばなかったことの見本のような点があるからでもある。」と述べている。その上で、解散・消滅に至ったことに周囲から厳しい中野重治への批判が巻き起こったことをあげている。

岡邦雄が「独立作家クラブはどうなるか」を発表したので、「ほんとうに困つた感じにおそわれた」と中野重治は事態の深刻さを受けとめている。その指摘は次のような内容だった。作家クラブの成立当初から、自由主義作家を入れることは暗黙のうちに解決されていたのに、いまさらのように問題として討議してしまった。そのことによって、提案者だった林房雄の気を腐らせて辞任に追い込み、他の幹事も辞めてしまうことになった。林房雄に峻烈な批判をして作家クラブを「壊滅」させた責任を中野重治には負うてもらわなければならないと痛烈な批判をする。そして、その問題は何であるのかを説諭している。「元来独立作家クラブは、フアシズムに対立する意味に於て、それから『独立』なのであり、従つて同時に自由なのであり、そしてそれだけの自由を有つといふ意味ではクラブは既に『自由主義作家』の集団なのである。だから自由主義作家を入れるとか、入れないとかは初めから問題でなかつたのである。その問題にならぬことを問題にして折角の結合を殆ど解体に等しい状態に陥らしめたことは、中野氏のみならず会員全体によつて、一応反省されていいことではないだらうか。」と問題の本質を鋭く突いている。

ところが、当時の中野重治の認識は「解体」の責任は逆の立場をとった「プロレタリア作家だけでかたまれ」と主張した人々にあるという次元だったのである。その上で、「私は、弱い程度の結合からさへだんだんに引きはなされ、ばらばらになつた姿で『太平洋戦争』の時期へ引きこまれて行つたのだつた。まもなく、問題をまじめに、しかしあんなふうに出した岡邦雄と一からげにして、私その他も執筆禁止の災難にあふことになつた。あのとき、自由主義作家を排除しろ、プロレタリア作家だけで行けといふ議論が出てきたとき、何とかいなしながらでも事を巧みにはこぶやり方があつただらうか。なかつたとただちに断言はできないが、これは研究してみなければならない。」と自省をにじませた考えを吐露している。

今日、共同戦線を築きあげていくために深く考えなければならない課題を提示している。いまこそファシズムの支配を許した過去の敗北から学ばなければならない情勢になってきている。憲法9条の改悪が焦眉の問題となっている。だがまだ大きな憲法改悪に抵抗する国民的運動はつくられていない。憲法9条が改悪されるということは、「戦争ができる国」日本に国家体制が変質することである。まがりなりにも、敗戦後の日本は日本国憲法が存在していることによって他国と戦争を交えることはなかった。憲法が抑止力となり、平和が維持されてきた。平和と民主主義は人間が人間らしく生きていくことができる社会的基盤である。平和は生命にとって空気のようなものであり、水である。平和が消え、戦争の渦が巻き起これば人間として生きていくことはできなくなる。そのために、平和を願う人々の力を合流させる共同戦線を必要とする時代が来たといえる。

奇しくも反目しあった林房雄と中野重治は時代の道中で同道することになる。林房雄が『転向に就いて』を一九四一年三月十四日に発行する。その第二版が四月二十四日に出されている。第二版には新たに附録として「『転向に就いて』を読む」という幾人かの知識人の賛辞が寄せられている。その中に中野重治の名前もみられる。

その林房雄の転向とは「僕が転向を意識したのは十年前であるが、マルクス主義の文献を全然不要にして低級な文献として未練なく書斎から放逐できるまでには七、八年かゝった。即ち意識の転向だけではなく、心情の転向の期間を必要とした。」というものであり、その結論として「転向とは、単に前非を悔ゆるといふことだけではない。過去の主義を捨てるといふことだけではない。共産主義を捨てて全体主義に移るといふことでもない。——一切を捨てて我が国体への信仰と献身に到達することを意味する。」ということに帰結させている。「忠君愛国」国家主義への埋没であり、そこからは日本帝国主義の「大東亜戦争」という侵略戦争への積極的な加担を文化人として担ったという歴史的事実だけが刻印されることになった。

ところで独立作家クラブの成立は時代の徒花で、徒労であったのだろうか、といえばそうではない。共同戦線、統一戦線は意見、考え方の違いを認め合い、話し合って一致したところで手を携えることにある。平和を維持し、戦争に反対する、民主主義を死滅させない、これが何にも代え難い宝なのである。これまでの人類の長い歴史の中で戦争こそが人間を獣化させ、すべての自由を剥奪することを幾度となく体験してきた。二つとない命までをも奪う最終の非民主主義的行為である。戦争だけはいけない。とすれば社会的存在の人間が人間らしく希望を持って生きることを描く文学は、いつの時代でも社会に向かって感性を研ぎ澄ましていなければならない。創造力を働かせて時代を突く、抉り出す役目を持っている。独立作家クラブはまぎれもなく戦争の時代、狂気の渦に巻き込まれていく民衆に平和の道標を示そうとした。小さな努力であったかもしれないが、その努力は文学をする人間、表現を生業とする人間が自由を尊ぶ精神を持っていることの証になったのである。

鉄面皮でもなければ無傷で人生を過ごすことはできない。多くの人は心にきずを受けながら、やっと大地に足で立って人生を歩んでいる。転向で精神と体に痛手を負いながら第二次世界大戦後、精神の復活を果たした人はいく人いただろうか。それでも人間性の回復をした人々の努力があったからこそ、戦後の日本は未だ他国と戦争することなく現在がある。人間にとって譲れないものがある、命の尊厳と自由に生きることができる社会の存在である。民主主義は人間が社会的に生存し、生きていく上で欠かす事のできない空気と同じである。空気が徐々になくなれば呼吸することが困難となり、最後は息絶えてしまう。民主主義と転向は不離一体のものである。独立作家クラブはまちがいなく戦争の時代に、かすかな力であろうとも文学を通した民主主義の防人であった。

16　柳瀬正夢（やなせ・まさむ）

一

心の旅を人はいつもしたくなる。その想いが強くなるのは、何気なくすごしてきた生活が足元から崩れ落ちるのを予知させるパラパラと響く土の音を耳にしたときからだろう。毎日の生活を通した鏡に孤独な姿が映るのを見るのが耐えられなくなる。そんなときがある。

心の漂流をしていた作家の窪川（佐多）稲子は、一九三七年の五月、裁判所の中でひっそりと息をつめて一人ぽっちで座っていた。プロレタリア文学運動に存在位置を占めていた稲子に国家は情容赦のない牙をむいていた時期でもある。プロレタリア文化連盟の活動を理由に治安維持法で起訴されていた。

この頃の稲子の身近、夫婦間には厳しい波風が立っていた。夫の窪川鶴次郎に付き合う女性がいて「別れ」の言葉が口の端にのぼっていた。著名な作家、ましてや社会運動に身を投じていた二人を世間は見逃してくれなかった。新聞、雑誌に書かれ騒がれた。世の人々は好奇の眼を注いだ。小説『くれない』を描き、稲子は心持ちを封じ込めた。

ああ、いつものような朝になった、と思う瞬間に明子の胸が一時に血が引いてゆくように、すうつと陥ち込んでいった。明子はその胸を抱えるようにしてベッドの上に起き上った。裏の窓からは欅の巨木が見えている。欅の眺めの親しさは、明子たちのすっかり変ってしまった状態を、沁みるような強烈さで揺った。

「あゝ、いつものような朝になった。」

明子は子供のように泣いて言い、きょろ〳〵と部屋の中を見廻した。

「なにも変っていない。なにも変っていない。」

「どうした。」

廣介が吃驚してペンをおいて立って来た。

「疲れているんだから、さ、静かにして、もすこし寝なさい。え。」

「いや、いや、いや。」

廣介の手を振り払って、定まらない視線をうろ〳〵させた。

「ああ、私は困った。どうしよう。堪えられないどうにかなってしまいそう。あゝ、こども、こども、帰って来い。ここへ来てお呉れ、しっかり摑まえておくれ。」

こども、こども、口から出まかせに言いつづけ、狂うようにベッドの上を端から端へ動き始めた。

「ああ、こんな淋しさ、こんな淋しさ、知らなかった。どうしたらいいかしら。一生懸命になって暮らして来たのは、一体なんだったのだろう。なんて馬鹿な、なんて馬鹿な。」

……。

「どうしたんだ。困るじゃないか。俺は仕事をしているんだよ。」

廣介がもて扱ひ兼ねて怒ると、そのことが又明子の胸にしみるのであった。あゝ、廣介は仕事をしている。女への愛情をもって、新しい生活への責任感で仕事をしている。私はこんな愛され方をしたことはない。こんな風に仕事をする廣介を私は希んでいた。廣介はこんな風には仕事をしなかった。それが、女房としての私の存在に罪があるというのなら、お互いの愛情そのものにもう矛盾が生じていたのだ。

……。

そういう気持をもっている自分の古さに気づこうともせず、明子は日頃にない支離滅裂の形で転々ともがき始めた。――十年間の二人の努力でここまで来た廣介は、そっくりそれを他所の女の方へ持って行ってしまうのだ。

どこが悪くて、私は人生からこんな復讐を受けね

自画像1916(大正5)年頃油彩／紙

ばならないのか。

精神的にくたくたに疲れ、情念の迷路をさまよう心象風景がくっきりと浮かび上がってくる。母との別れは、子の成長にとって何にも替えがたい母の慈愛を与えられなかつたことで人が生きていく上での孤独を知る。佐多は、小学校にあがってすぐ母が病気で亡くなり、祖母の手で育てられた貧苦の生活を体験している。自伝的な作品『年譜の行間』に、夫との夫婦仲に苦悩した心境の一場面がある。

……夫婦間のもめごとが非常に辛かったとき、自然に、ほとばしるように、「お母さーんっ」って言葉が出てきて、泣きました。それまで別に母親に何も求めていたわけでもないんですが、もう、なにか紋るみたいな気持で……。昔呼んだように「母《かあ》ちゃん」ではなく「お母さん」。どうしてこんなことを言うんだろうと我ながら不思議に思えましたけれど、それはあまりの辛さに誰かにすがりたいという心で突然発した言葉なんでしょうね。

母《かあ》ちゃんという実在した母親のことでなく、もう「母」という概念になっての「お母さーん」だったのでしょうか。母という存在の持つ無償の愛といったものにすがりつきたいという切ない想いでしょう。だいたい、あたしは甘ったれでもなく、人に甘ったれる余裕もなかったわけで、そういう自分が甘ったれの言葉を使ったもんですから、このときは自分でびっくりしてしまって。本当に、人間の感情というものは面白いもんですねえ。親子というものは何かなとも思ったり。よく、人間には守り神様がいるっていいますが。あたしの場合、死んだ母親がそうではないか、そんな気がすることがあります。

母の慈愛への渇望が、その生き方に投影されている気がする。そのために人の心の痛みに敏感で、心の機微を大切にした作品をつくった。

二

孤独にうちひしがれ、ささくれだった心をもてあまし公判を待つ一人きりの稲子の耳に靴音が伝わってくる。そっと顔を上げた眼の中にとびこんできたのは屈託のない笑い顔で見つめる小柄な男の姿だった。その人は、柳瀬正夢。画家であり、プロレタリア美術運動で数々の名作を創っていた。そこで二人の間にどんな会話がかわされたのだろうか。

「元気、大丈夫か」
「うん、来てくれたの、ありがとう」
「一人だけなのか、誰も来ていないのか。窪川さんはまだ顔を見せてないようだな」

「そう、来るかしら。今日が公判だと知ってるはずだけど」
「元気だせよ」
「ええ、ありがとう。あなたの顔を見れてうれしい。波立った心が静かになっていくのが自分でわかる」

この時期、ファシズムが支配する日本は暗闇の世界に閉ざされて息をすることすらきつい閉塞感が社会全体を覆っていたのである。戦時体制が敷かれ、階級闘争はほぼ壊滅していた。わずかに民主主義的な抵抗が散発するくらいのものだった。稲子は「夏の栞」に回想している。

この頃窪川は、近所にいた窪川の妹夫婦の二階を仕事部屋にしていたが、私の判決当日の前夜も窪川は帰宅せず、当日朝の出かける時間にも姿を見せなかった。この頃の私の神経は、まだ何も事実を知らぬまま、まるですべてを知っているかのように窪川の秘かな情事の場が見えるような鋭どさになっていて、その朝も彼が妹の家にいないのを感じ取っていた。私はひとりで裁判所に出向いたのである。おたがいに共通の立場で活動をしてきて、そのことで法廷に立つ、という日、窪川がいずにひとりで行く、というその索漠とした思いだけは、私の内で悲痛に波立った。そんなおもいで、自分の判決の言渡される法廷の前の廊下にひっそりたたずんだ私の前に、柳瀬正夢がいつもの微笑をその童顔に浮べて現われたのである。法廷に立つというのは私なりに多少とも闘いの感情があったから、おもいがけぬ味方をやっと得たおもいで、私は声を上げた。柳瀬正夢は『戦旗』の表紙にいつも力のみなぎる労働者の姿を描いた画家である。彼は私の判決がその日言渡されるのを弁護士に聞いたのだったかで、私のための友人としてただ傍聴なのであった。窪川がそのあとで、妹と連れ立って駆けつけた。私の判決は懲役二年執行猶予三年であった。

人間が精神的にも肉体的にもぎりぎりのところまで追い込まれ、疲弊しきってる心には温かな言葉と限りないやさしさをもった心の手は深く深く傷口に沁みこんでいく。こういうときの思いは淋しさも嬉しさも、深く残り一生忘れられないものとなる。戦後を生きた稲子は、この世から柳瀬正夢の存在を消すまいとして、その友情を胸に抱き、何度となく書き記している。母の慈愛を持った作品を描いた佐多稲子は、柳瀬との心の和合を大切に生きた。

三

柳瀬正夢は、「ねじ釘の画家」といわれる。その由来は、彼の絵や本の装幀に多く「⊘」のマークを使い、それはねじ釘の頭であるがこの世の中で一本のねじ釘の役割を果したいという考えから発していた。プロレタリア美術運動の第一人者と誰もが認めるほどの優れた作品を残している。『種蒔く人』同人となり、その表紙に一見するとザクロのように見える爆弾の絵を描いて悪世への反抗心を現す機知をも備えていた。本の装幀だけでも二百冊を超え、『無産者新聞』への漫画、カット類を非合法下でも描き続け、日本の無産者運動に果した貢献は計りしれないものがある。読売新聞でも一時期、挿絵の仕事をしていた。

柳瀬正夢は、一九〇〇年に愛媛県松山市に生まれているが、幼い頃に母と死に別れ、漁師の家に一時、里子に出されている。自叙伝に「母は父にも人にも優しかったが、私の四歳の時に亡くなった。しかも私はこの短い時間における母の印象をもっとも豊かに持ち合せ、今も在りし姿をなつかしんでいる。あの背のぬくもり、家の前には瀬早い透明な中川が流れていた。」と回想している。生涯、母の慈愛を求め、また自分もそう生きていこうとした。

柳瀬の作品は、単にプロレタリア美術の枠にとどまりきれぬ光芒を放っている。一九一五年、第二回院展に「河と降る光と」が入選し、一五歳で世に認められる。ドイツの画家ゲオルグ・グロッスの風刺画を始め、カンデンスキー、ムンク、竹下夢二らの作法を勉強し、その影響を受けながら時代の先端をいく創作物を数限りなく生み出してきた。その作品が持つ感動は時の流れの中でますます強い力で輝いている。時代とともにその輝きを増す源泉はいったい何なのだろうか。

弾圧下で親しい人でも離れていく世の中で、いつも温く見守り、物心ともに柳瀬を支えた岩波書店会長の小林勇は「ねじ釘の画家」で語っている。

私は柳瀬が悲壮な顔をしたところを見たことがない。柳瀬の生活には、随分苦しいことがあった。貧乏だけでなく、妻の病弱、門司にいる両親たちの問題などもあった。柳瀬は、貧乏のために苦しんだがそれは柳瀬を暗くしなかった。

柳瀬は、どんな人にでも好かれた。柳瀬はよい人だと知っている人はみないう。その不思議な魅力と力が、どこから出てきて、しかも涸れることがなかったのか、私たちはよく考えてみる必要がある。

柳瀬の創作意欲の源には、母の慈愛を求める人間愛につながるものがあり、人と人との信頼関係に重きを置いていたことを強く感じる。その上に世の不正を憎み、不幸な被支配階級への信頼は熱をおびていた。労働者への親近感を持ちその力を信頼しきっていたといってよいと思う。

世の中に立ち向かう柳瀬に数々の不幸が容赦なく襲うか病弱の小夜子夫人の死である。本人は牢獄に身を縛られ、自由はない。悶々の日々を送る柳瀬。そのことを回想した小林勇の文言は胸に突き刺さり、痛い。幼な子二人は門司から上京した義母のまつが面倒みた。病状が悪化した小夜子夫人は施療患者として入院させることができた。だが命の灯は哀しくも消えかかっていた。弁護士らの奔走によって三日間の仮出所を許可された柳瀬を市ケ谷刑務所の門前に出迎えた友人らは、我が眼を疑った。包をさげて歩いてくる男は白髪で本人とは似つかぬ姿となっていた、わずか半年で。東大病院に車を走らせる。

病室へ入って柳瀬は夫人の傍へいった。小夜子夫人は驚いて聲をあげた。そして「帰ってきたの」といった。柳瀬は夫人の手を握って「心配かけてすまなかった」といった。おとろえた夫人の顔に赤味がさし、「もうずっといられるの」ときいた。柳瀬は苦しそうにうなづいた。それから約三十分のちに夫人の意識はなくなった。そして柳瀬に会ってから二時間後に小夜子夫人は死んだ。

柳瀬は小夜子夫人の死顔を画用紙に鉛筆で描いた。それは非常に写実的な肖像であった。描いているうち、柳瀬は平静であったが、その眼は鋭く、鉛筆は早く動いているのにかかわらず、二時間近くもかかった。

遺骨の前に柳瀬が描いた水彩のデスマスクを飾り、その日の夕方にまた市ヶ谷刑務所へと戻っていった。一九三三年、夏の日のことである。

一九四五年五月二五日、新宿西口広場付近で大空襲にあい柳瀬は死ぬ。享年四五歳。

探し廻った柳瀬は死骸となって目の前にいる。それなのに警察では渡してくれないという。……身元不明者のなかから死骸をとりだす許可を得るのは非常に厄介で、引取りの手続きその他を三輪寿壮氏にお願いした。……身体を揮発油で拭き、腐敗している全身を繃帯で巻いた。傷は肝臓ふきんで、親指大の内臓が焼けてふくれだしていた。区役所の人夫に手伝ってもらい、直径十糎、長さ一米くらいの薪を井げたに組み、附近の家の垣や焼けた木などを集めた。トタンをかぶせて揮発油をまき点火した。点火したのは二時半——三時の間だった。家からもっていった花をまいた。薪を集めるのが大変だった。夕方ちかくになっても燃えきらず、そのうち空襲警報がでたので、ぽっぽとしたあつい骨を石油罐にいれて胸にだいて帰宅した。

ねじ釘の画家の命の灯は、戦争のまっただ中で消えた。一つの時代を共有し、人間の回復を目指して生きた柳瀬正夢と佐多稲子。お互いに心の深傷を負い、母の慈愛で導かれた二人は、その文学の力と絵の力によって人間の未来を信じた。人の世は、挫折をいく度となく経験するが、それをどう生きる糧とするかによってずい分とその後の歩む道は違ってくる。人間が生きている芸術でなければ人に感動を呼び起こすことはない、おもしろくもない。美に感動する心をいつも研ぎすましそれを受けとめきる感性を磨いていなければ人の心の痛みがわからぬ人間となり、時代の中に流され埋もれていくしかない世相が今日、眼の前に出現している。

おわりに――プロレタリア文学の過去・現在・未来

一

プロレタリア文学には、『種蒔く人』から『文芸戦線』、『レフト』と『労農文学』、その後の『新文戦』という戦前からの歩みと、第二次世界大戦後の『明日』、『文戦』、『社会主義文学』というとうとうと流れる水脈がある。これが労農派マルクシズムの影響を受けて創りあげられた文学の潮流である。労農派マルクシズムの特徴は何か、端的に言えば、「大衆の中へ」ということになる。戦前においては、無産者運動のなかで共同戦線を追求し、無産政党の強化を通して労働運動・農民運動の階級的強化に尽力をあげた。戦後においては社会主義政党、労働組合の階級的強化を目指した。日本における平和革命、社会主義への道を進んだ。

「労農派」の「大衆の中へ」は、雑誌『前衛』第二巻第十号（一九二二年八月）に掲載された山川均の「無産階級運動の方向転換」の提起である。日本資本主義社会の構造を科学的社会主義による現状分析にもとづいて具体的に練られた革命戦略であった。

日本の無産階級運動――社会主義運動と労働組合運動――の第一歩は、先ず無産階級の前衛たる少数者が、進む可き目標を、はっきりと見ることであった……。そこで次の第二歩に於ては、吾々はこの目標に向って、無産階級の大衆を動かすことを学ばねばならぬ。無産階級の前衛たる少数者は、資本主義の精神的支配から独立する為に、先づ思想的に徹底し純化した。それが為には前衛たる少数者は、本隊たる大衆を遥か後ろに残して進出した。今や前衛は、敵の為に本隊から断ち切られる憂いがある。そして大衆を率いることが出来なくなる危険がある。そこで無産階級運動の第二歩は、是等の前衛たる少数者が、徹底し純化した思想を携えて、遥かの後方に残されている大衆の中に、再び引き返して来ることでなければならぬ。尚お資本主義の精神的支配の下にある混沌たる大衆から、自分を引離して独立することが、無産階級運動の第一歩であつた。そして此の独立した無産階級の立場に立ちつつ、再び大衆の中に帰って来ることが、無産階級運動の第二歩である。『大衆の中へ!』は、日本の無産階級運動の新しい標語でなければならぬ。

その上で、山川均は問題の核心に触れ「吾々は第二歩に於ては、この目標と思想との上に立ちつつ、大衆を動かすことを学ばねばならぬ。そして大衆を動かす唯だ一つの道は吾々「の当面の運動が、大衆の実際の要求に触れていることである。」と述べている。この革命理論は「純化した思想を携えて、遥かの後方に残されている大衆の中に、再び引き返して来ることでなければならぬ。」と社会主義運動の本質を適確に指摘している。その精神と思想は共同戦線としていつの時代にも運動の課題となってきた。

日本における社会主義への道をめぐって、マルクス主義の理論と実践の統一で二つの潮流が歴史的に形成されてきた。それは「労農派」と共産党という形を取りながら戦前は無産者運動、戦後は労働運動のなかで、その運動と路線を中心に論争が行われた。日本を変革する革命戦略と、その革命の主体性をどうつくっていくかの問題であったといえる。

この頃の一時期、共産党を支配していたのは極左的な「福本主義」の考え方であった。「結合の前の分離」という理論で、無産者運動、農民運動の中に分裂主義をもち込んで大衆運動を混乱させていた。その影響はプロレタリア文学をもまた、その影響がまともに直撃した。雑誌『種蒔く人』からはじまったプロレタリア文学運動は、『文芸戦線』へと発展していく。だがプロレタリア文学運動内部では、分裂が生じ、『プロレタリア芸術』『前衛』ができて対立が深まる。何度かにわたる団体の分裂があったが、歴史的に決定的なのは、『文芸戦線』第四巻第十二号（一九二七年十二月）に山川均の「或る同志への書翰」を掲載するかどうかをめぐることからの分裂である。この対立の背景には、「労農派」と共産党を支持する人たちの間の意見の相違であった。

極左的な理論をふり回した「福本主義」を批判した山川均は、「彼らは第一には、プロレタリアの闘争目標は、『絶対専制政治であると云うのです。第二には、革新党は独占的金融資本の支配に対して闘争するところの、有力な小ブルジョア的勢力だというのです。第三には、他の無産諸政党は、ファシズム化し、またはしつゝ、ある反動政治団体だというのです。この三つの命題は、遺憾ながら悉く、事実の上に立つ代りに、宙空に逆立ちしている人の、充血した眼に映じた幻影です。」と冷徹な頭ですぱっと切り捨てている。

「労農派」を支持した労農芸術家聯盟の『文芸戦線』と、共産党を支持した全日本無産者芸術聯盟（略称ナップ）の『戦旗』に別れてプロレタリア文学運動のなかで対立し、競い合っていくことになる。激烈な論争の根源に、日本における社会主義への道をめぐるマルクス主義の『労農派と共産党の思想的、路線的な問題があった。

二

日本のプロレタリア文学のはじまりは、雑誌『種蒔く人』からということは歴史的事実である。小牧近江がフランスで産声をあげた国際的な反戦平和運動のクラルテ＝光をパリ留学から持ち帰った。それは希望といってもよい。人が生きる希望を照らす文化といえるだろう。第一次世界大戦を契機につくりあげられたクラルテ運動は、反戦平和の文化的統一戦線を築いた。『種蒔く人』は、『土崎版』『東京版』を発行し、共同戦線を意識した紙面づくりとインターナショナリズムの思想性を持ち、日本のプロレタリア文学運動の源流となった。その存在そのものが、近代文学史において光彩を放っている。

『種蒔く人』は、終刊号で金子洋文の手になる『種蒔き雑記』で平澤計七らの南葛労働組合員の惨殺、今野賢三の執筆による「帝都震災号」で朝鮮人虐殺に抗議し、国家権力を告発した。命を賭して「『種蒔く人の精神』であった「行動と批判」、言い換えれば理論と実践の統一を実現した書き物を残し真実を歴史に刻みこんだ。だが、この歴史的文書のきっかけとなった関東大震災のために第一幕を降ろすことになる。『種蒔く人』の後継誌『文芸戦線』で、プロレタリア文学は花を開く。労農芸術家聯盟から次々と優れた作家と作品が輩出する。なかでも葉山嘉樹は、プロレタリア文学の世界では第一人者である。労農派マルクシズムの思想の糸で繋がった「労農派」と「文芸戦線」系の絆の深さをみせつけるのが、雑誌『労農文学』(一九三三年三月号、第一巻第三号)に葉山嘉樹が筆を執った『堺利彦氏を弔う』である。


堺利彦は、福岡県豊津村に生れた。私も亦た同じ村に生れた。

堺氏は、私たち故郷の先輩であり、先覚者であった。

氏は、日本無産解放運動の、創始者ともいうべき、先覚者であった。私たち、後に続くものの、指導者であり、模範的同士であった。

氏は、日本プロレタリア文学の、亦創建者たる地位に在った。売文社時代、その他、『日本一のユーモラリスト』として、私たちの、困難なる現在のプロレタリア文学の進路を、夙くに暗示させられた。

こんな風に、堺利彦氏の運動上の行進は、至難、迫害の中に、深刻、且つ多岐を極められた。

私は、堺氏が同村の出なることによって、氏を郷土に縛りつけようとするものでは、無い。氏の功績は、遥に郷土を超え、日本を超えて、インターナショナルである。

堺利彦氏は逝かれた。

今、氏の逝去をいたみ、惜しむものは多い。功績を称うるものも多い。

人、多くの場合、死後、年を経るに従って、その功を忘れられ、その在りしことを忘却し去られる。だが、わが堺利彦氏の場合に於ては、その年と共に、功績は高まり、その名は拡がるであろう……

われ等は、氏を裏切らざることを以て、亡き堺利彦に誓うものである。

この追悼文を捧げた葉山嘉樹もまた福岡県豊津の出身であった。同じ郷土から幾多の人物が出た豊津、不思議なる土地である。堺利彦が「大逆事件」後日本の社会主義運動が冬の時代を過ごしていたとき、立ち上げた売文社がある。筆ひとつでもって、挫けそうになる社会主義者の精神の拠り所となり、食い扶持を得る場所を確保した。かしこまらず、おごらない堺利彦ならではの機智といえる。その売文社に出入りしていた若者がいた。同じ豊津中学校出身の松本文雄という。詩と、時代を先どりした新興美術運動の評論を表現した。時代の中での人の繋がりの妙味が感じとられる。

画家であり、風刺漫画で時代を画した柳瀬正夢に社会主義のすばらしさを説いた。柳瀬は、雑誌『ユーモア』（一九二七年、第二巻第二号）の「自叙伝」に記す。

私が社会主義に触れたのも此の年だった。私はその夏小倉のとある洋画展会場でその男に出くわしたのである。松本文雄君だった。堺さん等の経営していた鍋町時代の売文社の助手をしていた男で不思議な魅力を持っていた私は彼によって先づ導火的啓蒙をうけた。私の社会主義なるものは二三年前まで概念的な此処から一歩も発展していなかったのだから驚く。彼は電車賃さへあれば小倉の奥から出て来た。尾行がついていた。

柳瀬正夢に社会主義とは何か、その思想的影響を与えた松本文雄とはどういう人物だったのだろうか。未だわからない謎めいた人である。

当時の警察権力が調べた「要視察人状勢一班」（『社会文庫』編「社会主義者無政府主義者　人物研究史料（1）」）によると次のようになっている。

本籍　福岡県企救郡足立村荻野四八五
族籍　士族
生年　明治二五年八月一九日
特徴　丈五尺一寸位顔細長、色白、頭髪五分髭濃、近視眼ニシテ常ニ眼鏡ヲ用ユ
戸主　父文吾　村長ニ擬セラレ資産三千円
交際　豊津中学ノ先輩堺利彦ヲ尊敬、荒畑勝三、大杉栄、徳永政太郎、浅枝次郎（以上主義者）、久津見息忠、梅崎仁人、磯部幸一（準主義者）等ト交ル

明治四十四年に豊津中学校を卒業、東京に出て明治大学、慶応義塾大学を中退、大正三年頃には売文社に出入りして起居していたという。福岡県に帰省、田川郡添田町の坑内見習書記となったが、整理解雇され、肺結核のため自宅療養となっている。

雑誌『へちまの花』（大正三年八月一日、第七号）に、「今日此頃」の題で詩を社友及特約諸家として載せている。第八号には大杉栄らと同列の常任特約執筆家として名を連ねるようになる

「銀座の夜」
酔うて酔うて酔っぱらってサ
銀座の町をヒヨロ〳〵とフラフラと

歩めば並木がヨイヤサ
互斯の光は青白く
肺病やみの物思い
やりたもなさそにたゝずめば
カフェーの扉がササさし招く

酔うて酔うて酔っぱらってサ
銀座の町をヒョロ〳〵とフラフラと
歩めばカフェーがヨイヤサ
互斯の光にほの白く
恋にやつれた物思い
やりたもなさそにたゝずめば
カフェーの扉がササさし招く

（大正三年七月七日夜）

これは詩というよりも、民謡詩のような印象を受ける。民衆の即興的な気分を唱った謡の龍律がある。民謡は古代からの伝統的な歌唱曲でおおかたは歌のみである。明治時代後期から大正時代にかけて北原白秋らによって新たに作られた民謡は、創作民謡といわれた。松本の「銀座の夜」にも何か世をななめに眺めた、倦怠感が嗅う言葉がリズムをもって流れている。庶民の遣る瀬なさが表現されている気がしてならない。

松本文雄は、先駆的な仕事を成し遂げている。絵画論である。美術雑誌『現代の洋画』に大正二年から五回にわたって連載をしている。それは、「立体派」と題して、アルベル・グレイズ、チャン・メチンガーの評論を翻訳したものである。大正二年十二月号から大正三年五月号にわたった連載がある。日本に革新的なヨーロッパの後期印象派から立体派、未来派、表現派と進展する美術の世界の新興運動を先取って紹介したものとして注目に値する。『現代の洋画』は北山清太郎が発行、日本洋画協会が発行所で、日本での洋画の普及を広げていくのに多大な貢献をする。明治四十五年から大正三年七月まで出版された。執筆者に、高村光太郎、坂本繁二郎、石井柏亭、竹久夢二らのそうそうたる画家がいて、新進の評論家や画家も加わった。そのなかに松本文雄も入っていた。内容は、ヨーロッパの画家をはじめとして未来派、立体派という新興美術を最も早く日本に紹介したことに存在意義が大きかったといえる。

また、松本文雄は『研精美術』編輯部として、「後期印象派に就いて」と「ジオットに就いて」を執筆している。『現代の洋画』（大正三年二月、第二十三号）の版画特集号には「葛飾北斎」論を書いている。

彼の筆致は豪邁とのみ評するよりは超自然な処がある。

彼は写実に重きを置いたとは云うもの、皮相的な写真的写実ではなかった。皮相的な描写は彼の才能をまたなくも唯の凡人で充分に完成される。彼は自然の核心を画紙の上に画筆の方法により表出した。

彼の絵画を、その筆致の豪邁な理由によりミケランヂェロやレオナルド・ダ・ヴィンチと対峙して見る事は絶対に不可である。彼の絵画は只に彼自らの絵画である。

北斎の画の本質に迫った上で、その技量を高く評価する。

彼の絵画には全然無駄がない。彼の描く毛髪は一つ〳〵精細に描かれて、しかも大きくまとまっている、彼の描く女の足の指の先にまでも堪えがたき衝動の瞬間の現象を忌憚なく啓示している。彼は早取写真や精巧な活動写真でも表し得ない瞬間機微の運動を永遠に描き残す方法を知っていた。

幻の存在となってしまった松本文雄、秀れた絵画への審美眼と新しい思想をあくなく求めた天分がありながらも故郷の福岡に戻り、鉄道に勤めた。その後どういう人生を歩んだかは霧のかなたとなっている。

三

日々、なんでもない生活を幸せと感じとるためには人間性の豊かさと感性の機敏さがいる。人間性の豊かさは、日常生活の灰汁にさびていく自らの感性を砥ぐことによって輝かせていくしかない。そのために、芸術の役割がある。文学、美術、演劇、音楽、舞踊、映画といった世界がある。

だが、毎日の生活に追われる人人には何か縁遠い存在となっている。すると感性はさびつき感動を忘れて生きる人人が増していくだけの社会が築かれていくだけである。その堆積した世界で、機械化した人間がうごめく社会が幻影として存在感をもつ。そこには希望はなくなり、絶望だけが色濃くなっていく。人は何のために生きているのかがわからなくなる。

自分を見失った人人に、もう一度、人間を気づかせてくれるのが芸術の力といえる。文学にはその力がある。プロレタリア文学は、人間回復の文学である。プロレタリア文学とは何か、というなら作品を二つあげることができる。これから先もずっと人々の目に触れ、心を豊かにして現実を直視することの大切さを教示してくれる文学である。一つは小牧近江の長編小説『異国の戦争』、一つは葉山嘉樹の短編小説『淫売婦』、これにまさる作品はないと思う。

小牧近江は、フランス留学中に社会党の指導者、ジャン・ジョレスの暗殺を体験する。これまでの価値観を一変させて戦争を憎む思想へと移る。帰国後クラルテ運動で共に行動したアンリ・バルビュスとの約束を守り、『クラルテ』の日本版『種蒔く人』を竹馬の友、金子洋文、今野賢二の三人が中心となって発刊する「世界主義文芸雑誌」を唱えた『種蒔く人』は、プロレタリア文学運動の源流となって日本の近代文学の質を高める役割を果たした。

小牧近江には、『異国の戦争』という代表作がある。一九三〇年に日本評論社から新作長編小説選の一冊として発行された（一九八〇年、かまくら春秋社から再刊）。

第一次世界大戦をフランスで体験した青年のみずみずしい詩情豊かな感性と眼で描かれている。愛国主義的な考えをもちながらも、社会党の指導者だったジャン・ジョレスの暗殺を目の当たりにする、また友の死を突きつけられる、そのなかからこれまでの価値観が音をたてて崩れ落ちて戦争を憎む思想と成長していく変化が無理なく表現されていてすがすがしさが残る。と同時に、戦争に巻き込まれていく民衆の恐ろしさを手際よく書き記した文章はほかにはない。なんといつても全体に通じる文章の流れ、詩的なリズム感がすばらしい。フランス留学で身体に染み込んだフランス文学の芸術性が日本の文化と小気味よく混じり合い、独特の表現力を漂わせている。詩的なリズム感と民衆が戦争に引きずり込まれていく表現は一読すればわかる。

ジャン・ジョレスの死は、たしかに僕にとって、混乱のなかに、別の世界を与えたといえる。

しかし、僕は率直にいう。そうした疑惑も、反感も束の間の感情に終わったことを。やがて、僕はもとのままの自分にかえっていた，あとで人は冷静にかえるものである。その時、人々は自分の軽率を顧みて赤面するものである。が、大人だってまごつく戦争の嵐をまのあたり見たものは誰だって躊躇なしに渦のなかに巻き込まれてゆく。というのは、各自が少しずっその嵐を背負っているからだ。あなた達の一歩が、そっちへ向いているのだ。音はますます乱調子になる。もう黙ってはいられない。あなた達の方から急いでそっちへ近づいて行く。そして、馬鹿囃子の前についた時には、あなた達はそれと一緒になって浮かれている時なのだ！

こうして戦争は人々を浮きっかせる。その前には何人も躊躇ことが出来ない。八月一日動員令が下った。

「動員は開戦ではない！」

と、大統領の教書がいった。

八月三日、

ドイツはフランスに宣戦布告をした。

八月四日、

軍事予算の満場可決。フランス議会の劇的場面。

社会主義者と坊主が握手した。

挙国一致！

こうして、激変はすらすらと運んで行った。戦争とは思えなかった。きまっていたことがきまった結果になると、すべてがあたり前のように見えるのかも知れない。

戦争はお祭のようだった。

何処の窓も三色旗で飾られていた。それだけでも七月十四日祭を思い出させた。ただ、そこでは酔いどれと、狂躁がないだけである。人間が極度に昂奮すると、沈黙にかえるのかもしれない。或いはまた、数月以来の重苦しい空気が、からりと晴れて、咄嗟に人々がほっとしたかもしれない。

自動車だけが、血眼になって疾駆していた。一時、都会の心臓が機械に変ったのかもしれない。

あれほど不安と焦慮に悩まされた戦争、その前に皆はぼんやりしていた。

不思議なのは戦争だった。いざ、目前に現れると、誰もその姿を見たものがなかった。がやがて別離が来ると、人々は初めて、その正体を発見した。

この『異国の戦争』には、戦争という非日常状態のなかに、主人公の友が戦死した苦悩と、その妹への仄かな恋愛感情、性への煩悶が心地よく描かれているので人間なら誰しもが青春期に抱く感情的なものがよりはっきりと浮かび上がっていて見事な表現力である。小牧のある種の自伝といえる『異国の戦争』は、戦争で犠牲を負う母の哀しみと優しさを限りなく表現して心のひだに滲み入ってくる。作品が追求するものはどこまでも人間の尊さと信頼に重きを置いているので型にはまった、薄っぺらな反戦小説に流されてはいない。

戦争反対を唱えていた自称社会主義者の裏切り、平和を説教する宗教家たちの裏切りはいつの時代にも繰り返される。時世の流れのせいにして思想、信念を変節させてしまい、民衆を欺いて、絶望のどん底に突き落とすことを許すことができなかった小牧近江の平和主義の思想がいかんなく発揮されている小説だ。

この小説が世に出たのは一九三〇年、軍部ファッショが勢いを増してきた時代である。プロレタリア文化運動に限らず、社会主義運動、労働運動、農民運動は後退を余儀なくされ、民主主義的なことはすべて国家権力からの過酷な弾圧を受けて、重苦しい空気が漂う季節となっていた。だからこそ、小牧近江がクラルテ運動で体得した平和主義は、困難な時ほどその真の価値を光らせて希望を指し示していたといえる。

四

葉山嘉樹という作家は『淫売婦』で強烈な存在感を示して世の中に躍り出た。「此作は、名古屋刑務所長、佐藤乙二氏の、好意によって産み得たことを附記す。—1923・7・6—」の前書きで「淫売婦」は始まる。牢獄の中で書かれた作品だが、プロレタリア文学としては恵まれた環境で誕生した、と逆説的には言える。

「淫売婦」の書き出しは、現実の世界か夢の世界か、区別のつかない描写をしながら、病み、倒れた淫売婦を俯瞰しながら、資本主義社会に搾り尽くされて生きる労働者の姿と二重写しに切り取っていく。虐げられて底辺で生きる者の運命を呪い、恨を体ごとぶつけてくるその感覚が痛いほど突き刺さってくる。

葉山嘉樹は人間としての孤独を知っていた。そのことが作品に独特の陰影をつくっている。葉山の創作態度には特異性がある。雑誌『文芸道』に「創作の苦しみ」(一九二七年九月号)がある。


私は創作する場合非常に苦しむ。私の書こうとする作品の人物と同じ苦しみを苦しみ、悩まないではいられない。

創作は主として感情の方面からそれの鑑賞者を打つものだから、この苦しみと悩みが完全に描き出されなかった場合には、何の役にも立たない。そんな何の役にも立たないものは、芸術作品でも創作でもありやしない。だから私は書こうとする作中の人物の苦しみと悩みを、机の前で真剣に生活する。そうしてこの真剣な生活を、如何にしたら如実に表現されるだろうかという事に苦心する。

殊に私の取扱うテーマが殆んど大抵の場合階級闘争を主眼とするものだから……勿論この階級闘争は吾々プロレタリアの立場から見たそれだから、私としてはより真剣にならざるを得ない。

と書いた上で、最適の創作場所として刑務所をあげている。これは葉山のユーモアというよりも、実生活の体験を重んじた言葉と理解していい。それほど葉山の作品は実体験を素材にしたものほど心の奥深く、魂に響いてくるものが多い。「こうした理由からして私は、今後も現在通りに創作を続けて行くとすれば、作品を書いている間だけは、今自分は監房の中に幽閉されているという考えのもとに、又その実感のもとに作をしたいと思う。」と結論づけている。労働運動からプロレタリア文学する者になったことで、その思想と意識性は実際の体験から物事を判断し、行動する能力を身につけたといえる。その影響が如実に作風にも表れている。葉山の体験主義的な幅は、現実の生活、労働のもとに描きこまれているときには生き生きと人物が躍動し、リアリズムに満ち溢れている。つい作品の世界に頭も体もはまりこんでしまう。その典型的作品が「淫売婦」である。

「それがどうにもならないんだ。病気なのはあの女ばかりじゃないんだ。皆が病気なんだ。そして皆が搾られた滓なんだ。俺達あみんな働きすぎたんだ。俺達あ食うため働いたんだが、その働きは大急ぎで自分の命を磨り減しちゃったんだ。あの女は肺結核の子宮癌で、俺は、御覧の通りのヨロケさ」

「だから女に淫売させて、お前達が皆で食ってるって云うのか」

「此女に淫売させはしないよ。そんなことを為る奴もあるが、俺の方ではチャンと見張りしていて、そんな奴あ放り出してしまうんだ。それにそう無暗に連れて来るって訳でもないんだ。俺は、お前が菜っ葉服を着て、ブル達の間を全で大臣のような顔をして、恥かしがりもしないで歩いていたから、跗けて行ったのさ、誰にも打つゝかったら、それこそ一度で取っ捕まっちまわあな」

「お前はどう思う。俺たちが何故死じまわないんだろうと不思議に思うだろうな。穴倉の中で蛆虫見たいに生きているのは詰まらないと思うだろう。全く詰まらない骨頂さ、だがね、生きてると何か役に立てないこともあるまい。いつか何かの折があるだろう、と云う空頼みが俺たちを引っ張っているんだよ」

私は全っ切り誤解していたんだ。そして私は何と云う恥知らずだったろう。

私はビール箱の衝立ての向うへ行ったそこには彼女は以前のようにして臥ていた。

今は彼女の上には浴衣がかけてあった。彼女は眠っているのだろう。眼を閉じていた。

私は浮売婦の代りに殉教者を見た。

彼女は、被搾取階級の一切の運命を象徴しているように見えた。

この作品が『文芸戦線』（一九二五年十一月号）に発表されるやいなや、プロレタリア文学に対する文壇の見る眼を一変させるほどの衝撃を与え、大衆的な拡がりをみせた。無名の一作家を注目される地位にまで押し上げたが、総合雑誌ではなく、一同人誌に掲載された短編で高い評価をとったのは文壇史上でも稀なことであった。プロレタリア文学が日本の文壇を席巻する鐘の音をとどろかす記念作品となったのである。

「ビール箱の陰には、二十二三位の若い婦人が、全身を全裸のまゝ仰向きに横たわっていた。彼女は腐った一枚の畳の上にいた。そして吐息は彼女の肩から各々が最後の一滴であるように、搾りだされるのであった。」と描いた淫売婦に、「殉教者を見た」と言い放った葉山は、虐げられた人々への慈しみと人間的な温かな眼差しを持って生きる姿勢を終生崩すことはなく、その生き方が絶えず文学のなかに投影されている。

葉山の文学には、「母という存在がもつ慈愛」への渇望が色濃く反映している。小さい頃、母と生き別れを経験したことが大きな影響を残している。そのために人の心の痛みに敏感で、心の機微を大切にした人間関係の描き方は秀で、芸術的に優れていると思う。

資本主義社会の機構のなかで搾取されて生きたままぼろぼろになった体と心は、カスとして使い捨てられる労働者階級を暗示しているが、それが「淫売婦」では「六神丸」として表現されている。「六神丸」とは漢方薬で麝香、牛黄、人参などを含み、鎮痛、強心、解毒の効果がある。

起死回生の薬なのである。ところが、「六神丸」こそが資本主義社会の機構の矛盾を象徴的に表している。

おそるおそる男に連れられて倉庫に入り、淫売婦と出遭うまでの不安感を「私は六神丸の原料としてそこで生き胆を取られるんだ。」というように心理状態を示しながら、「起死回生の霊薬なる六神丸が、その製造の当初に於て、その存在の最大にして且つ、唯一の理由なる生命の回復、或は持続を、平然と裏切って、却って之を殺戮することによってのみ成り立ち得る。とするならば、『六神丸それ自体は一体何に似てるんだ』そして『何のためにそれが必要なんだ』それは恰も今の社会組織そっくりじゃないか。」と、作品の主題を前置きしている。その上で、「彼女は、人を生かすために、人を殺さねば出来ない六神丸のように、又一人も残らずのプロレタリアがそうであるように、自分の胃の腑を膨らすために、腕や生殖器や神経までも嚙み取ったのだ。生きるために自滅してしまったんだ。外に方法がないんだ。」と結論づけている。

「人を殺さねば出来ない六神丸」とは何か。資本主義社会の機構は、「労働力を商品として再生産」することによってしか、その社会機構を維持することができないという根源的な矛盾を抱えている本質を端的に言い表している。だから、淫売婦という悲惨な存在を描き込みながら、「六神丸」の効用と資本主義社会の醜悪さの普遍的な矛盾を鮮やかに浮き彫りにした。そのことによって時代を超え、読む人に深い感銘を呼び覚ますことができる高い芸術性をもった作品になったといえる。

五

プロレタリア文学運動が資本主義社会を変革する社会主義思想を堅持している限り国家権力の弾圧、集中砲火をあびる宿命にあった。一九二五年に治安維持法が成立する。何度かの「改正」で適用範囲が厳しくなって死刑にまで拡大された。

日本では軍国主義が強まり、ファシズムが台頭してきた時代、社会主義政党、労働組合への容赦のない弾圧が加えられる。共産党とその支持者の逮捕や拘束、労農派グループ、無産政党への攻撃は息つぐひまもないほどすばやかった。一九三七年十二月十五日、山川均、荒畑寒村、大森義太郎、向坂逸郎ら四百人余りが検挙された第一次人民戦線事件。一九三八年二月一日、大内兵衛、宇野弘蔵ら約四十人が検挙された第二次人民戦線事件で、反戦、民主主義擁護の反対勢力をつぶし、社会主義運動、労働運動、農民運動の根絶やしをはかった。この時代こそ、日本帝国主義が植民地を求め満州事変から太平洋戦争へと海外侵略戦争を強引に拡大していくための体制づくりであった。「十五年戦争」である。転向者が次から次へと現れてくる。世の中は天皇制のもとで、ファシズム一色へと模様替えをしていく。

ファシズムの時代、軍国主義の色彩が濃くなってきた時世に、一条の光明が灯る。プロレタリア文学運動がほぼ根絶やしにされていた時期、「独立作家クラブ」が産声をあげた、一九三六年一月十九日のことである。それは日本がファシズムへと大きく歯車を動かすことになる軍部が起こした「二・二六事件」の年でもあった。

プロレタリア文学運動は、路線論争と対立で四散していた。作家には無力感とニヒリズムが覆っていた。四散した作家をまとめようとした独立作家クラブの動きの背景には何があったのか。それは反ファッショ人民戦線の考え方があったといえる。ディミトロフがコミンテルン第七回大会で、反ファシズム人民戦線を提唱した「ファシズムの攻撃ならびに労働階級の反ファシズムのための闘争におけるコミンテルンの諸任務」の報告である。一九三五年七月二十五日から八月二十五日にまでおよんだ異例の長さの大会であった。ドイツのナチス政権、イタリアのムッソリーニ政権の横暴さと惨忍さ、世界的なファシズム勢力の影響の増大に対して人民統一戦線は民主主義を擁護し、人権と平和を守る大義をもっていた。人民統一戦線の画期性とは何か。それまでは共産党だけが唯一、社会を変革する勢力であるという認識から社会主義者や自由主義者とも共同戦線を築く考えが弱かった。しかし情勢はそれを許さず共同戦線を求めた。会議では画一的な国際戦略で活動するのではなく、各国の事情を踏まえながら共同戦線をつくり平和運動、労働運動、社会主義運動を推し進めていくことを戦略にしたところに歴史的に大きな進歩があった。

しかし、日本でいえば、反ファッショの砦として築こうとしたはずの独立作家クラブに意見の相違が生じる。それは組織の性格と位置づけの違いだった。進歩的で自由主義的作家も入れろという考え方と、プロレタリア作家の親睦団体にすべきだという対立であった。実際に、独立作家クラブとしての活動は不活発となって成果もあまりみられなかった。日本における共同戦線、反ファシズム統一戦線は文化運動だけでなく政治の方面でも未成熟だったことがわかる。

ところで独立作家クラブは時代のあだ花だったのだろうかといえば、そうとは一概に言えない。共同戦線は意見、考え方の違いを認め合い、話し合って一致したところで共同行動することにある。戦争に反対して平和を維持する、民主主義を死滅させないことが代えがたいものなのだ。

資本主義社会で希望をもって人間らしく生きるのを描くプロレタリア文学は、いつの時代でも社会の変化に感性を研ぎ澄ましていなければならない。芸術は内からこみあげてくる衝動と印象を表現する。創造力を働かせて時代を突く、抉り出す役目を負っている。その意味でいえば独立作家クラブはまぎれもなく戦争の時代、狂気の嵐の中に巻き込まれていく民衆に平和の道標を指し示そうとした。微力な努力であったかもしれないが、それが文学を志向する、表現を生業とする人間の誇りだからだ。

第二次世界大戦後、敗北した日本には軍国主義の足枷から解き放たれた自由な空気と民主主義の匂いがそこ、ここに漂っていた。ただ、多くの人は心に傷を負いながら、やっと大地に足をつけて人生を歩む。転向で精神と体に痛手を負いながらも細々と精神の復活をつくりあげていく。人間の回復を目指した人々の努力があったからこそ、戦後の日本はいまだ他国と戦争を交えることのない現在がある。人間が生きるには譲れないものがある。命の尊厳と、自由に生きることができる社会の存在である。民主主義は人間が社会的に生存していくうえで欠かすことのできない空気と同じである。空気が徐々になくなれば息をすることが困難になり、人も組織も息絶えてしまう。

戦争を放棄した日本国憲法、そのもとで民主主義を自分のものにする労働運動、社会主義運動が野火のように広がっていく。世界大戦中を生き延びた面々は、労働組合、社会主義を目指す政党づくりに渾身の力をふりしぼる。戦後すぐ、山川均は民主人民戦線へ、向坂逸郎は山川均に相談し論文「歴史的法則について」を発表、世界に先駆けて平和革命を提唱する。ファシズム時代の世界を生き抜いた労農派の人人は「大衆の中で」息を吹き返した。

山川均らは社会主義政党づくりに力をそそぐ。社会主義政党は、最初からできあがった形があるわけではない。労働者階級の利益を目指した日常的な運動から組織されていく。労働運動の階級的強化を通じてしか社会主義政党の建設はできないと考え追求する。まず山川均は、第二次世界大戦後の日本では、無産政党の共同戦線党について考慮し、情勢の変化に応じた新たな提起をした。それは一九四九年に発行された改訂版『社会主義政党の話』で言及している。「あらゆる条件が一変し、労働階級を中心とする社会主義勢力が、明白な社会主義の綱領のもとに結集することが可能となり、またそれを必要とする段階となった今では、労働階級の政党は、いっそう簡単に社会主義政党と呼ばれるのが妥当であって、共同戦線党という表現を無用にしたのである。」と言明している。戦前の情勢と違い、共同戦線党論は必要ない、社会主義政党の組織建設、強化だけでいいと考えた。

歴史の発展法則にそって、戦後の労農派マルクス主義者たちは社会主義政党の強化と労働運動の階級的強化に力をふりしぼる。その結実が一九六〇年、安保と三池闘争であった。向坂逸郎は三池炭鉱労働組合の学習を組織し、活動家を育てた。三池闘争の総括から長期抵抗統一路線＝大衆闘争路線を築いていく。それは職場闘争、学習運動、家族ぐるみを一体として捉え、労働者が社会の主人公、資本への怒り、仲間との団結、社会主義への展望、を一人一人が身に着けることを課題とした。資本主義的常識を克服し、労働者思想の確立を追求していく。そのことによって資本主義的合理化反対の思想を堅持して日本の労働運動、社会党の階級的強化の道を進む。

六

「文芸戦線」系の生き残った作家たちも種が芽をふくように蠢動をはじめる。一九四七年二月十三日に、「真の人民文学のために」を発信して、日本人民文学会を設立する。戦後におけるプロレタリア文学運動の復活・再生といってよい。それは戦前の文学運動の内省の上に立っていた。

「終戦二年を迎えた日本の文学界のすがたを考へ見ますに、はじめ私達が愁へたように〈政治への従属を必然とする民主主義文学〉と〈政治や社会の動向に無関心な孤立小市民的な芸術至上主義文学）の二つの流れに大別することができます。」と述べ、その原因は「人民の全生活意識から遊離した知識階級的傾向にある」ことを問題視する。この誤りは戦前と同じで「政治的自由を得てその従属性を強化することによって芸術の硬化もたらし」、一方では「孤立小市民的な芸術至上主義と敗戦意識の複合によってその逃避性と頽廃を露呈」し、日本文学を分裂と混乱に導くことを警告する。その行きつく先は、「戦前ファシズムの蹂躙に呆然自失してなすところを知らなかった文化人の無力と惨敗の複製をうながして、民主々義革命の達成に禍するのみではなく、戦争にかりたてられて人生の惨苦を一瞬に生活し、現在自由の荒野に放たれて苦悩し、模索し低迷しつゝある多くの青年――次の世代の光明的な文化（運動）の推進力である青年たちを禍いしつゝあることに、私たちは一層の痛心をおぼえます。」と正確な情勢認識と内省のもとに断言する。その上で、前向きに「人民の解放に協力する真の人民文学の樹立発展を念願して新しい文学運動を始めることを決意しました。」と呪縛から解放された新鮮な心持で宣言している。

発起人は伊藤永之介、金子洋文、平林たい子、前田河広一郎、小牧近江、である。

構成員は作家（詩人、小説、戯曲、映画、童話）、評論家、翻訳家となっている。

組織は自由簡単なものとし、いかめしい綱領、宣言の束縛や雑用等のために創作活動を妨げられた弊害を厳戒とする、としている。発会式は三月中旬頃、勤労組織と結びついた機関紙、仮称『人民文学』を発行、それに各作家の旧作、新作による「人民文学叢書」の発刊を企画した。現実には、日本人民文学会はどうなっただろうか。会員名簿には五十九名が名を連ねた。そのなかで戦前の雑誌『文芸戦線』に作品を発表していた作家だけでもこれだけの人がいる。

金子洋文、中井正晃、松本弘二、鈴木清次郎、井上健次、徳田戯二、山内房吉、佐藤洋二、伊藤永之介、新山新太郎、島田晋作、鶴田知也、等々力徳重、小牧近江、前田河広一郎、田中忠一郎、高橋辰二、広野八郎、今野賢三。

反戦・平和主義の文学、クラルテ運動の日本版『種蒔く人』が一九二一年十月から二四年一月まで二十五冊、その後の『文芸戦線』が一九二四年六月から三二年七月まで九十二冊、『労農文学』が一九三三年一月から三四年一月まで十一冊、『レフト』が一九三二年九月から三三年九月まで十冊、『新文戦』が一九三四年一月から一二月まで九冊というように歴史の川の流れのなかで連綿と発刊された。

とうとうと流れるプロレタリア文学の歴史は、絶えることなく綿々と受け継がれてきた。第二次世界大戦後、雑誌としては『明日』が一九四七年八月から四八年一二月まで十五冊、『文戦』が一九五一年八月から五二年八月まで三冊、『社会主義文学』が一九五三年九月から六二年五月まで十四冊、発刊された。

雑誌『社会主義文学』の創刊号に、「山村鶏二」のペンネームで作家の伊藤永之介が巻頭言「『社会主義文学』の創刊に当って」を書いている。力がこもり、社会と対峙する意志がみなぎっている。

「曾ての『文芸戦線』の文学運動は、社会主義の思想性を強調しながらも、その実践は、労働体験主義の文学、乃至は労働者派文学の色調が強く、素朴な経験主義に陥りがちで、社会主義の思想性が弱かった。」と自己反省を前置きして、戦後の日本の文学は頽廃と虚無、エロなどのブルジョア反動性を強めていると喝破する。

この状況からどういう文学が必要かについて、「プロレタリア性と社会主義思想を明確にした我々の文学運動が必要になって来る。しかし、そのことは吾々の文学が、社会主義の道具であることを示すものではない。それは社会主義の構成とプログラムの展開を生命とするものではなく、社会主義ヒューマニズムの高揚をその本質とする文学である。」という問題意識を持つ。その上で、文学の本質を「社会主義の世界の未来への夢と情熱、それへの反動的なあらゆる力とたたかう――社会主義ヒューマニズムそのもの、中にある。」と言い切っている。

さらに、政治と文学の関係に言及していく。「我々の文学は、政治に従属しない。政治にスッカリ従属した瞬間に、文学は政治の胴体のなかに吸い取られて、自己を失ってしまう。そこには政治だけがあって、文学は姿を消してしまう。」と正しく鋭い見方を示唆している。そして、文学の本質に迫る。「政治が、時に文学の抱くヒューマニズムからはぐれて動けば、文学もまた時に、政治のメカニズムからはみ出す。具体的な例を上げるなら、それは戦争と暴力である。政治の必要とする如何なる戦争と暴力をも、文学のヒューマニズムは受け入れないだろう。文学は本質的に平和の鳩である。政治の誤った暴力に対しては勿論、社会全体の利益の見地からする暴力に対してさえも、文学のヒューマニズムはその琴線をふるわし得ない。何故なら、我々の文学はプロレタリアの魂の声そのものだからだ。」と鮮明な思考で表現している。それだけではなく、「我々の文学は政治的に背反するものではない。時に政治の線からハミ出しはするが、それと訣別することなく、同じ方向を指向して行く。」と文学と政治が目指す社会変革の道を統一的に捉えている。

伊藤永之介は、戦前戦後のプロレタリア文学の教条的な、政治的な枷から解き放ち、社会を変換する前に自己の変革を成し遂げようとした。その才力でもって、戦後は『警察日記』など社会の底辺で虐げられながらも大地にしっかりと踏んばってしぶとく生きる人間の姿を描きあげ永遠に読み継がれる作品を残した。

今日、東日本大震災と福島第一原発事故で日本の社会構造は大きな転換をはじめている。それと歩調を合わせ改憲の動きが急だ。護憲の共同戦線を築くことが急務となっている。歴史、社会を動かすのはまず少数からはじまる。最初から多数が動くことはない。

「種になって飛ぼう」。大空を風に乗ってどこまでも漂う。降りた所は水の中か、岩の上か、柔らかな草の上か、それとも黒土の上か、赤土の上か、着いた所で芽吹こう。青々とした葉は生い茂り、いくつもの花が咲く。いつか花は枯れて実を結び、種が育まれる。また、遠い地への旅がはじまる。時は空間の川をいつまでも流れて行く。太陽の光はさんさんと照り輝き、雨はやさしく地を濡らす。死は生の再生、果てることのない命の伝達がある。

プロレタリア文学はいつの時代であろうとも、人間が人間らしく生きることを希求するときに希望を糧としてその種は芽を吹き出す。人類の歴史は、原始共産制社会、奴隷制社会、封建制社会、資本主義社会、社会主義社会へと発展してきた。今の日本が資本主義社会である限り、次の社会制度に移行する必然性がある。資本主義社会においては労働者階級の窮乏化は進み、労働者の反抗が起きる。そこにプロレタリア芸術は「平和の鳩」となって必ず出現する。プロレタリア文化は、現代において文学、演劇、美術などの伝統の中に息づき今も作家の新たな再評価がなされている。岡山では作家の里村欣三の顕彰会が発足した。全国で活動する作家たちの顕彰会は出身地と密接に結びつき呼吸しながら希望の光を放っている。

編集後記

小牧近江の子息、近江谷左馬之介氏と桐山清井さん姉弟、金子洋文の三女、金子功子さん、元実践女子大学学長の分銅淳作氏、三池労働運動の先輩、大津留宏氏に敬意をこめてこの本を捧げる。私の人生の師であった。

日本のプロレタリア文学は、雑誌『種蒔く人』が源流であった。その流れが大正期、昭和期に雑誌『文芸戦線』へと引き継がれ発展していった。今年で創刊百年を迎えた。プロレタリア文学運動とは、一言でいうなら労働者解放の思想に彩られ、搾取の資本主義を否定し、社会主義建設を目的とした。その目標に向けて労働者を目覚めさせる文学である。わかりやすく言えば資本主義社会の搾取を否定する思想を労働者階級に自覚させる質をもった文学である。

プロレタリア文学は、資本主義社会の機構である搾取をなくすのを目的としている。そのために「労働者の解放」と「未来の社会建設」へと導く光を数多くの人々のもとに届ける役割をもっている。いつの時代でも、現代に生きる人々の希望の文学である。

二〇二四年六月

大﨑哲人（おおさき・てつと）

1950年、福岡県に生まれる。共著に『『種蒔く人』の潮流　世界主義・平和の文学』（文治堂書店、1999年）、『フロンティアの文学―雑誌『種蒔く人』の再検討』（論創社、2005年）、『「種蒔く人」の精神　発祥地　秋田からの伝達』（ＤＴＰ出版、2005年）、『『文芸戦線』とプロレタリア文学』（竜書房、2008年）などがある。

プロレタリア文学への道
――『種蒔く人』から『文芸戦線』へ

2024年7月20日　初版印刷
2024年7月30日　初版発行

著　者　大﨑哲人
発行者　森下紀夫
発行所　論 創 社
東京都千代田区神田神保町2-23　北井ビル
tel. 03（3264）5254　fax. 03（3264）5232　web. https://ronso.co.jp
振替口座　00160-1-155266
装幀／宗利淳一
印刷・製本／中央精版印刷　組版／フレックスアート
ISBN978-4-8460-2412-3　